Destinados a Sentir

Indigo Bloome

HIMMEL

2014, Editora Fundamento Educacional Ltda.
Reimpresso em 2015.

Editor e edição de texto: Editora Fundamento
Capa: Jane Waterhouse, HarperCollins Design Studio
Fotografia de capa: John Paul Urizar
Editoração eletrônica: Bella Ventura Eventos Ltda. (Lorena do Rocio Mariotto)
CTP e impressão: SVP – Gráfica Pallotti
Tradução: Capelo Traduções e Versões Ltda. (Neuza Maria Simões Capelo)

Copyright © Indigo Partners Pty Limited 2012

Publicado originalmente em inglês em Sydney, Austrália, por HarperCollins *Publishers* Australia Pty Limited em 2012. Esta edição em português é publicada conforme contrato com HarperCollins *Publishers* Australia Pty Limited.

O direito de Indigo Bloome de ser identificada como autora desta obra foi assegurado.

Todos os direitos reservados. Nenhuma parte deste livro pode ser arquivada, reproduzida ou transmitida em qualquer forma ou por qualquer meio, seja eletrônico ou mecânico, incluindo fotocópia e gravação de backup, sem permissão escrita do proprietário dos direitos.

Dados Internacionais de Catalogação na Publicação (CIP)
(Maria Isabel Schiavon Kinasz)

B655	Bloome, Indigo
	  Destinados a sentir / Indigo Bloome [versão brasileira da editora] – 1. ed. – São Paulo, SP : Editora Fundamento Educacional Ltda., 2014.
	
	  Título original: Destined to Feel
	
	  1. Ficção inglesa - Escritores australianos. 2. Histórias eróticas I. Título.
	
	                                                    CDD 823 (22.ed)
	                                                    CDU 820-3

Índices para catálogo sistemático:
1. Ficção: Literatura australiana em inglês 823

Fundação Biblioteca Nacional

Depósito legal na Biblioteca Nacional, conforme Decreto nº 1.825, de dezembro de 1907.
Todos os direitos reservados no Brasil por Editora Fundamento Educacional Ltda.

Impresso no Brasil

Telefone: (41) 3015 9700
E-mail: info@editorafundamento.com.br
Site: www.editorafundamento.com.br

Este livro foi impresso em papel pólen soft 80 g/m² e a capa em papel-cartão 250 g/m².

Prefácio

Se eu soubesse o que sei agora, as coisas seriam diferentes?

Não entendo bem por que minha vida mudou tão drasticamente, tão depressa, e, no entanto, continua como se nada tivesse mudado. Tudo começou com um fim de semana que, hoje, penso se não seria melhor não ter acontecido. No fundo do coração, porém, guardo a vaga impressão de que sempre esteve programado para existir...

Isso me envolve em um furacão psicológico e sexual que me atingiu sem aviso ou previsão. Ou fui eu que não percebi os sinais? De todo modo, o que aconteceu, aconteceu; o que será, será. Só não sei como vai terminar, ou se sobreviverei à jornada.

Parte 1

"Preocupe-se com o que os outros pensam e vai acabar eternamente prisioneiro deles."

– Lao Tzu

Alexa

Aqui estou, no espaço reservado aos passageiros da primeira classe – o que é outra experiência emocionante – saboreando o champanhe francês e a lula temperada com sal, pimenta e limão. Eu me recosto no sofá macio e corro os olhos pelo ambiente de linhas modernas e simples, com iluminação suave e todas as comodidades imagináveis. A vida é boa. Não, a vida é maravilhosa, incrivelmente maravilhosa. Não posso negar que me surpreende um pouco a facilidade com que as coisas se encaixaram. Robert e eu nos damos muito bem, agora que finalmente fomos honestos um com o outro, em relação aos nossos sentimentos. Tenho certeza de que esse entendimento fez bem às crianças. Sempre sorrio, ao ver os pequeninos tão felizes. Gostaria de dizer o mesmo de algumas amigas, que parecem freneticamente ansiosas, por causa da mudança no meu estilo de vida. Devo admitir que foi uma tremenda reviravolta, viajar a trabalho e chegar em casa com um novo (antigo) amante, terminar o casamento e viver satisfeita com ele sob o mesmo teto, e de repente ter uma carreira internacional para acrescentar ao dia a dia na Tasmânia. A simples menção do fato parece bizarra. Entendo que uma comunidade estreitamente ligada, como a nossa, discuta uma situação tão escandalosa. Tenho de reconhecer, porém, que fico magoada com o tom áspero e sarcástico de certos comentários sobre meu fim de semana "ilícito". Ainda piores são os risos e cochichos dos grupinhos, e o ar de reprovação das outras mães, quando passo para deixar Elizabeth e Jordan na escola. O que mais me atinge são as palavras não ditas. Por que as pessoas não defendem francamente seus pontos de vista? Ou por que não guardam as opiniões para si, em vez de criar um ambiente de fofoca no portão da escola?

No entanto, eu me considero em grande parte responsável por esse estado de coisas. Poderia ter ficado calada. Estou arrependida? Acredito que não. Nada como contar com algumas amigas íntimas para compartilhar a emoção e a maravilha da montanha russa de sentimentos que vivi nos dois últimos meses, embora eu tenha omitido alguns detalhes, por motivos óbvios. Para ser honesta, elas me ajudaram a manter a saúde mental, e eu as amo por isso. Duvido apenas que acreditem em tudo que contei, já que eu mesma custo a acreditar. Um dos aspectos da maternidade é que você fica obrigada a lidar com a espécie mais crítica do planeta: outras mães. Todas têm opinião sobre tudo, de amamentação a uso de fralda, educação e comida. Quando uma mulher se torna mãe, é como se recebesse diretamente de Deus o direito de compartilhar seus conhecimentos e experiências com outras mães mais novas, menos experientes, urgentemente necessitadas de beber da caudalosa fonte de sua sabedoria. Não nego que me aventurei algumas vezes nessa espécie. Ao distribuir seus sábios e abrangentes conselhos, a mulher tem dois objetivos: inflar o próprio ego (confirmando estar no caminho correto) e ajudar as outras a se sentirem melhor em relação às dúvidas e dificuldades. Com isso, quero dizer que não acredito na existência de outro grupo na sociedade capaz de dar mais apoio nos momentos de necessidade; esse apoio, no entanto, muitas vezes vem à custa de pesadas críticas.

Não existe preparação para a maternidade. Frequentemente recebo em meu escritório mães emocionalmente perturbadas, em busca de mecanismos que as ajudem a resolver pequenas questões de relacionamento com os filhos. Agora, porém, estou do outro lado e ouço vozes disfarçadas a perguntar se ainda sou boa mãe. Eu parecia ser, antes daquela semana que passei fora, mas, agora, quem sabe? E para piorar as coisas, estou a caminho de Londres, onde vou ficar por duas semanas... com *aquele* homem! Como? Isso obviamente deve caracterizar uma mãe relapsa, ainda que a viagem seja a trabalho, não? Fico pensando se o julgamento seria menos severo, caso eu estivesse de partida, acompanhada de uma amiga, para um curso de ioga em dez dias, aproveitando assim para descansar das tarefas exaustivas acarretadas pelos cuidados com duas crianças. As pessoas aceitariam melhor? Do fundo do coração estou certa de que sou ótima mãe e amo meus filhos incondicionalmente, assim como eles me amam. Pelo menos, eles me dizem todo dia que sou maravilhosa. Isso deve contar alguma coisa.

Os papais, por outro lado, apoiaram Robert, embora eu não tenha certeza se sabem que ele deseja explorar suas tendências homossexuais. Isso mudaria alguma coisa? Gostei quando Robert me disse que pretende tirar alguns dias de folga, quando eu voltar desta viagem. Acho que ele precisa disso, antes de começar a nova fase da vida. Imagino os comentários, se outro homem vier morar na casa... Que escândalo! A ideia me faz rir. De todo modo, a questão só interessa a ele, e eu respeito sua decisão quanto a *se* e *quando* revelar a mudança de estilo de vida.

Balanço a cabeça, para afastar esses pensamentos que não levam a nada. É perda de tempo tomar conta das atitudes alheias. Todo mundo tem direito a suas opiniões. O que me irrita é o modo como alguns as externam.

Tenho uns minutinhos antes que o meu voo seja chamado, e sei que vou ficar mais ou menos incomunicável até chegar a Londres, com uma breve parada em Singapura. Então, resolvo tirar uma fotografia do lugar onde estou e enviar a Jeremy com muitos abraços e beijos, como uma espécie de mensagem de agradecimento pela minha nova vida. Alguns goles de champanhe depois, o telefone toca. É ele.

– Oh, que surpresa!

– Oi, querida! Não aguento esperar para ver você – ele diz, com uma voz profunda, que me provoca um arrepio delicioso.

– Eu também.

Parece que se passaram séculos desde que suas mãos mágicas tocaram minha pele.

– Fico feliz de ver que está aproveitando o espaço da primeira classe.

– Estou, mas seria muito melhor se você estivesse comigo.

– Agora falta pouco. Devo chegar a Londres umas 12 horas depois de você. Sam vai comigo.

– É mesmo? Que bom!

Não posso deixar de pensar que vai ser um pouco estranho encontrar o professor Samuel Webster pela primeira vez depois do experimento. Ele foi meu examinador de PhD, e com o tempo se tornou mais um pai acadêmico do que um orientador. Fazia cerca de um ano que seu grupo de pesquisa se dedicava à sexologia feminina no campo da Neurociência, o que o levou a Jeremy e ao fórum global de pesquisa. A ideia de que ele sabia tudo sobre o experimento me deixava meio desconfortável. Como não havia o que fazer a respeito, porém, decidi manter-me o mais profissional possível, sabendo que ele agiria da mesma forma, diante de circunstâncias tão especiais. Se os resultados analisados viessem de outra pessoa, eu não me preocuparia; então resolvi adotar essa abordagem.

– São tantas novidades, Alexa... Conseguimos avanços extraordinários no mês passado. Estamos realmente animados.

– Você *parece* animado, mesmo – digo, com um sorriso. – Também estou ansiosa e tenho umas perguntas a fazer.

– Faça, então.

A voz dele ecoou no meu ouvido, provocando um formigamento no traseiro, em resposta ao significado das palavras. Oh, não, logo agora, que estou ao telefone? Como vou explicar isso? Preciso me concentrar em outra coisa, para interromper o fluxo de memórias e os efeitos físicos que me deixam embaraçada em público.

– Ainda não recebi documento algum, Jeremy. Não deveria ter recebido? Quero chegar bem preparada.

– Não é hora. Prefiro conversar com você pessoalmente. Relaxe e aproveite a viagem. Prometo que vai ter muito a fazer.

Ouço chamar o número do meu voo.

– Estão chamando. Melhor eu ir.

– Sem preocupações, AB. Adorei ouvir a sua voz.

– Mal posso esperar, Jeremy. Parece que o tempo não passa.

A região do baixo ventre quase pega fogo.

– Eu sei, querida. Agora falta pouco. Está usando o bracelete?

– É claro.

Dou uma olhada no bracelete de prata incrustado de diamantes cor-de-rosa, equipado com GPS.

– Gosto de saber por onde você anda.

Ele não pode ver a expressão irônica que faço, ao responder:

– Talvez eu devesse mandar fazer um para você, de modo que eu possa monitorar o seu estilo mundano.

– Não tinha pensado nisso. Vamos ver.

Jeremy dá um risinho e acrescenta, sério:

– É muito mais importante eu saber que você está segura.

Ele volta ao *modo protetor*. Devo admitir que assim me sinto bem cuidada.

– Chamaram de novo. Eu te amo.

– Tudo bem.

Ele parece tão relutante quanto eu em encerrar a ligação, e continua:

– Nós nos vemos amanhã à noite. Prometa não se meter em encrenca.

– E eu me meto em encrenca? Só quando estou com você!

– Alexa! – ele me repreende. – Também te amo.

Mesmo a quilômetros de distância, sinto que ele sorri.

– Falta pouco, querida. Cuide-se.

Ele se vai. Permaneço olhando fixamente o telefone, até que a chamada final interrompe meu devaneio. Infelizmente, com a diferença de fusos horários e o desejo cada vez mais intenso pelo homem que amo, "amanhã à noite" vai levar uma eternidade para chegar.

***

Estou à espera da decolagem. Jamais pensei que isso fosse acontecer comigo, nem em um milhão de anos. Tenho a impressão de, aos poucos, me tornar a pessoa que nasci para ser. A proximidade do encontro com Jeremy me deixa tão excitada, que mal me contenho, enquanto examino os mimos oferecidos na primeira classe. Chego a lembrar minha primeira viagem à Disneyland, em um Boeing 747, aos sete anos de idade, para conhecer o pato Donald e a Margarida. Claro que a ansiedade se deve a motivos completamente diferentes; esta é a versão para adultos. As borboletas que senti no estômago antes de encontrar Jeremy em Sydney estão lá novamente, mas desta vez são grandes e coloridas, e sua presença é bem-vinda, por me mostrar que estou viva e cheia de energia. A decolagem afinal me acalma, e me acomodo para a longa viagem.

Assim que chego a Singapura, ligo o telefone, pensando em enviar uma breve mensagem de texto às crianças. No entanto, abro um sorriso ao ver que já se comunicaram: de pijama, estão prontos para dormir e mandam um beijo. Meu coração se enche de amor, tenho vontade de beijar a tela. Como preciso esticar as pernas, faço uma caminhada pelo limpo e organizado aeroporto de Changi, antes de dar uma passada no espaço destinado à primeira classe. Lanço um olhar cheio de cobiça aos enormes chuveiros, mas infelizmente não tenho tempo para um banho. Enquanto examino minha imagem no espelho, para garantir uma aparência respeitável durante o próximo trecho da viagem, tenho a impressão de que, junto à pia, ao lado, uma mulher se demora demais a me observar. Tento me convencer de que se trata de preocupação exagerada, quando ela se dirige a mim de maneira formal, com um sotaque francês.

– Desculpe-me a intromissão, mas não é a dra. Alexandra Blake?

Embora meio espantada, respondo:

– Sim, sou eu.

– Que maravilha! Permita que me apresente. Sou Lauren Bertrand.

Perfeitamente penteada, a mulher veste um elegante conjunto, com sapatos e bolsa combinando, como só as francesas sabem. Trata-se de uma presença forte.

– Prazer.

Trocamos um aperto de mão e, por alguns momentos tento lembrar se deveria identificar o nome. Concluo que a dra. Lauren Bertrand faz parte do grupo de pesquisa de Jeremy. Se não me engano, é especializada em Química.

– Trabalho com o dr. Quinn. É um prazer conhecê-la pessoalmente. Bem-vinda à equipe.

– Ah, sim, igualmente.

– Está a caminho de Londres?

– É, meu voo parte daqui a pouco. Vamos juntas?

– Vou a Bruxelas para uma reunião, depois passo uns dias em casa, em Paris, e só então encontro a equipe em Londres. Os resultados da pesquisa enviados por Jeremy recentemente são interessantes em muitos aspectos. Estou ansiosa para trabalharmos juntas mais diretamente. Há pontos surpreendentes, fascinantes...

O olhar da dra. Lauren percorre meu corpo, e por alguns segundos ela parece perdida em pensamentos. Chego a corar, sentindo-me examinada. Que dados seriam aqueles, tão surpreendentes? E por que ela os recebeu, e eu não? Sinto-me decepcionada, por estar do outro lado do experimento e não ter acesso aos resultados. Teriam meus clientes sentido o mesmo, durante as sessões? É possível.

A chamada do meu voo representa um alívio, pois a intensidade do olhar da doutora já me incomoda.

– É o meu voo. Boa viagem. Nós nos vemos em poucos dias, então.

– Com certeza. Espero ansiosamente. Cuide-se, dra. Blake. Fico feliz com a oportunidade de conhecê-la.

– Alexa, somente, por favor.

– Obrigada, Alexa. Até breve.

Desta vez, ela me cumprimenta com ambas as mãos, não sei se em um gesto de afeto ou de posse. Sensação estranha. Quando me volto para ir embora, o telefone da dra. Lauren toca. Ela atende rapidamente, com a voz carregada de excitação.

– Você não adivinha quem acabei de encontrar... É... Está no próximo voo Singapura-Londres.

Enquanto atravesso a porta, ela me faz um breve aceno e vira-se de costas, para continuar falando ao telefone.

Novamente no ar, saboreio duas taças de Cape Mentelle Sauvignon Blanc Semillon, um vinho da região de Margaret River, na Austrália

Ocidental. A bebida se adapta perfeitamente ao peixe temperado com ervas, acompanhado de salada. Não resisto ao delicioso *cheesecake* de maracujá na sobremesa. Como este é o trecho mais longo da viagem, e eu não dormi no primeiro, é com grande alegria que tomo posse do pijama e das meias nem um pouco sexy oferecidos pela primeira classe, transformo meu assento em cama, pego o cobertor e me acomodo no travesseiro macio. Neste momento, reservo um pensamento para os passageiros da classe econômica – em que tantas vezes viajei – desejando que consigam dormir sentados durante as próximas horas. Chego a ficar com as palmas das mãos úmidas, ao ajustar os fones de ouvido, em dúvida se uso ou não a máscara de dormir. A simples ideia de ter uma venda sobre os olhos me provoca arrepios na espinha e fazem endurecer meus mamilos contra o tecido de algodão macio. Respiro fundo, aperto as pernas uma contra a outra, para conter a onda de calor que me invade e prevenir algum potencial efeito indesejado, e atiro longe a máscara. Depois da experiência extrema que vivi, falta muito para eu me sentir à vontade com uma venda sobre os olhos. Penso *naquela* venda, em sua maciez, e me vêm à mente as plumas excitantes de Jeremy pelo meu corpo... A paciência dele... A minha impaciência... Oh, céus! Melhor parar com isso. Ainda bem que estou na primeira classe, e ninguém vê onde minhas mãos acidentalmente vão parar. Deus me livre! O que teria acontecido àquela venda? Estaria em poder de Jeremy?

Neste momento, porém, preciso de sono, e não dessas intensas sensações eróticas que têm de esperar mais 24 horas, quando finalmente poderão explodir. Como se soubessem que a espera vale a pena, elas se acalmam o suficiente para que eu caia em um sono reparador.

Estou de camisola, em pé junto à janela do quarto. Olho por sobre o ombro e vejo o corpo moreno e musculoso de Jeremy adormecido na cama. As costas robustas e os cabelos em desalinho me lembram que fizemos amor há poucas horas. Eu me abraço, feliz, antes de sair para a varanda, de onde observo Elizabeth e Jordan brincando no jardim. Sorrio e aceno para eles, que gritam e correm em volta de um salgueiro. Ao entrar, vejo que Jeremy não está mais na cama. Estranho... Ele dormia tão profundamente momentos atrás... Desço a escada gritando seu nome. Chego à cozinha que, de repente, me parece gelada e vazia, fazendo-me estremecer. Sigo a corrente de ar frio, desço outro lance de escada. Tropeço e vou caindo cada vez mais. Com a camisola suja e rasgada, chego ao fim da queda. Sinto as pernas pesadas, como se tivesse caído em um caldeirão de melado. O poço da escada, acima de mim, parece interminável, impossível de escalar, com as minhas pernas inertes. Eu me arrasto pelo chão, como quem pratica um exercício militar, mas não sei em que direção. Fico paralisada de medo ao sentir alguma coisa deslizar junto ao meu corpo. Quando meus olhos se adaptam à escuridão, descubro uma cobra longa e grossa, que projeta e recolhe a língua bifurcada. A ideia de que o animal talvez sinta a minha presença faz meu coração disparar. Ela ergue a cabeça, avançando suave e silenciosamente sobre as minhas costas, na altura da cintura. Nem me atrevo a respirar. Sinto o peso dela descer pelo meu corpo devagar, passando entre as minhas nádegas, sobre o que resta da camisola branca de seda. Que sensação estranha! O movimento da cobra me congela. Seu rabo finalmente passa sobre os meus pés. A iluminação que vem de cima mostra suas cores verde e dourado, enquanto ela se enrola em um objeto em forma de falo, criando um Bastão de Esculápio, o símbolo da Medicina e da cura. Com um sentimento de respeito, percebo ali algo de místico, e meu medo é imediatamente substituído por uma sensação de paz. Ia me virar, mas percebo que gotas de sangue se acumulam em meu umbigo até transbordar e escorrer diretamente para baixo. Por mais estranho que pareça, sinto-me fortalecida, certa de que devo prosseguir em direção à luz. Depois de uma olhada rápida para o rastro de pele que deixo, tomo o rumo de uma arcada. Assim que ultrapasso uma quina da parede, meus braços se transformam em asas, e meu nariz, em bico. Depois de examinar cuidadosamente o ar, abro minhas asas magníficas e voo, sentindo o corpo cada vez mais forte. Alcanço uma árvore imponente. Minha visão aguçada localiza uma coruja pousada em um galho. Ela parece fazer um sinal, que reconheço abaixando a cabeça. Jamais havia visto o mundo por este ponto de observação, por esta perspectiva. Quando recolho as asas para trás, esbarro em um ninho cheio de ovos. Um ovo oscila perigosamente na borda, como que em câmera lenta. Em uma tentativa de salvá-lo, abro as asas e deixo a segurança do galho.

Acordo de repente, com a sensação de estar caindo, e respiro ruidosamente, em total estado de desorientação. Sonho estranho... Não me lembro de já haver sonhado com animais. Fico um pouco ansiosa, com um pressentimento, como se estivesse destinada a tomar um caminho que poderia resultar em sofrimento a curto prazo, para um ganho a longo prazo. Sacudo a cabeça, para espantar da mente as imagens que se formaram. Gostaria de ter trazido meu manual de interpretação de sonhos. Quando chegar à terra, talvez procure um *site* que me ajude a entender o significado de tudo aquilo. Algumas luzes se acendem, e o desjejum começa a ser servido. Devo ter dormido um bocado. Troco o pijama pelas minhas roupas de viagem e começo a pensar na aterrissagem próxima, que me deixará um passo mais perto de Jeremy e de seja lá o que for que ele tenha preparado para o fim de semana. Estou tão excitada, com a aproximação do momento em que estarei nos braços do homem que amo – sempre amei – que não consigo conter um sorriso.

***

Finalmente aterrissamos em Londres no horário.
Assim que atravesso a porta giratória do aeroporto de Heathrow, reparo em um homem uniformizado segurando uma placa na qual está escrito meu nome. É bom viajar assim! Trocamos cumprimentos, e ele pega minha bagagem.
Junto ao sedã preto que nos aguarda com a porta aberta, há outro homem vestido da mesma maneira.

– Bom dia, dra. Blake. Seja bem-vinda a Londres.
– Bom dia. Obrigada. É muito bom estar aqui.

Agradeço com um sorriso, ao vê-lo segurar a porta para eu entrar, enquanto o outro guarda a bagagem. Assim que me acomodo no banco traseiro e começo a verificar se tenho comigo tudo de que preciso, ouço alguém chamar meu nome. Para minha surpresa, Jeremy e Samuel vêm em direção ao carro. Que diabos estão fazendo aqui? Só eram esperados à noite! Chego a acenar, mas o auxiliar do motorista fecha a porta rapidamente e joga-se às pressas no banco da frente. Vejo o pânico no rosto de Jeremy e Samuel, que começam a correr. Quando vou pedir ao motorista que espere por eles, o carro arranca, e sou jogada contra o assento. Digo que pode parar, eu conheço os dois. Jeremy está agora batendo no vidro de trás, e percebo medo em seus olhos. Algo de terrivelmente errado está acontecendo. Quero abrir a janela, para falar com ele, mas não encontro botão algum. Os vidros escurecem, e não vejo mais nada do que se passa lá fora. A porta trava. Quando tento me dirigir ao motorista, uma barreira escura sobe, separando o assento traseiro do assento dianteiro. Eu grito e esmurro os vidros. A velocidade aumenta. A lembrança da expressão assustada no rosto de Jeremy me faz estremecer. Remexo a bolsa, à procura do telefone. Sem serviço. Não entendo! Estou em um carro de vidros escurecidos e portas trancadas, sem recepção para telefone celular. Quem são estes homens? Depois de procurar mais uma vez por botões para abrir a porta, grito e bato com força as palmas das mãos no vidro, tentando compreender. O que está havendo? De repente, sinto-me fraca e tonta. E não vejo mais nada...

Jeremy

Não existe perigo maior do que subestimar o seu oponente.
Lao Tzu

O mundo se fecha devagar, diante dos meus olhos. Estou atônito. Sinto uma pressão sobre as costelas e não consigo respirar. Alexa desapareceu literalmente, a poucos centímetros de mim.

– Sam, pegue aquele táxi, precisamos ir atrás deles! Depressa!

Saltamos para o banco de trás do primeiro táxi que aparece.

– Siga aquele sedã preto – grito para o motorista. – Não podemos perdê-lo de vista!

O homem dá a partida devagar, dizendo:

– Isto aqui não é Hollywood, companheiro. Estou avisando desde já que não vou perder a droga da licença por causa do seu estilo James Bond.

Dou um soco no assento. Que pesadelo!

O motorista para imediatamente.

– Saiam, saiam já do meu carro! Não preciso de dois idiotas socando as coisas aqui dentro. Que saco! Fora, fora!

Droga. Nunca perdi o controle assim.

Convencidos de que o homem não iria conosco a lugar algum, saltamos. Sam permanece mudo, chocado. Ficamos à beira da rodovia, sem saber o que fazer.

***

Tínhamos chegado ao aeroporto de Heathrow bem tarde, na noite anterior. Com o cancelamento de uma reunião, resolvi antecipar a ida a Londres. Mal podia esperar para surpreender Alexa, para abraçá-la e dizer como havia sentido sua falta. O dia estava todo planejado. Tomei a liberdade de reservar uma suíte maior, para que pudéssemos ficar juntos. Por precaução, reservei também um apartamento em seu nome; caso ela fizesse questão, poderia ficar sozinha. Conheço as ideias de Alexa em relação à imagem profissional. Sendo esta a sua primeira participação no fórum, ela talvez preferisse manter as aparências, e eu não queria que um mal-estar prejudicasse o início do tempo que passaríamos juntos. Com certeza eu a convenceria a ficar comigo, mas queria atender a todos os seus desejos, em especial depois do que ela havia suportado, durante nosso encontro anterior. Balanço a cabeça com força, para ajeitar os pensamentos. Ela havia concordado com tudo aquilo. Que mulher! Não me canso de admirá-la. Só a lembrança dela me excita. Parece ainda mais bonita, quando tenta desesperadamente disfarçar o que o corpo pede, toda elegante e comportada. Sempre me esforço para fingir que não noto, até a situação ficar insustentável. Não tinha decidido ainda se compensaríamos logo na chegada ou mais tarde aquele mês de separação. Embora a espera seja gratificante, eu não sabia se aguentaria.

E agora, depois de vê-la por dois segundos, eu a perdi. A droga da culpa é toda minha. Que droga! Desde que Alexa voltou para casa, em Hobart, sou informado de todos os seus movimentos. Foram instaladas câmeras em frente ao portão, para monitorar quem entra. Nem contei isso a ela, para não preocupá-la, ainda mais pelo telefone. Achei que não valia a pena criar confusão, pois Robert teria de receber explicações sobre os cuidados extras. Melhor eu tomar as decisões e administrar as consequências. É mais o meu estilo.

Também não contei a Alexa que meu computador sofreu uma tentativa de invasão. O *hacker* teve a cesso a alguns arquivos, mas não chegou aos mais importantes, aos quais eu havia agregado mecanismos de segurança adicionais. Ainda assim, vazaram mais informações do que eu gostaria, sobre o envolvimento dela no experimento; descobriram nossa busca pela fórmula e querem tomar o que sabemos. Felizmente não enviei a ela os documentos principais, ou a situação ficaria ainda mais difícil. Só não imaginei que chegassem ao extremo de raptá-la. Céus! Quem faria isso? Quem se arriscaria? Que confusão! Se encostarem um dedo nela, juro que... Pare! Pare com esses pensamentos mórbidos, Quinn, e faça alguma coisa, em vez de ficar parado, reclamando, perdido em ideias pessimistas. Ações são mais importantes do que palavras. Faça alguma coisa!

Esses pensamentos atravessam minha mente em um segundo. Sam está ao meu lado, olhando de boca aberta na direção que o carro tomou, carregando Alexa – a única mulher que afinal admiti amar mais do que tudo no mundo. Droga! Pego o telefone no bolso do casaco e ligo para o nosso motorista, informando onde estamos. Ele afinal nos resgata, depois de contornar o aeroporto. Quando embarcamos rapidamente no carro, meu cérebro de imediato muda do modo "choque", para o modo "ação".

– Sarah, me ligue com Leo. É uma emergência.

Espero impaciente que minha assessora faça a ligação. Quem atende é Moira, em Nova York, a assistente pessoal perfeita, que sabe quase tudo da vida de Leo. Nos últimos dez anos várias vezes estive à procura dele, pois Leo não fica muito tempo no mesmo lugar.

– Moira, é Jeremy. Leo está aí? Droga! Amazonas?

Ela me diz que ele está na parte norte da região amazônica, vivendo com o povo Wai Wai, para estudar o voo da alma com o xamã da aldeia. Vai ficar incomunicável por três semanas, pelo menos. Diabos!

– Estamos com um problemão. Alexa foi sequestrada. É, agorinha mesmo. Diante dos meus olhos. Sam está comigo. Ele assistiu a tudo. Dois homens se fazendo de motoristas. Quando nos viram correndo, empurraram Alexa para dentro do carro. Não reconheci nenhum dos dois.

Levanto as sobrancelhas na direção de Sam, e ele faz que não.

– Sam também não. É, nós os perdemos. Podem estar em qualquer lugar.

Moira imediatamente muda de postura, tal como Leo faria. Ela está intimamente envolvida com as investigações para descobrir quem invadiu os nossos computadores e quem tentou nos chantagear; portanto, conhece os detalhes. Leo também fez com que Moira organizasse um dossiê sobre todos os membros do fórum global de pesquisa, para o caso um dos nossos ser responsável pelo vazamento ou pelas ameaças. Embora isso tenha me irritado na época, não pude negar que ele tinha razão. Apenas não contei a Sam nem aos outros. Calma e eficiente, Moira está capacitada a acessar recursos em nome de Leo, em caso de emergência, mas nunca imaginamos uma coisa assim. O estado de pânico em que estou me dá vontade de gritar. Em vez disso, respiro fundo, antes de continuar.

– Certo... E Martin está disponível?

Martin Smythe cuida das questões de segurança ligadas a Leo. É um alívio saber que ele, um ex-integrante da CIA, de raciocínio rápido e altamente capaz, vai se envolver com o caso. Leo tinha cuidado para que Martin estivesse em Avalon, se houvesse algum acontecimento inesperado, quando passei uns dias lá com Alexa.

– Ótimo, ele pode organizar a equipe. Você faz contato com a Scotland Yard? Precisamos monitorar o sistema de segurança de Londres.

Céus, nesta cidade, com tanta gente circulando, nunca vamos encontrá-la. Não... Não posso pensar assim. Minhas mãos tremem. "Controle-se, Quinn", eu penso, enquanto Moira pergunta se quero mais alguma coisa.

– Pode me enviar as últimas informações sobre os *hackers*? Preciso também, o mais rápido possível, da lista de todas as drogas que os cinco maiores laboratórios farmacêuticos pretendem lançar nos próximos cinco anos. E mande alguém pesquisar os que ficam do sexto ao décimo lugar, por via das dúvidas. Temos de descobrir quem está tão desesperado! Deve haver uma ligação que não percebemos. Certo, eu vou... E obrigado, Moira, agradeço muito. Quero demais ter Alexa de volta.

Ao pressionar a tecla que encerra a ligação, percebo que minhas mãos tremem. Guardo o telefone no bolso e coço a cabeça, em um gesto de pura irritação, por estar envolvido nessa história tão diabólica. Sam continua mudo.

Enquanto seguimos em silêncio para o distrito de Covent Garden, olho distraído pela janela e agradeço a Deus por haver conhecido Leo anos antes, quando sofreu um acidente. Minha vida mudou para melhor a partir de então, já que ele orientou um curso em Harvard e, essencialmente, minha futura carreira.

Leo é Leroy Edward Orwel, o filantropo que patrocinou meu trabalho em todos os níveis, por mais de uma década. Foi ele a espinha dorsal financeira das descobertas em que estive envolvido. O fato de pertencer a uma família com longa história de imensa riqueza lhe facilita o acesso a incríveis recursos e contatos globais. Nós nos conhecemos quando eu fazia parte do Royal Flying Doctor Service, um serviço de ambulância aérea destinado a terras remotas da Austrália. Em um dos meus plantões, Leo praticava rapel perto do parque nacional de Kings Canyon, ao norte do país, quando um dos grampos se soltou da rocha, e ele sofreu uma queda séria. Com uma perna quebrada, precisou de transporte aéreo. Durante sua recuperação, a amizade entre nós se solidificou, e muito conversamos sobre nossas motivações e ambições. Como Leo tinha dez anos a mais de idade do que eu, as enfermeiras brincavam, dizendo que parecia meu irmão mais velho, embora eu o achasse mais para Rob Lowe... De todo modo, o tempo vem sendo generoso com ele, que se mantém incrivelmente em forma. Sempre tivemos uma competição saudável em relação ao corpo, e um mantém o outro sob vigilância. Nenhum dos dois quer chegar à meia idade cheio de flacidez.

A paixão de Leo é a Antropologia – mais especificamente a Antropologia Biomédica. Seu ideal é a integração holística da Ciência e Medicina ocidentais com a filosofia e a espiritualidade orientais. Como grande pensador, Leo estuda muito. Possui uma inteligência extraordinária; eu estaria mentindo se negasse a admiração que sinto por ele. Fenômenos globais o intrigam, e meu trabalho representa uma pequena parte dos numerosos projetos em que está envolvido. Uma nítida percepção extrassensorial certamente contribuiu para a consolidação de seu sucesso financeiro, já que nos últimos anos ele conseguiu quadruplicar a já substancial fortuna que possuía. Leo só me fez uma exigência: manter-se no anonimato. Ele aprecia e adota um estilo de vida discreto, e respeito sua opção. Assim, pouco nos encontramos pessoalmente, mas, quando isso acontece, o muito que temos em comum torna as conversas sempre enriquecedoras.

Minhas teorias e suposições sobre tipos de sangue e depressão despertaram de tal modo o interesse de Leo, que ele voou a Sydney para assistir à palestra de Alexa, em um comportamento raríssimo da parte dele. Até hoje não sei se foi por causa do projeto ou porque percebeu uma potencial importância em meu encontro com ela. Com seu sexto sentido, ele estava absolutamente certo. Como nunca o encontrou pessoalmente, Alexa sempre o chama de "Charlie", comparando-o ao personagem de "Charlie's Angels" – "As Panteras".

Na verdade, Leo fez o papel de chefe dos garçons, e serviu Martinis a mim e a Alexa, durante aquele fim de semana em que nos hospedamos no InterContinental Hotel. Claro que ela não o viu, pois estava vendada, e ele não queria ser apresentado. Leo ficou um pouco chocado, quando precisou algemar Alexa, a meu pedido. Mais tarde, expliquei a ele que a primeira tese elaborada por ela tratava de comportamento sexual, e eu considerava aquela uma estratégia importante, para o caso de resistência, da parte dela, em reconhecer os próprios sentimentos.

De todo modo, a situação certamente criou um misto de medo e prazer, combinado a um desejo extremo. O corpo de Alexa sempre foi um termômetro muito fiel de sua disposição. Ela mais tarde admitiu ter achado tudo fascinante. Quando Leo lhe pediu uma cópia da tese, ela generosamente atendeu. Eu só tive permissão de ler a primeira versão, há muitos anos, mas felizmente tenho ótima memória. Seria interessante se Alexa relesse a tese, depois da nossa experiência. Talvez a reescrevesse...

Por coincidência, isso aconteceu logo após eu ter recebido no hotel uma carta anônima com ameaças a mim, caso Alexa não aceitasse participar do experimento. Eu não sabia se era brincadeira ou não, e nem tive tempo de verificar durante aquele fim de semana. Devo admitir que fiquei um pouco preocupado. Sabia que não podia correr o risco de que alguém a afastasse de mim, sem mencionar o susto causado pela carta.

A fortuna de Leo permitiu a aquisição, em vários cantos do mundo, de propriedades que ele acredita guardarem importância mística ou espiritual para culturas passadas e presentes. Essas propriedades receberam o nome de Avalon. Para garantir a segurança e o bem-estar de Alexa, depois do nosso fim de semana juntos, ele me ofereceu a casa na árvore, na ilha de Lord Howe, localizada no Mar da Tasmânia. A única condição imposta foi que ela não soubesse onde estava. Eu me lembro de sentir vontade de perguntar por quê, e ser impedido pela expressão no rosto de Leo, embora ele permanecesse calmo. Os anos de convivência me ensinaram quando argumentar com ele, que geralmente aceita de bom grado o debate. Aquela, porém, não era uma das ocasiões favoráveis. Assim, fiquei calado e cumpri a exigência. Ele tem colaborado tanto comigo e pedido tão pouco... Era o mínimo que eu podia fazer. Agora, pensando no envolvimento direto de Leo e na insistência em levar Alexa para Avalon, imagino se ele teria sentido no ar um perigo maior do que tínhamos calculado, ou se percebera nela algo de especial, muito antes de testarmos nossas hipóteses. As ideias e lembranças me invadem a mente, enquanto o carro passa devagar em frente ao Palácio de Buckingham, para pegar a Pall Mall. Tudo pela segurança dela...

***

Sam e eu nos registramos no One Aldwych Hotel. Meu olhar vaga pela suíte na qual depositei tantas esperanças e expectativas. Não posso negar o vazio que sinto, pela falta de Alexa ao meu lado, nem a revolução que parece haver nas minhas entranhas, por não saber onde ela está. Eu me concentro na tela do *laptop*, como se seu paradeiro fosse aparecer milagrosamente diante dos meus olhos. Estou nervoso porque Moira não dá notícias, mas não quero incomodá-la à toa; sei que é eficiente, e ninguém faria trabalho melhor. Sinto-me como se estivesse ao lado de Alexa, no cativeiro. O tempo se arrasta. Chego a pensar em fazer eu mesmo contato com a Scotland Yard, para tentar uma solução. Não me esqueço da carta que recebi naquele fim de semana, com uma ameaça indireta à segurança dos filhos de Alexa, caso eu não levasse a experiência adiante. Devem ser as mesmas pessoas. Droga! Se ao menos o tempo voltasse... Eu deveria ter levado a família toda para Avalon, até descobrirmos quem está por trás das ameaças, mas, como não recebemos mais nada, apenas aumentamos a segurança e a vigilância sobre a casa de Robert e Alexa, como medida de precaução. E agora eles a sequestraram. Até onde são capazes de chegar? Frustrado, fecho o *laptop*, que não me fornece as respostas de que necessito tão urgentemente. Preciso também de uma bebida forte, para não enlouquecer. Ao passar pelo quarto de Sam, dou uma batidinha na porta, antes de abrir. Com toda a atenção voltada para o *laptop*, ele parece esperar em vão por notícias, tal como eu.

— Vou até o bar. Quer alguma coisa de lá?

— Daqui a uma meia hora eu me encontro com você. Quero reorganizar as prioridades da minha equipe em Sydney, de modo que todos estejam a postos, quando Moira tiver novidades. Além disso, vou oferecer ajuda a Martin para a instalação de um rastreador mais sofisticado no bracelete de Alexandra. Eles podem encontrar alguma coisa, nunca se sabe. Sei que é uma possibilidade remota, mas...

O olhar de Sam traduz desânimo e tristeza por nós dois.

— Obrigado, Sam. Isso vai ajudar. O grupo conta com pessoas brilhantes. Vou avisar a McKinnon que precisamos adiar o fórum. Ele informa aos outros.

— Claro, eu devia ter pensado nisso. Afinal, o presidente é ele. Vejo você lá embaixo. Acho que não há muito a fazer, enquanto Moira não se comunicar.

Fecho a porta e caminho em direção ao elevador. Não estou acostumado à inércia. Preciso de ação. Quero sair atrás dos sequestradores e não apenas dar telefonemas. Essa espera me mata.

No bar do *lobby*, olho fixamente a chama do castiçal, remexendo as pedras de gelo na minha dose dupla de uísque. Uma garota se aproxima, perguntando se quero companhia para a noite, e eu a mando embora com um aceno. Como eu poderia, neste instante, ou em qualquer outra ocasião daqui por diante, pensar em alguém que não seja Alexa? Até meu pênis sabe disso. Percorro rapidamente as lembranças dos momentos que passamos juntos. Ela nunca me desapontou; sempre esteve disposta a experimentar, a expandir os limites. Das mulheres com quem já estive — e não foram poucas, nesses anos todos — Alexa é a única para quem sempre voltei. A única que não me saía da cabeça nem quando eu fazia sexo com duas louronas na Califórnia ou estava na companhia de uma ruiva que pratica sexo oral como ninguém. O corpo e o coração de Alexa pairavam na minha mente nesses momentos de prazer casual, evitando que eu assumisse compromisso com outra mulher. Claro que nunca falei dela; as outras não precisavam saber.

Marie queria um relacionamento sério, mas preferi não me comprometer, sabendo que Alexa existia, embora não estivesse disponível e vivesse do outro lado do mundo. Assim, optamos por nossas carreiras e ainda somos amigos. Além disso, o casamento com Marie seria um *reality show*, com muita exibição e pouca substância. Casamento é muito mais.

Eu precisava concluir de uma vez por todas qual era a minha situação com Alexa. Sabia que ela estava casada e tinha filhos. Sou o padrinho de Jordan, apesar de ser uma presença bissexta na vida dele. Aquele fim de semana que organizei foi tudo para mim. Quando ela concordou em ficar, eu soube imediatamente que nosso tempo havia chegado, que nosso destino ia se realizar. Meus dias de namorador estavam encerrados. Aquele era um momento definitivo. De maneira alguma eu a deixaria escapar. E tudo não poderia ter sido melhor. Meu plano meticuloso funcionou em todos os detalhes. Eu precisava garantir que, daquele ponto em diante, nossas vidas seguissem juntas, sexual, profissional ou psicologicamente. Claro que eu queria os três aspectos, mas, para ser honesto, devo dizer que qualquer um deles serviria como desculpa. Queria romper todos os seus limites, remover todas as camadas defensivas que ela desenvolvera, e, ao vê-la disposta a experimentar, me apaixonei ainda mais, isso sem falar nos resultados para a minha pesquisa. Resultados absolutamente extraordinários, mas a que custo? O que teria acontecido, caso ela se recusasse a colaborar? Em última análise, a decisão foi dela, já que eu nunca a forçaria a fazer o que quer que fosse. E a carta ameaçadora que recebi na noite de sexta-feira do nosso fim de semana? Eu não podia arriscar. Um acidente nas matas da Tasmânia não despertaria suspeitas. Eu não queria assustá-la nem arriscar a segurança de seus filhos, por causa do meu trabalho. Eles são tudo para ela. Quando as coisas acabaram bem, fiquei satisfeito por não ter contado. Agora, porém, a carta, a invasão do computador e o sequestro somam-se em uma cena sórdida. Quem está por trás disso? Quem desceria tanto? Quem ousaria ameaçá-la tão seriamente? Ou tenho mais inimigos do que imagino ou não alcancei a importância do que está em jogo. Minha cabeça dói, de tanto pensar.

Repito para mim mesmo que Alexa é e sempre foi forte, às vezes, nem ela sabe quanto. Só o que fez por mim! Ainda bem que, morta, de nada serviria aos sequestradores; para tirarem algum proveito, ela tem de estar bem viva. No entanto, é altamente improvável que alcancem resultados equivalentes aos nossos. Sinto enjoo, só de pensar no que podem fazer com Alexa. Não admito que seu prazer seja comandado por outra pessoa. Até me acalmo um pouco, ao pensar que ninguém conhece seu corpo como eu. "Aguente firme, querida, nós vamos achá-la". Passo rapidamente o dedo pela chama oscilante de uma vela. O calor não chega a queimar, mas desperta lembranças de tempos mais felizes.

Estávamos na metade de uma viagem de cinco dias a Val d'Isère, para esquiar com um grupo de amigos. Tudo parecia ótimo: o lugar, a neve, o chalé... Contávamos com um cozinheiro eficiente, e havia champanhe e vinho à vontade. Esquiávamos o dia inteiro, até o sol se pôr, e a temperatura cair ainda mais.

Em dois dias, Alexa tinha melhorado incrivelmente a habilidade nas descidas, embora só houvesse praticado esqui uma vez. Eu me orgulhava de sua perseverança. Chegamos a descer juntos duas rampas de dificuldade acima da média, o que representa um avanço significativo. Alexa só levou um tombo quando um boboca exibido perdeu o controle e jogou-a na lateral da pista. Foi preciso ela erguer o bastão, para que eu a encontrasse embaixo da neve. Logo que confirmei sua integridade física, nós dois caímos na risada, o que dificultou seu resgate.

– Não quer se enfiar ainda mais na neve? – perguntei, tentando me controlar.

Ela parecia a boneca de neve mais bonita e sexy do mundo, com flocos de neve nos cabelos e nos cílios. Decidi que, naquela noi-

te, teria Alexa só para mim. O tombo serviria perfeitamente como desculpa.

– Não era o que eu pretendia, Jeremy. E o sujeito, cadê?

A voz dela vinha abafada pela neve. É típico de Alexa preocupar-se mais com os outros do que com ela mesma. Com um último puxão, ela se levantou de um salto, e veio ao meu encontro, o que até me agradou.

– O maníaco atropelador? Está longe... E você, ficou bem, mesmo?

– Claro que sim, mas tenho neve em tudo quanto é lugar, por dentro e por fora!

– Talvez seja melhor darmos o dia por encerrado. Tenho uma ótima ideia para aquecer você...

Ah, aquele olhar travesso! Despertei seu interesse.

– O que tem em mente, dr. Quinn?

– Entrar e tirar toda esta neve. Esta noite, não vamos sair.

A bela dama não protestou.

Como era noite de folga do cozinheiro, os amigos saíram para jantar; provavelmente não chegariam antes das 4 horas. O chalé era só nosso, e eu tinha grandes planos. Meu pênis, louco para entrar em ação, ficou felicíssimo por ver-se livre das roupas de esqui. Ao passar pelo banheiro, não pude deixar de ver, pela porta entreaberta, refletida no espelho, a imagem de Alexa nua embaixo do chuveiro. Era o estímulo de que eu precisava. Arranquei de imediato a calça e a camiseta e juntei-me a ela. Recebido com um sorriso de boas vindas, peguei o sabonete das mãos dela e tomei para mim a tarefa de habilidosamente esfregar-lhe o corpo. Acostumada a ceder a liderança, ela não resistiu. Só Deus sabe como gostamos disso. Eu seria capaz de engolir aqueles seios que me enchem as mãos – e tenho mãos grandes. Adoro ver o impacto do meu toque sobre o corpo dela, e parecia devorá-la com os olhos, enquanto deslizava a palma ensaboada por todas as suas curvas. Quando lhe toquei as coxas, ela suspirou, antecipando o que viria. Ela logo precisaria do apoio da parede ou do meu corpo. Devagar, beijei aqueles lábios cheios e macios, testando a intensidade de seu desejo. A impaciência do meu pênis, porém, me fez acelerar o ritmo. Virei Alexa de costas para mim, enquanto continuava a massagear seus seios redondos e a brincar com seus mamilos endurecidos. De olhos fechados, ela havia chegado ao ponto em que eu queria. Meu pênis deslizou pelo meio de sua bunda, e meus dedos encontraram a abertura que eu procurava. Ela descansou a cabeça no meu peito, expondo o pescoço delicioso. Minhas necessidades, no entanto, eram imediatas. Pressionada contra a parede, ela arfava. Fiz com que abrisse mais as pernas, facilitando a passagem por suas carnes, até o destino final. Quando cheguei por trás, meu pau faminto penetrou mais fundo e mais alto, fazendo-a gemer em êxtase. Os gemidos me encorajaram a acelerar e forçar. Gosto do poder que ela me confere, e que eu exerço sobre seu corpo sensível. Meu pênis pareceu ir ao céu, antes de explodir naquele delicado túnel. É meu lugar preferido. Nossos corpos foram feitos um para o outro. Alexa nunca me desaponta. Jamais.

Um pouco mais calmo, livre da tensão sexual acumulada, liguei o som, acendi a lareira e algumas velas. Tenho interesse por velas e, naquela noite, me senti inclinado a experimentar. Impaciente, apressei a saída de Alexa do banheiro, com a promessa de queijo malcheiroso – um ótimo *brie bem molinho* – sobre pão crocante e conhaque com gelo. Ela finalmente apareceu, radiante e corada.

– À nossa!

– À nossa!

– Dr. Quinn, o senhor não vai ficar neste romantismo, vai? E a sua reputação de playboy?

– Claro que vou honrar a minha reputação. Você desperta minhas melhores ideias.

– Ideias? Algo além de velas, conhaque e queijo?

Alexa gosta de provocar... Posso fazer melhor, com certeza, mas permaneci calado, lançando-lhe apenas um olhar de "Veja isto!". Ela nem percebeu, ocupada em desfilar pela sala.

– Beba. Quero você nua no chão, à luz de velas.

Alexa me observou atentamente, analisando meu ar sério, antes de saborear outro gole da bebida. Ela aceitaria minha proposta? Deixei que pensasse por um momento, exercendo o livre-arbítrio. Enquanto isso, bebi outro gole, para conter meu desejo de obediência imediata. Nesse jogo de gato e rato, nossos olhares não se deixavam. Esperei mais um pouco. Desafiadoramente, ela bebeu ainda outro gole e deixou o copo sobre a mesa de canto. Estava demorando de propósito; eu cobraria mais tarde. Bem devagar, desatou o cinto e deixou o robe escorregar pelos ombros. Céus, ela não usava nada por baixo! Adoro o seu estilo, Alexa, que espetáculo! Eu não conseguia desviar o olhar de sua pele maravilhosa. Uma nova onda de desejo me envolveu. Sem pressa, ela foi até a travessa, serviu-se de queijo e pão, e voltou mastigando. Seus peitinhos balançavam ao som da música. Desta vez, tomou um bom gole de conhaque, guardando a bebida de gosto cítrico por um tempo na boca, antes de engolir. Não havia um só pedacinho de seu corpo que eu não desejasse naquele momento. Juntei a palma da minha mão à palma da mão dela, e fui finalmente aceito. Ela gosta da sensação de poder, mesmo quando se entrega. Quando se trata de Alexa, a paciência sempre compensa, e me cumprimentei por ter esperado. Assim, levei-a aonde eu queria: sobre o tapete, nua, pronta para mim.

– E agora, o que vai fazer comigo?

Tive de conter as visões que invadiram meu cérebro, como resultado daquelas palavras, e nem me dei ao trabalho de responder; apenas percorri com os dedos o contorno de seu corpo. Comecei pelo dedo grande do pé, e fui seguindo: os dedos menores, o pé, a barriga da perna, a parte externa da coxa, a curva das nádegas, o recorte da cintura, até acariciar delicadamente, com o dedo mínimo, seus mamilos. Não me canso de admirar a maciez de sua pele, que toco com as mãos e os olhos. Nenhuma das mulheres que já tive reage como Alexa ao meu toque. Ajeitei um de seus braços esticado acima da cabeça, o que fez o seio do mesmo lado levantar. Precisei *de toda a minha força de vontade, para não mordiscar e chupar seus mamilos, pois sabia que isso a levaria a arquear as costas, com o sexo úmido de desejo. Se meu pênis falasse, estaria gritando, mas meu cérebro mantinha o controle. Continuando a jornada, cheguei ao rosto de Alexa, concentrado nas sensações que causava. Em seguida, levantei seu outro braço acima da cabeça. Queria liberar o acesso a seu corpo. Pela respiração acelerada, eu sabia que ela estava excitada. Sem se descuidarem de sua missão, meus dedos continuaram a deslizar. Eu também respirava rapidamente, e mal podia esperar pela etapa seguinte. Sabia, porém, que valeria a pena. Finalmente, escorreguei pela maciez da parte interna das coxas de Alexa, onde queria enterrar a cabeça e procurar com a língua a abertura tão desejada. Em vez disso, refiz todo o caminho.*

– E agora, está pronta para brincar?

– Ei, Jeremy, está me matando devagar!

Não existe som mais bonito do que a voz quase suplicante de Alexa. A recompensa perfeita para a lentidão tortuosa da minha jornada pelo seu corpo.

– Não acredito que você tenha a força de ficar nesta posição. Vou prender seus pulsos.

Quando se trata de mulheres, aprendi que vale mais uma afirmativa do que uma pergunta. Assim, elas não precisam se permitir – o que é sempre o caso de Alexa. Se ficarem caladas, já sabem o que vai acontecer. Elas podem se recusar, mas, na minha experiência, isso nunca aconteceu. Com o cinto do robe, prendi com força os braços dela acima da cabeça. Embora soubesse que podia me interromper, seu olhar travesso falsamente aterrorizado demonstrava que ela não faria isso. Alexa com certeza queria aquilo tanto quanto eu, e pensar no próximo passo a instigava tanto quanto me excitava.

– Parece que está tomando certas liberdades comigo esta noite, Jeremy.

– É você quem me inspira a tomar tais liberdades.

Quase pronto.

Amarrei as pontas do robe na perna de uma poltrona, que puxei mais para perto. Sabia que, depois do choque inicial, ela aceitaria. Em Harvard, uma das garotas com quem eu mantinha amizade colorida tentou fazer comigo, mas não suportei ceder o controle. Desde então, quis experimentar a estratégia com Alexa. Aquela era a oportunidade.

– Precisa de tanta segurança? Me prender ao pé da poltrona? E se os outros voltarem mais cedo?

– Não vão voltar.

Eu sabia, porque havia pedido a Craig que me telefonasse, caso alguém resolvesse retornar antes. Ora, se eu iria ser apanhado de surpresa... Ela deveria me conhecer melhor. Por um momento, observei o corpo exposto e preso de Alexa. Meu pênis saltou espontaneamente pela abertura do calção.

Ela riu.

– Não sei quem está com mais tesão...

Sempre penso se ela tem consciência de que morde o lábio inferior, quando diz coisas assim. Nunca comentei, porém, para não correr o risco de que ela pare de fazer.

Quando abaixei a cabeça e senti o cheiro de seu sexo, o instinto animal me dominou. Que cheiro sensacional! Ela estava pronta, com certeza. Enfiei a língua em seus grandes lábios e percorri todas as camadas quentes e úmidas. Ela gemia, arqueando as costas, mas não podia mover os braços. Beijei e chupei um pouco mais, estimulando o clitóris intumescido, antes de erguer a cabeça, com seu gosto doce na boca, e sorrir diante de sua expressão de surpresa.

– Que tesão, querida, mas não é por isso que estamos aqui.

Eu me estiquei por sobre o corpo dela, abaixando um pouco o quadril acima de sua cabeça, o que só aumentou a provocação, já que ela não podia erguer-se para abocanhar meu pênis, tão perto. Frustrada e ao mesmo tempo tentando conter-se. Que gostoso! Ao me ver pegar uma vela, Alexa perguntou, nervosa:

– Jeremy... O que quer fazer? Não vai usar isto, vai?

– Já experimentou?

Ela fez que não. Em silêncio, debatia os prós e os contras. Eu quase ouvia sua conversa interior. Achei melhor prosseguir, antes que ela desistisse.

– Pois eu já fiz, e sei que você vai gostar. Confie em mim. Eu nunca lhe faria mal.

Bom sinal: ela fechou os olhos, entregando-se em silêncio.

– Vou começar devagarinho, por um local menos sensível. Você escolhe. Assim, vai se acostumando à sensação.

É sempre bom deixar claro que ela tem voz, tem poder.

– O que sugere?

O poder voltava amorosamente ao devido lugar.

– Os pés, e vou subindo. Pronta?

Com o controle remoto, aumentei o som. Ambos gostamos de Chicane, e a música ajuda a relaxar.

Novamente Alexa fez que sim. Estava pronta, e eu não podia deixar de admirar sua disposição de me acompanhar nas experiências sexuais, sua absoluta confiança em mim. Não existe ninguém igual a ela sobre a face da Terra, quando estamos juntos. É maravilhoso. Ela fechou os olhos e prendeu a respiração, enquanto eu posicionava a vela, deixando cair cuidadosamente um pouco de cera derretida sobre o peito de seu pé. Em seguida, com um suspiro, relaxou. Não foi tão ruim quanto esperava. Sua reação serviu de consentimento para que eu continuasse. À minha lenta subida pelas pernas, ela respondia com arrepios.

– Abra os olhos, querida, quero ver você.

Completamente envolvido em suas reações, fui me aproximando da barriga de Alexa. Esperei que o castiçal tivesse cera suficiente, e derramei no umbigo.

– Oh... – ela suspirou, com um leve gemido.

Parecia mais excitada do que nos meus melhores sonhos. Não pensei que isso fosse possível. Eu só não queria gozar antes da hora.

Se estivesse com os braços livres, ela talvez se cobrisse. A precaução extra valeu a pena. Ainda assim, não queria feri-la, nem por acidente.

– Tudo bem? Foi um choque, não?

– Foi mesmo. É quente, mas não queima. Dá um calorzinho estranho no umbigo, como se fosse entrar na barriga.

Maravilhosa... Abandono e raciocínio ao mesmo tempo. Coloquei a palma da mão sobre a cera, que endurecia, formando uma espécie de tampão. Não resisti a dar um longo beijo de língua naquela boca sensual, ao qual Alexa respondeu com imediata paixão. Em segundos, estávamos literalmente sem fôlego. Meu plano não incluía essa parte, mas não reclamei. Gostaria de saber se ela tem noção da energia sexual e do puro tesão que seus poros exalam. De todo modo, seus mamilos estavam exatamente como eu queria: duros, vivos, em estado de alerta. Acomodei-me sobre o corpo dela, garantindo que suas pernas ficassem presas, tal como as mãos. Senti que precisava me apressar, ou derramaria meu sêmen, em vez de cera quente, no peito dela.

– Oh, Jeremy, tem certeza?

– Absoluta, querida. Você vai gostar. Penso nisso desde que chegamos. Quero moldes dos seus lindos peitinhos. Agora, fique quietinha; não quero errar o alvo.

Ela respirou fundo, sem dúvida para controlar a ansiedade. E esperou.

– Abra os olhos.

Adoro quando Alexa me obedece. Ela fica ainda mais perfeita. Eu pretendia fazer um mamilo de cada vez, mas estava prestes a explodir, e precisava me apressar. Então, peguei outro castiçal, verifiquei se os dois tinham a mesma quantidade de cera derretida e decidi acreditar no meu olho clínico, cobrindo os dois mamilos ao mesmo tempo. A expressão no rosto de Alexa era inesquecível – mistura de apreensão, curiosidade e excitação.

– Confie em mi. Eu sou médico – *falei com uma piscadela, enquanto posicionava os dois castiçais.*

Percebendo seu ar de expectativa, esperei um pouco, para que a ação coincidisse com o refrão da música. Embora soubesse que seria praticamente impossível, pedi a ela que acalmasse a respiração. Ela gemeu alto, e cravaria as unhas em mim, se pudesse. Tinha chegado o momento certo: derramei a cera quente em seus mamilos, fazendo-a estremecer de susto. Imagino a sensação. Eu tremia de excitação, sabendo que o choque inicial seria compensado pela sensação e pelo prazer que se seguiriam.

– Oh, Jeremy, está quente, danado de quente! Venha, venha, venha!

Alexa transpirava, o que não costuma acontecer. Tentava libertar os braços e forçava o quadril para cima. A cera começou a endurecer sobre os delicados botões cor de rosa. Para conter o maremoto que se formava dentro de mim, coloquei cuidadosamente as velas nos castiçais, deixando uma ao meu alcance, e aguardei que o desejo dela superasse a sensação de calor nos mamilos.

– Agora, Jeremy, por favor, AGORA!

Seria falta de cavalheirismo negar um pedido daqueles.

Ergui meu corpo e, com delicadeza, virei Alexa de costas, fazendo com que se apoiasse nos joelhos e cotovelos. Então, mais delicadamente ainda, posicionei meu pênis em sua vagina úmida, de modo que fosse envolvido pelas carnes dela. Meu pau não poderia desejar um lugar melhor.

– JEREMY!

Impaciente, Alexa respirava com dificuldade. Seus mamilos cobertos de cera balançavam acima do tapete. A visão de seu corpo era sensacional. Peguei o castiçal que estava ao meu lado e despejei um pouco de cera derretida na abertura entre as nádegas dela, cuidando para que o fluxo descesse, seguindo o caminho predeterminado. A bunda se contraiu, tão intensa foi a sensação, enquanto ela soltava um grito poderoso e apertava a vagina em torno do meu pênis, me proporcionando um prazer incrível que logo explodiu dentro dela. A conexão mágica entre nossos corpos culminou em orgasmos simultâneos e na entrega final.

No momento em que a vi, percebi que era a mulher para mim, o complemento do meu coração e da minha alma. Éramos muito jovens, porém. A vida se oferecia. Precisei testar meus limites, afastar-me, para entender o tanto que ela significava. Com o passar dos anos, o sentimento ficou mais forte e profundo, como as raízes de uma árvore majestosa em solo fértil.

Parte 2

"As emoções ocorrem precisamente quando algum obstáculo impede a adaptação."

– E. Claparède

Alexa

Quando afinal recupero a consciência, sinto o corpo pesado e a cabeça doendo. Estou sentada, com as pernas bem presas. Pessoas passam por mim, caminhando em todas as direções, e avanço devagar no meio delas. Tento olhar para cima e ver seus rostos, mas fico tonta.

Estou amarrada a uma cadeira de rodas. O cenário do pesadelo que me atingiu se completa em minha mente, e a adrenalina faz meu coração disparar. Instintivamente, tento gritar, mas a voz sai abafada. Taparam minha boca. Uma bata preta e comprida cobre as roupas que uso. Ao balançar a cabeça, descubro que tenho cabelos, nariz e boca cobertos pelo mesmo material. Somente meus olhos estão abertos para o mundo exterior. Um par de olhos verdes petrificados, incapazes de falar ou gritar. Que conseguem apenas observar a normalidade ao redor. Alguém me vestiu uma burca. Estou horrorizada. Não é justo usar assim a religião. Ninguém vê que estou presa embaixo destes panos. Sigo completamente incógnita, em meio à atividade febril. Como estou abaixo do campo de visão dos passantes, ninguém percebe o terror nos meus olhos. Além disso, todos parecem concentrados nos próprios problemas.

Depois de uma olhada rápida, uma moça visivelmente desinteressada abre o portão de segurança. Grito em silêncio, desejando com todas as forças que ela encontre o meu olhar e descubra que alguma coisa está fundamentalmente errada. Sem expressão facial alguma, e com um breve aceno de cabeça, a moça indica que devo ser conduzida à entrada para deficientes. Tento inutilmente algum movimento, enquanto prossigo na jornada rumo à plataforma, onde um trem espera. Ouço avisos em inglês e francês, anunciando as próximas partidas. Céus, estão me levando para fora do país. A expressão aterrorizada de Jeremy surge em minha mente, e sou tomada por ânsias de vômito. Digo a mim mesma que *não* vou vomitar. Depois de um momento de determinação psicológica, venço a batalha contra meu estômago revoltado. A realidade me corta como um machado. Isto não é brincadeira. Está acontecendo exatamente o que Jeremy disse temer, durante nossa última conversa na praia, em Avalon. Seu maior medo se realizou. Fui sequestrada no meio de milhões de pessoas, em Londres, em uma operação fácil: bastou me pegarem no aeroporto e me levarem em cadeira de rodas até a estação do serviço de trens do Eurostar. Sem perguntas ou desconfiança. Simples e eficiente.

Sou conduzida a uma cabine. A pessoa que empurra a cadeira debruça-se sobre mim, abre a tira de velcro que fecha minha roupa e solta as amarras que me prendem pela cintura, pelas pernas e pelos pulsos. Em seguida, me transfere para uma poltrona. Antes que eu consiga ver-lhe o rosto, o meu captor pega a cadeira e deixa a cabine, fechando a porta. Fico sozinha, felizmente com as minhas roupas. Ao lado da poltrona, perto da janela, há uma bandeja de comida e algumas garrafas de água. Em um cubículo no canto, vejo pia e vaso sanitário. Imediatamente examino a janela, mas já sabia que a persiana estaria pregada. Não vejo o que se passa lá fora, e ninguém me vê aqui dentro, com certeza. Automaticamente, experimento a porta; está fechada, é claro. Sentindo-me mais alerta, bato com força. Um solavanco em minhas pernas já instáveis indica que o trem acaba de partir. Não consigo evitar uma onda gelada de medo que me invade. Um tremor incontrolável começa na ponta dos dedos, espalhando-se pelo corpo e me fazendo cair – por sorte, sobre a poltrona. O que acontecerá em seguida?

Instintivamente agarro o bracelete. Meus dedos procuram a segurança do diamante cor-de-rosa e da inscrição "Anam Cara" – companheiro da alma, em idioma gaélico – e ofereço uma prece silenciosa a Jeremy, ao universo.

Por favor, por favor, faça este bracelete funcionar como você disse. Encontre-me, por favor. Não sei para onde sou levada nem o que querem de mim. Você nunca me explicou direito. Que eu seja forte o bastante, para sobreviver ao que vier a acontecer, até nos encontrarmos novamente. Preciso tanto de você...

Só posso esperar que ele cumpra a promessa de monitorar meu paradeiro dia e noite, em qualquer lugar do mundo, por meio deste diamante. Senão, como vão me encontrar? Enquanto aperto o bracelete que me liga a Jeremy, tento conter o pânico: respiro fundo e lembro a última noite que passamos juntos em Avalon, quando nosso amor alcançou uma dimensão inteiramente nova, como se de algum modo o universo conspirasse para nossa união espiritual. Eu, pelo menos, senti assim. Acaricio o bracelete e mergulho em lembranças.

Depois de tudo que passei desde o encontro com Jeremy, no Inter-Continental Hotel, nunca me senti tão viva ou sexualmente disposta. Carrego na alma uma centelha colorida que jamais se apagará. É como se meu objetivo de vida fosse manter essa chama. Depois de tudo que Jeremy despertou em mim, preciso me unir a ele, levá-lo a um lugar além do sexo e quase além do amor que sentimos um pelo outro. Nada de experiências, exames, testes sanguíneos, brinquedinhos ou amarras. Nada de registrar meus níveis hormonais. Preciso me ligar a ele naturalmente, apaixonadamente – como dois seres sexuais em conexão. Uma força poderosa dirige minha sexualidade, como se fosse uma personalidade independente dentro de mim. É impossível negar essa força que me incentiva a tomar a liderança de um homem que não gosta de receber ordens.

Por saber intuitivamente que as palavras dissipariam a energia do momento, tomei em silêncio a mão de Jeremy e o levei até a cama. Alguma coisa no formato circular daquela casa na árvore me dava coragem de abraçar a paixão que trazia em mim e prosseguir na busca. Com um simples erguer de sobrancelhas, ele me deixou tirar seu robe, com certeza pensando no que eu pretendia. Embora ele se esforçasse por permanecer imóvel, percebi leves movimentos de seus dedos. Obedecendo à força poderosa que me mandava assumir o con-

trole, tirei meu robe, deixando as duas peças juntas sobre o piso bem polido. Ele relaxou visivelmente, ao percorrer meu corpo com o olhar. O calor era cada vez mais forte entre nós. Ele aguardava meu próximo movimento. Eu sabia muito bem o que queria. Sem protestar, deixou que eu o posicionasse no centro da cama redonda, como uma águia de asas abertas. Meus olhos absorveram avidamente aquela visão magnífica. Sua presença e majestade quase me tiravam as forças. Respirei fundo algumas vezes, até me recompor. Depois de beijar de leve aqueles lábios macios, montei com cuidado sobre o corpo nu de Jeremy. Queria que cada toque fosse proposital; nada seria deixado ao acaso. Coloquei delicadamente meu dedo indicador em sua boca, pedindo silêncio. Pela expressão de seus olhos, ele me passava o poder, deixava que eu assumisse o controle. Sei quanto isso lhe custa. No entanto, ele permanecia imóvel entre lençóis brancos e dourados – o perfeito Homem Vitruviano, segundo a interpretação de Leonardo da Vinci, me entregava seu corpo. Meu coração se encheu de amor. Era por mim que ele não se movia, não me tocava. Que me permitia beijar ou fazer o que quisesse em todos os pontos de seu corpo, de acordo com a minha vontade.

Eu estava encantada com a força sexual que emanava de nossos corpos e mentes, com sua disposição de se entregar a mim. Ele sufocava com dificuldade os gemidos de prazer, causados pela minha contínua exploração de novas dimensões. Meu sexo queimava de tesão. Com força, paciência e determinação extraordinárias, o único movimento do corpo de Jeremy – além dos arrepios – era o crescimento magnífico do pênis, que esperava pela atenção das minhas mãos e dos meus lábios. Somente quando levei a boca àquele corpo que considerava meu, deixando minha língua brincar à vontade, ele soltou um gemido. Pelo tremor de seu corpo sob o meu, sabia que ele estava prestes a gozar, tal como eu. Desejando a completude que só Jeremy podia me proporcionar, ajeitei o corpo sobre o dele e abri as pernas sobre seus quadris e acomodando todo o volume de seu belo pênis dentro de mim. Gotas de suor brotavam-lhe da testa, não sei se *pela prolongada imobilidade ou pelo desejo. Ainda assim, ele não me tocava, como se compreendesse a minha – a nossa – necessidade, e não quisesse perturbar meu ritmo. A entrega, o abandono, me deixavam em êxtase. Jeremy partilhava comigo o poder, a masculinidade, a fonte de vida. Eu sentia cada milímetro de sua abundância dentro de mim. Estávamos muito próximos, quando ele ergueu um pouco a cabeça e lançou um olhar suplicante. Eu não podia retardar por mais um minuto sequer o prazer do homem que amo. Joguei a cabeça para trás e apertei seu pênis dentro de mim. Ele explodiu imediatamente, com uma plenitude contagiante. Em um estado mágico de completa euforia, eu me deixei cair sobre ele. A lava líquida intensificava nossa união, enquanto avidamente buscávamos a boca e a língua um do outro, na linguagem silenciosa e universal da sexualidade pura, até nos deitarmos lado a lado, saciados por completo, tanto física quanto emocionalmente.*

– Obrigada pelo que fez por mim – *agradeci com um sorriso.*

– Obrigado pela oportunidade. Nunca experimentei nada parecido.

– Abrir mão do controle?

– É... Deixar você dominar. Não é minha preferência, mas devo reconhecer que foi incrível.

– E por que você me deixou dominar?

Pausa.

– Porque era muito importante para você, e eu nunca lhe negaria uma experiência sexual que representasse uma necessidade ou um gosto seu. Sou a favor da exploração e descoberta de todos os aspectos da natureza sexual, ainda mais entre nós, e depois de tudo que você viveu nos últimos dias. Estou certo? – *ele completou com ar brincalhão.*

– Está – *admiti.* – Parecia que uma força dentro de mim exigia que eu assumisse o controle. Como nunca senti um desejo sexual tão intenso, obedeci.

– Não dá para descrever o prazer que sinto ao ver finalmente você reconhecer que a sexualidade representa a parte principal do seu ser, embora tenha passado os últimos anos enterrada e esquecida, Alexa – ele completou, com uma risadinha.

– Obrigada, dr. Quinn. Já nem sei se eu me conhecia, antes deste fim de semana.

Jeremy me puxou para mais perto, perguntando:

– Como se sente?

– Meio aérea, mas tão plena, satisfeita, segura, inteira...

– Somente agora, que estamos juntos, começo a sentir a vida completa – ele murmurou.

Estávamos coladinhos, com as pernas entrelaçadas. Maravilha...

– Amo você, Jeremy.

– E eu a amo, Alexandra, você nem imagina quanto.

Essas foram as últimas palavras ditas, antes que eu adormecesse profundamente nos braços dele.

As lembranças me levam às lágrimas, e a situação me dá medo. A ideia do que me pode acontecer, enquanto estou longe de Jeremy e dos meus filhos, faz minha aflição chegar ao ponto da histeria. Em estado de total pavor e descontrole, agarro a bandeja de comida, que não suporto sequer olhar, e atiro contra a parede. Que pesadelo! O que querem de mim? Somente ao me levantar, meio trôpega, para lavar o rosto com água fria no pequeno banheiro, percebo a alta velocidade do trem. Daria qualquer coisa para cair em uma cama, adormecer e acordar nos braços de Jeremy, sabendo que tudo não passou de um sonho ruim. Forço inutilmente, mais uma vez, a porta e a janela, mas me vejo sem outra alternativa a não ser voltar à poltrona, no isolamento e no silêncio da cabine, entregue a terríveis suposições acerca do que vai acontecer.

Ao perceber que o trem reduz a velocidade, penso se serei submetida novamente à humilhação de ser amarrada à cadeira de rodas. Lembro-me vagamente de ter ouvido dizer que a burca seria banida em espaços públicos na França; não sei se é o caso. Quando a porta se abre de repente, o susto me deixa trêmula. Deus me ajude. Os dois fortões que entram em seguida, sem me olhar nos olhos em momento algum, tomam todo o espaço. Um deles se aproxima de mim. Continuo calada, de cabeça baixa, tremendo sem parar. Sem notar que estou paralisada de medo, ele faz sinal para que eu me levante. Como não obedeço, sou colocada de pé e algemada. Oh, céus. Quando uma espécie de máscara de gás é ajustada ao meu rosto, cobrindo boca e nariz, prendo a respiração, em uma tentativa de não perder outra vez a consciência. Logo me convenço, porém, de que se trata de uma estratégia vã, e inicio uma série de movimentos respiratórios curtos, sem saber qual é a substância que vai invadir meus pulmões. O primeiro homem me mantém imóvel, enquanto o segundo prende cuidadosamente às minhas costas, com tiras que passam pela cintura e por baixo dos braços, um recipiente meio parecido com um extintor de fogo ou um pequeno tanque de oxigênio – meu respirador autossuficiente. Em poucos minutos, durante os quais tenho joelhos e tornozelos amarrados, minhas pernas parecem amolecer, e vou me encostando ao homem que me sustenta. A sensação é agradável, relaxante. Já senti algo parecido no consultório dentário. O óxido nitroso – por muito tempo chamado de gás hilariante – amortece a sensação de dor e produz euforia.

Um dos homens sai por instantes e volta puxando uma mala de viagem de tamanho maior do que o normal. Como se estivesse combinado, começo a rir, ao pensar que uma daquelas poderia ser usada para transportar roupas em algum evento de moda. Só paro de rir quando a mala é aberta, e sou literalmente dobrada e guardada lá dentro. Como se não fosse comigo, penso que o forro de espuma é de má qualidade. No entanto, não me sinto mal, e fica difícil decifrar minhas verdadeiras emoções. Em vão esfrego a máscara contra o forro de espuma, para ver se, sem ela, penso com mais clareza. Sou forçada a ficar em posição fetal. Sinto que deveria gritar e me debater, mas me falta energia. Apesar da sensação de peso e do calor, da imobilidade e da máscara – que abafaria qualquer som – estou surpreendentemente confortável. Como eu coube na mala? Se quisessem fazer o mesmo com Jeremy, teriam de encomendar uma sob medida! Com a tampa fechada, meu mundo escurece completamente. Não estivesse eu tão relaxada, a tremedeira recomeçaria. Ouço o zíper ser fechado, e a mala é colocada de pé. Agradeço em silêncio o forro generoso, que torna mais suave a viagem iminente para um destino ignorado. Imagino o desconforto, não fosse ele. Não vejo, não escuto, não falo, não sinto gosto nem cheiro. Conto apenas com o corpo imobilizado, cheio de relaxante. Só me resta respirar.

Jeremy

No bar, remexo os petiscos na travessa, alheio a tudo que se passa em volta. Os pensamentos – todos perturbadores – estão voltados para Alexa. Além da ideia aterradora de que ela pode estar ferida, não consigo deixar de lembrar as oportunidades perdidas e minha falta de habilidade em lidar com os sentimentos que tinha por ela. E agora, droga, talvez nunca possa reparar os erros. Alexandra provavelmente não tem consciência da complexidade das minhas emoções em relação a ela. Eu mesmo demorei a admitir essas emoções e, para não assustá-la, preferi manter nossas relações em um nível mais ligado ao prazer. Em última análise, queria dar-lhe o mundo e ser seu ponto focal. Na época, porém, eu sabia que, por ser impulsivo demais, nossas trajetórias rumo ao futuro seriam muito diferentes.

Faltavam poucos dias para eu completar 25 anos quando encontrei meu irmão mais novo, que sofria de depressão grave, morto na garagem de casa. Ele havia fechado a porta por dentro e inalado os gases do carro do meu pai. A partir daquele momento, minha visão do mundo nunca mais foi a mesma. Meus pais, que Deus os abençoe, lidaram com aquela perda devastadora melhor do que eu – pelos menos, foi o que pensei. Minha dor era brutal, insidiosa, esmagadora. Eu me culpava por não ter-lhe oferecido a ajuda de que tão desesperadamente necessitava. Se ao menos tivesse me informado mais, estudado mais, compreendido mais, passado mais tempo ao lado dele... Se a medicação que ele tomava o tivesse ajudado a lidar melhor com a vida, em vez de fugir dela... Minha mente não conseguia superar a perda de Michael. Havia muitas explicações a buscar. Por que meu irmão e não eu? Por que a nossa família? Aquela condição fazia parte do nosso código genético ou era exclusiva dele? Deus sabe como os parentes e amigos tentaram me apoiar, mas eu não estava pronto para receber o apoio deles. Não queria que tivessem pena de mim. Então, afastei-me de todos, inclusive de Alexa, para entender o que se passava.

Precisei fugir do burburinho e da pressão da cidade grande. Sentia uma necessidade urgente de enterrar a minha dor no trabalho de campo, em vez de mergulhar em livros, teorias e palestras. Queria provar que estava vivo, ao contrário de Michael, cuja vida se perdera na flor dos seus 20 anos. O serviço de ambulância aérea e as regiões afastadas me ofereceram refúgio, espaço e distância de tudo e de todos que eu conhecia. Felizmente havia necessidade de médicos, e fui aceito logo que obtive o brevê de piloto, já que podia exercer as duas funções. Fortes mãos masculinas eram sempre necessárias, no ambiente hostil de regiões remotas da Austrália do Sul. Tudo parecia mais tranquilo, quando conheci Leo. Ele também havia perdido um parente – um primo – por suicídio, e passávamos horas discutindo teorias sobre a depressão aguda, sem chegar a uma conclusão quanto à possível combinação de fatores psicológicos, químicos ou ambientais. Leo representou a orientação de que eu necessitava, para corrigir o rumo da minha vida.

Na época, eu precisava urgentemente de orientação, tal como hoje preciso urgentemente de Alexa. Tive de afastar-me dela, para que cada um seguisse seu caminho. Não me sentia pronto para formar a família que ela tanto queria, nem podia desviar-me da missão que me impusera: buscar a cura da depressão. Tinha de impedir que outras famílias passassem pelo sofrimento vivido pela minha família, quando da morte de Michael. Agora, porém, sei que Alexa representa minha ligação com o mundo. Com tanto amor, não posso deixá-la escapar por entre os dedos novamente. Ela é o oxigênio que alimenta minha vida.

Lembro-me bem da conversa que selou nossa separação por uma

década. Estávamos na ilha grega de Santorini, discutindo o futuro, e chegamos a uma bifurcação, como a extremidade da língua de uma serpente venenosa que acabou por me ferir.

– *Estou pronta para alguma coisa mais séria, Jeremy. O trabalho está ficando rotineiro, monótono, não tem o mesmo apelo de antes. O mundo empresarial se resume a lucro, e preciso saber que sou útil para as pessoas. O dinheiro pelo dinheiro não me interessa. Além disso, não sou tão determinada quanto você. O trabalho, somente, não me satisfaz.*

– *E o que vai fazer a respeito?*

Estávamos ao sol, sobre uma pedra, junto às águas mornas do Mar Egeu. Eu cumpria a tarefa de passar protetor solar nas costas de Alexa. Vida boa!

– *Estou pensando em me dedicar integralmente à Psicologia.*

– *Uau! Uma mudança e tanto! Está pronta para isso?*

– *Com certeza. Mas não é só. Estou pronta para sossegar.*

Continuei a massagear as costas macias de Alexa.

– *O que quer dizer com "sossegar"?*

Fui tomado por uma onda de apreensão. Sossegar? Droga, não a minha Alexa!

– *Você sabe. Formar família, talvez voltar à Austrália. Não quero criar filhos no centro de Londres.*

– *Está falando sério?*

Para disfarçar o susto, comecei a espalhar rapidamente o creme que, sem querer, derramei em excesso nos ombros dela.

– *Claro que sim, Jeremy! Por que não estaria? Meu relógio biológico soou, e estou cansada do ambiente e da agitação de Londres.*

– *Mas você tem muito tempo, não está nem perto dos 30!*

Ela ia escapar! Eu precisava apresentar meus argumentos. Sabia que não estava pronto para formar família nem "sossegar". Minha carreira começava a deslanchar! A pesquisa em Harvard só me convencia de estar no caminho certo. Nunca chegara tão perto de uma descoberta significativa quanto ao desequilíbrio químico do cérebro. Depois de tantos anos, sentia que finalmente estava prestes a alcançar um resultado tangível que poupasse as famílias da dor que a minha sofrera com Michael. Eu não podia suspender a pesquisa nem dividir o foco entre família e trabalho. A interrupção dos estudos seria um desastre. E Alexa jamais aceitaria um companheiro que não desse atenção aos filhos.

Minha mente fervilhava, quando ela falou calmamente:

– Eu sei, mas não falta tanto assim. Nunca se sabe quanto tempo essas coisas vão levar. Uma amiga minha acabou de fazer 30 anos, e já está tentando engravidar há dois. Não sei como eu sobreviveria, se isso me acontecesse. Não posso esperar muito mais. Meu coração fica apertado, a cada bebê que vejo. Essa vontade de ter um filho é a mais forte que já senti. Se passo por uma mulher grávida, sorrio para ela, enquanto me brotam lágrimas dos olhos. E esses sentimentos estão inegavelmente mais intensos a cada dia. Tenho a impressão de que nada mais importa.

Obriguei minha mente a abandonar súbitas ideias mórbidas acerca da ruína a que a depressão é capaz de levar a mais feliz das famílias, e a concentrar-se nas palavras de Alexa. Meu amor... Melhor amigo... Relógio biológico... Estaria ela esperando que eu fosse o pai? Ou já teria engravidado? Droga! Eu não estava pronto. Como se percebesse minha apreensão pelo rumo que a conversa tomava, ela se sentou, com os olhos fixos nos meus.

– Está tudo bem, Jeremy – falou, com um sorriso delicioso. – Não precisa se assustar! Eu sei que a sua carreira representa e sempre representou tudo para você. Além disso, nosso relacionamento nunca foi monogâmico. Fazemos um sexo maravilhoso, quando nos encontramos, mas nesses anos todos você deixou bem claro o que pensa do casamento.

– Bem... Acho que sim...

Com um brilho especial no olhar, ela sorriu, fazendo aparecerem duas covinhas. Com um suspiro de alívio, relaxei. Ela sabia que significava muito mais para mim do que sexo incrivelmente prazeroso. Ou não? E quanto às minhas opiniões contrárias ao casamento... Bem, tínhamos passado os anos anteriores em lugares opostos da Terra, e não tive oportunidade de explicar que me referia a todas as outras mulheres, até que eu estivesse pronto para ela.

– Eu conheci alguém.

A frase caiu como uma bomba. A linha dos meus pensamentos foi cortada abruptamente. O coração disparou.

– Acho que está ficando sério – Alexa completou.

Com a respiração em suspenso, percebi que ela esperava uma resposta. Tive de fingir que tossia, para a voz sair.

– Verdade? Como é o nome dele?

– Robert. É inglês, mas está disposto a viver na Austrália comigo. Ele adora crianças. Nós nos conhecemos há alguns meses, na casa de um amigo que festejava o batismo do filho.

Embora visse os lábios de Alexa se mexerem, eu não ouvia sua voz, tal a força com que meu coração batia, parecendo ecoar nos ouvidos. Era isso. Estava perdendo Alexa. Ela queria sossegar, ter bebês, morar na Austrália – três decisões impossíveis para mim, àquela altura da vida. Ela não sabia que era minha, desde o momento em que nos vimos pela primeira vez? E, se não sabia, como eu poderia dizer isso naquele instante? Parecia tão feliz e animada, ao falar de "Robert" e da vida que poderiam construir juntos... Merda! Como a nossa conversa havia chegado ali?

Balancei com força a cabeça, para que a voz de Alexa atravessasse o meu torpor.

– De todo modo, quis lhe contar, porque, se Robert e eu realmente nos casarmos, como estamos planejando, sabe como é... Não vamos mais passar fins de semana juntos, como este. Não seria... certo, não acha?

Ela me olhou, entre resignada e ansiosa. Minha Alexa ousada, divertida, estava me deixando porque eu não podia dar o que ela desejava, naquela fase da vida. E tinha razão. Eu não podia. Ou não queria. Era cedo demais, éramos jovens demais. Além disso, ela parecia gostar realmente do outro. Como negar-lhe o direito à felicidade? Quem não estava pronto era eu. Forcei um tom de voz calmo, ao responder:

– Claro, querida, não seria certo. Fico feliz por você, e obrigado por me contar. Mas saiba que se ele a magoar, aborrecer... Ou se algum dia deixar de tratá-la como uma deusa... Porque você é uma deusa... Ele vai se ver comigo. E você sabe como eu sou!

Ela abriu um sorriso lindo, que tentei retribuir.

– Bastante teatral, Jeremy. E eu sei quem você é. Meu eterno protetor – ela completou, com um aperto carinhoso no meu braço.

– Sempre vou cuidar de você, Alexandra. É muito importante que saiba disso.

Falei de um modo solene, pomposo, que provavelmente a deixou constrangida, em especial se ela amava Robert, e não a mim. Eu precisava apoiar a escolha de Alexa e, com urgência, desanuviar o ambiente.

– Mas, por enquanto, você é minha, e não dele. Este é o nosso último fim de semana juntos, antes de você "sossegar". Portanto, fique tranquila, que vamos aproveitar ao máximo.

Um tom amargo transpareceu na minha voz. Ao perceber a rara sensação de que lágrimas quentes me brotavam nos cantos dos olhos, e não querendo encarar Alexa, peguei-a no colo e, sem dar atenção aos seus gritos, joguei-a na água morna do mar. Assim que ela voltou à superfície, pulei para resgatar o que, pelo menos até então, era meu. Precisava desesperadamente sentir a água em contato com a pele, lavando minhas emoções desencontradas e aliviando o peso do meu coração.

Nao vou deixar que ela me escape entre os dedos novamente! Soco o balcão do bar, para confirmar a determinação.

– Jeremy, tudo bem?

– Olá, Sam, não o vi chegar.

Sam, de hábito um sujeito alegre, parece extremamente preocupado. Para que ele não perceba, enxugo depressa todo sinal de umidade no canto do olho. Droga, não devíamos passar por isso.

– Estava a quilômetros de distância. Alguma novidade?

Ao mesmo tempo, faço um gesto na direção do garçom, pedindo outro uísque. A bebida disfarça a dor, mas esta vai ser a última dose. Preciso estar atento às notícias sobre Alexa.

– Na verdade, tenho algumas novidades. O sinal do bracelete de Alexandra foi rastreado na estação de St. Pancras. Acreditam que ela embarcou para Paris. Embora o rastreador não seja tão eficiente em alta velocidade, conseguimos sincronizar os horários de partida do trem e o bracelete, e estamos 99% certos. A menos que...

– O quê? – interrompo, frustrado com a demora da explicação. – Qual é o problema, Samuel?

Droga, preciso me controlar.

– Bem, podem ter manipulado o bracelete, para nos despistar. Acha que sabem da função dele? – Samuel pergunta.

– No meu sistema não havia referência ao bracelete. E no seu?

– Também não. Portanto, estamos garantidos durante algum tempo... Pelo menos até eles tentarem tirar o bracelete dela e descobrirem que não conseguem.

– Então é isso. Se ela pode estar em Paris, é para lá que vamos.

Finalmente alguma coisa a fazer, em vez de lamentar, apenas. Começo a me levantar, mas Sam me segura pelo braço.

– Isso foi há algumas horas, Jeremy. Ela pode estar em qualquer ponto da Europa, agora. Espero que não se importe, mas vendo a sua preocupação, tomei a liberdade de falar diretamente com Martin...

Minha expressão faz Sam interromper o que dizia. Respiro fundo. "Calma, Quinn".

– Desculpe, Sam, continue, por favor.

Ele fica visivelmente aliviado. Devo tê-lo assustado, porque Sam não se perturba com facilidade.

– De todo modo, localizamos o sinal na Gare du Nord, por um curto período, mas logo o perdemos. O pessoal da segurança acha que ela foi transferida para outro trem, partindo de Paris em direção à fronteira da Suíça, ao sul. No entanto, só teremos certeza quando eles pararem em algum lugar. Isso deve acontecer pela manhã. Martin espera completar a equipe nas próximas 24 horas.

— O quê? — começo a gritar. — Não podemos esperar tanto! Sam, os putos sequestraram Alexa!

— Essas coisas demoram, Jeremy, e eles não querem envolver as autoridades por enquanto...

Não quero ouvir o tom conciliador de Sam. Por que diabos Martin e Moira falam com ele, em vez de falarem comigo? Quando pego o telefone no bolso do casaco, descubro que está no modo silencioso e tenho cinco ligações perdidas. Merda! Como isso aconteceu? Completamente frustrado, jogo o aparelho sobre a mesa. Nada está saindo como eu queria.

Afasto a mão de Sam e me levanto.

— Está brincando comigo?

Minha cabeça lateja. A calma de Samuel me irrita. Estou prestes a esquecer as normas de civilidade. Pego novamente o telefone, pensando em fazer uma ligação que esclareça alguma coisa. Sam se apressa a completar o que dizia.

— Parece que estão tentando evitar qualquer burocracia, para o caso de sermos obrigados a agir rapidamente, se entende o que quero dizer.

Ele parece desconfortável, ao falar, e apressa-se a completar.

— De todo modo, pela manhã pegaremos o primeiro voo para Paris, e provavelmente já teremos uma ideia melhor do lugar aonde ela foi levada.

Embora com relutância, analiso as palavras dele e procuro controlar a raiva.

— Está bem, eu entendo. Se, de repente, precisarmos agir, é melhor não termos de pedir autorização para o que quer que seja.

Tomo o último gole de uísque, para ver se fico menos nervoso e preocupado com o bem-estar de Alexa. Se ela pudesse estar agora em segurança nos meus braços... Sinto uma onda de raiva tão intensa, que seria capaz de matar o cretino que a levou. Esse não é um sentimento adequado a um profissional da Medicina, mas não dou a mínima para isso.

– Assim que descobrirmos a localização dela, quero estar no primeiro voo para lá. Fale com Martin.

– Vou fazer isso.

Estou me sentindo claustrofóbico e preciso urgentemente de um pouco de ar. Não sei como pude ser arrogante assim. Não é justo descontar em Sam, que faz tudo para ajudar. Respiro fundo outra vez, em um esforço ainda mais intenso para controlar minhas emoções perigosas. Com a mão no ombro de Sam, falo em tom mais suave:

– Obrigado, Sam. Fico muito grato. Essa incerteza me mata. Preciso ter Alexa de volta.

– Sei, Jeremy. Nós vamos trazê-la.

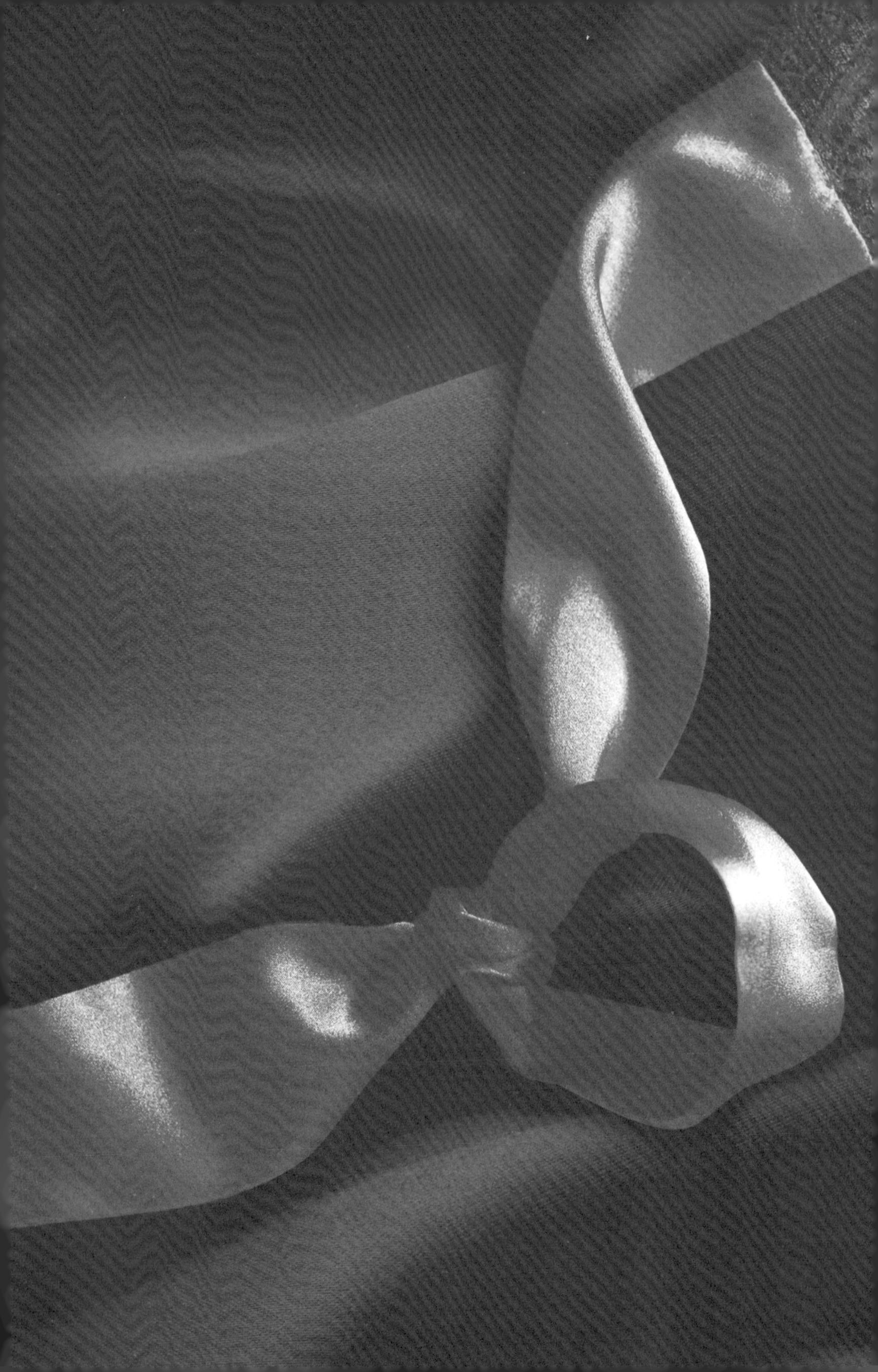

Parte 3

"Enquanto o médico pensa, o paciente morre."

– Provérbio italiano

Alexa

Depois de esfregar a pele para remover a sujeira, o cansaço e as lágrimas, deixo a cascata de água quente cair sobre meus músculos exaustos. Somente então minhas emoções parecem adormecer. Sinto o coração congelado. Não sei nem quero saber há quanto tempo estou aqui. Meu cérebro parece incapaz de tomar decisões, por mais simples que sejam. Só penso em deixar o chuveiro ao perceber que estou sentada no chão, e a água acumulada que chega às minhas pernas está esfriando e me faz tremer. Sair daqui? Para onde? Que lugar é este? Quem fez isto comigo? Não tenho lágrimas a derramar. Esgotei minha cota.

Mesmo a toalha macia que distraidamente enrolo nos ombros parece áspera. Ainda bem que o espelho está coberto de vapor; a visão do meu rosto talvez tornasse este pesadelo ainda mais real, mais palpável, e não me sinto capaz de suportar isso. Hesitante, abro a porta do banheiro. Não sei bem o que há do outro lado. Lembro-me vagamente do que vi ao passar por lá, como uma criatura não identificada que acaba de sair do casulo: uma mobília clássica, quase de época, que incluía armário, mesas de cabeceira, cama de casal mais alta do que o padrão e poltrona de estampa florida. Foi um choque descobrir que meus olhos viam a luz novamente, e que eu respirava sem máscara, além de estar livre das amarras. Com cautela, observei o cômodo, enquanto esticava os membros doloridos, depois da longa imobilidade, para que o sangue chegasse às extremidades. A luz acesa no banheiro atraiu minha atenção, e me arrastei até o vaso sanitário. O chuveiro foi o segundo ponto de atração; tirei rapidamente as roupas que vestia desde a partida de Melbourne – parece que foi há séculos – e liguei a água.

As cortinas abertas nada escondem. Assim que meus olhos se acostumam à claridade, revela-se a paisagem lá fora: pastagens e ondulações, atrás das quais o sol mergulha rapidamente, tingindo o céu com as cores do crepúsculo. Ao longe, montanhas majestosas criam um perfeito pano de fundo – "para quem está de férias", eu me corrijo, "o que certamente não é o meu caso". Com as mãos apoiadas no parapeito, eu me equilibro melhor e respiro fundo, tentando evitar a sensação de pânico, que ameaça me tomar outra vez. Reparo que o lugar onde estou é bem alto. "Alto demais para uma fuga..." A ideia me invade a mente assim que descubro ser impossível abrir a janela.

Estou presa no que parece uma espécie de castelo. Entrei em um castelo há muito tempo, perto da cidade de Reims, quando visitei a região de Champanhe, na França. No entanto, pela silhueta das montanhas, devo estar mais a leste, em direção à Áustria, à Itália ou, talvez, aos limites do Leste Europeu. Impossível saber. Estremeço diante da realidade insondável, comparada às deliciosas aventuras na Europa, anos atrás. Como acabei envolvida nessa confusão? Só sei como tudo começou. Reparo que a toalha está caída aos meus pés. Nua, olhando a paisagem pela janela, sinto-me uma Rapunzel sem as sedutoras e longas tranças como meio de fuga ou um belo salvador – pelo menos por enquanto. Levo aos lábios o bracelete, que é só o que me resta no corpo, e desejo com todas as forças que Jeremy localize meu paradeiro e me salve dos sequestradores.

"Nada disso, chega de lágrimas", digo a mim mesma. Afinal, estou viva; exausta e humilhada, é verdade, mas essencialmente ilesa. Preciso me concentrar nos aspectos positivos desta situação sombria. Se quisessem me fazer mal, ou pior – a ideia me causa arrepios – matar, teriam todas as oportunidades do mundo, a partir do momento em que entrei naquele carro fatídico, em Heathrow. Com o máximo possível de calma, pego a toalha no chão e enrolo no corpo, passando por baixo dos braços. Onde estarão meus pertences?

Sinto certo alívio, ao perceber que a mala repulsiva na qual fui transportada não está no quarto. Devem ter levado enquanto eu tomava banho. Aquela viagem claustrofóbica certamente não é uma experiência que eu gostaria de repetir. Ao abrir o armário antigo de mogno, encontro um vestido pendurado no cabide, coberto de plástico, acompanhado de um bilhete bem escrito.

Por favor, esteja pronta para o jantar às sete em ponto.

***

Minhas roupas continuam no chão do banheiro. Calculo que as usei por 30 horas, no mínimo. Pego a blusa e levo rapidamente ao nariz. O cheiro me faz devolvê-la à pilha, que chuto para o lado, física e simbolicamente. Nunca mais quero sequer tocar aquelas roupas, depois do que passei dentro delas. E o vestido que está no armário? As emoções ameaçam aflorar, enquanto retiro o plástico. Um simples e elegante vestido de modelo clássico, em cor creme. Não exatamente um vestido de noiva, mas... Que diabos está havendo aqui? Como posso ser trancafiada em um quarto, provavelmente em algum lugar da Europa, ao qual cheguei dentro de uma maldita mala... *Por favor, esteja pronta para o jantar às sete em ponto.* E isso agora? Minha cabeça gira, enquanto tento, pela primeira vez, abrir a porta. Trancada, como eu previa. Não quero o vestido. Como posso pensar em me arrumar, nestas circunstâncias? Nunca fui muito boa nisso, mesmo... A imagem do maravilhoso vestido vermelho que Jeremy providenciou invade a minha mente e quase me faz desabar, sob o peso da angústia. Por que não estou com ele? Por que me aprisionaram aqui? Exasperada, esmurro a porta. As pernas falham, e vou escorregando até o chão. Uma olhada em direção à janela me faz sonhar com um helicóptero espatifando a vidraça, à moda de James Bond ou "Missão Impossível". Corro até lá, à procura de algum movimento, tentativa de resgate, seja o que for. A escuridão se espalha rapidamente, tirando o brilho dos tons de rosa e púrpura que tingem o crepúsculo. Frustrada, passo as mãos nos cabelos, olhando o vestido que me chama do outro lado do cômodo.

Meu estômago ronca, lembrando que não como há várias horas. Nada como necessidades físicas básicas, para apressar o processo de tomada de decisão. Droga! Avanço hesitante, mas não tenho opções – além de estar nua. E se alguém me encontrar assim? Essa ideia me garante disposição de tirar a roupa do cabide, apesar do desgosto que isso me causa. Providenciaram até roupa de baixo na cor creme, para combinar. Quanta consideração! Pelo menos não vou ficar sem calcinha. Ajeito rapidamente no corpo o vestido longo, leve e sofisticado; não quero dedicar a ele mais tempo do que o necessário. Uma caixa no fundo armário me chama a atenção. Sapatos, com certeza. Desejo ardentemente que não sejam altos demais. Nesse esquema de insanidade, reconheço com um suspiro que a altura do salto é razoável. Depois de uma escovadela rápida, deixo os cabelos caírem soltos sobre as costas. Nada de ostentação. Neste momento, a aparência é tão irrelevante, que nem me dou ao trabalho de conferir o resultado no espelho. Felizmente há escova e creme dental no banheiro. Assim, depois de cuidar dos dentes e lavar o rosto em água fria, sento-me na beiradinha da poltrona; a cama parece muito alta para ser confortável. A espera me deixa ansiosa. Para relaxar, não existe nada como uma boa Savasana, a posição de cadáver da ioga. Mesmo de vestido longo e sapato alto, resolvo me deitar sobre o carpete e praticar meditação, com cuidado para não amarrotar o tecido. Inspira, expira, inspira, expira, fecha a mente, relaxa o corpo... Somente agora percebo como estou tensa e faço um esforço para relaxar os ombros, que parecem contraídos em direção ao pescoço. Deliberadamente tensiono e relaxo cada grupo de músculos, mantendo o ritmo da respiração. A concentração no exercício me afasta da realidade, pelo menos por instantes. É bom deitar no chão, com o corpo bem esticado, depois de passar tanto tempo apertada. Afinal, consigo me acalmar um pouco.

***

Um grito vindo da porta interrompe minha solidão mental.
– Ei, ela caiu, precisamos de ajuda urgente!
Logo alguém está ao meu lado, verificando a pulsação. Abro a boca,

mas a voz não sai. O cenário que vejo inclui um homem de olhar preocupado, vestindo um jaleco branco, que corre na minha direção. Ele passa sob o meu nariz alguma coisa que me faz recuar. Sais aromáticos! Pensam que eu desmaiei? A conversa entre as pessoas que me rodeiam corre em um idioma que não identifico imediatamente. Balanço a cabeça, assustada. Com meu queixo bem seguro na posição adequada, recebo em cheio nos olhos a luz ofuscante de uma lanterna de exame. Piscando, tento fugir. Depois de ter o pulso verificado novamente, sou ajudada a ficar de pé, embora a tentativa de meditação, combinada aos saltos altos, me deixem meio vacilante. Sinto-me em choque, diante de uma jovem em uniforme de criada, um provável médico e outro homem, que parece um mordomo. Quem são estas pessoas?

– Dra. Blake, o que aconteceu? Como se sente? – perguntam no meu idioma.

– Consegue falar, dra. Blake? Responda, por favor.

Eles realmente *parecem* preocupados comigo, o que representa um sinal positivo. Vamos ver. Examino um por um atentamente, tentando gravar na memória os rostos dos envolvidos no meu cativeiro. Em circunstâncias diferentes, eu teria reparado que o médico, sob o jaleco branco e a testa vincada de preocupação, é um homem atraente, com óculos estilosos pousados sobre os cabelos alourados, olhos castanhos e um sorriso capaz de iluminar uma sala inteira. O mordomo parece ter mais músculos do que cérebro, e lembra um aborígene muito forte em miniatura. A criada tem a aparência de uma mocinha meiga e inocente, de grandes olhos castanhos e cabelos caídos sobre as costas em uma longa trança, vestida em um uniforme ridículo. Como se atrevem a perguntar se estou bem, quando foram eles que me deixaram nesta situação? Sinto vontade de gritar, tal é a onda de pânico e raiva que me invade. De repente, noto que todos esperam ansiosamente pela minha resposta. Que esperem! Decido permanecer muda, até descobrir o que está acontecendo. Esta gente pode ter-me trazido de Londres, contra a minha vontade, até este lugar que não sei onde fica, mas não vai ouvir minha voz nem obter resposta alguma!

O médico pega o estetoscópio que traz pendurado a pescoço e encosta a peça fria de metal no meu peito. A temperatura me faz inspirar automaticamente. Em silêncio, ele vai mudando o aparelho de lugar, perto dos ombros e acima dos seios, às vezes, sobre o tecido, às vezes, sobre a pele. Não sei se devo prender a respiração, para atrapalhar, ou respirar regularmente, para ajudar o exame. Ele para, antes que eu decida.

– Ela está bem, estável. Agora, tragam um copo de água mineral, imediatamente – o médico avisa aos outros, com um aceno de cabeça.

Ele me pega com firmeza pelo cotovelo, conduzindo-me à poltrona, enquanto a criada dispara, obedecendo à ordem. Somente então percebo, surpresa, como me sinto fraca.

– Beba, por favor – o médico diz, oferecendo a água trazida pela empregada.

O líquido borbulhante refresca minha garganta seca. Quando observo o rosto do médico, em busca de uma explicação para os acontecimentos, encontro apenas preocupação e profissionalismo. Não acredito que ele vá me fazer mal. Devolvo o copo, que ele entrega à empregada, sempre de olhos fixos em mim.

– Bem, dra. Blake, não vejo razão para que deixe de comparecer ao jantar desta noite, com Madame.

O quê? Quem é Madame?

Por pouco não quebro meu voto de silêncio.

Noto no canto da boca do médico um sorrisinho, que logo desaparece com as palavras seguintes.

– Por favor, permita que me apresente.

Por algum motivo ele me deixa à vontade, e faço que sim.

– Meu nome é Josef Votrubec. Vou atendê-la enquanto estiver conosco.

Depois de um forte aperto de mão, ele me ajuda a ficar de pé e continua a falar.

– Louis, Frederic, verifiquei com satisfação que a dra. Blake pode ser encaminhada ao jantar. Ela está em perfeita saúde, e boa comida e bom vinho só lhe farão bem.

Louis, o homem com jeito de mordomo, aparece imediatamente ao meu lado, enquanto Frederic, um sujeito muito mais corpulento, surge como que por milagre, e toma todo o espaço da porta com sua figura imponente. É, parece que não adianta tentar fugir, já que todas as saídas estão guardadas. Meu olhar passeia ansiosamente entre o dr. Josef e os dois seguranças destacados para me "encaminhar ao jantar". Sinto-me tentada a ironizar o grotesco da cena, mas a incerteza me impede de cometer tal leviandade. O sorrisinho reaparece no rosto do médico, como se ele adivinhasse o que me vai na mente. Fico furiosa. Ele acha graça na situação? Louis, absolutamente impassível, espera que eu lhe dê o braço. Coisa ridícula! Ele acha mesmo que vamos sair de braços dados, valsando elegantemente rumo o local do jantar? Por alguns segundos, todos permanecemos estáticos; mesmo o tempo parece interromper seu curso. Somente os olhares dos três homens passeiam entre si, até se concentrarem em mim, à espera de um movimento. Suspiro profundamente, tanto pela ansiedade quanto pela constatação de que não tenho escolha. O jeito é seguir em frente.

Durante as horas que passei dentro da mala, imaginei que meu destino fosse atrás das grades, em uma cela imunda, deitada sobre o chão frio e úmido, tendo um balde como única companhia. Então, não faz sentido estar usando um vestido longo de cor creme e sapatos altos, escoltada por dois mordomos/seguranças, para jantar com Madame, quem diabos seja ela. Fisicamente, a situação se mostra mais confortável do que eu imaginava; o que me incomoda são as consequências emocionais. Quando a Síndrome de Estocolmo ameaça tomar meus pensamentos dispersos, eu me forço a lembrar que assumi o compromisso de não falar. É com essa ideia em mente que me encaminho para a porta, passando ao largo dos mordomos/seguranças – ignorando, portanto, o braço oferecido. Não quero tocá-los nem quero que toquem parte alguma do meu corpo.

Ao percorrer o curto caminho entre a poltrona e a porta, na tentativa de aparentar mais segurança do que realmente sinto, penso no que me espera do lado de fora. Frederic abre passagem, o que me surpreende, já que não faço a menor ideia do rumo que devo tomar. Louis passa à minha frente tão rapidamente, que provoca um movimento no meu vestido, como se eu fosse colhida por uma brisa suave.

– Siga-me, por favor, dra. Blake.

Louis segue pelo longo corredor acarpetado. Quando me volto para Frederic, vejo que ele estende o braço. Com o gesto, incentiva-me a continuar e confirma a única opção. Ao olhar de relance para o quarto de onde saí, vejo que o médico guarda o último item de seu material na maleta de couro preto. Quando seu olhar encontra o meu, ele cumprimenta.

– "Bonsoir", dra. Blake.

Mais uma vez tive de me conter, para não retribuir o cumprimento daquele homem desconcertante.

– Bom jantar. Com certeza vai sentir-se melhor depois de comer alguma coisa.

Eu me viro rapidamente, resignada ao fato de que o segurança atrás de mim espera impaciente. O que vejo à frente parece uma versão horizontal da toca do coelho, na história de *Alice no País das Maravilhas*. Nervosa, só consigo pensar "Merda, lá vamos nós de novo". E olhe que só uso esse palavreado quando é absolutamente necessário!

Depois de percorrer o que me parece o corredor mais longo do mundo, chegamos a uma espécie de grande saguão. Caminho com cuidado sobre o piso de madeira muito bem polido, que faz ressoarem meus passos nervosos. Eu me concentro em seguir o ritmo determinado por Louis, até passarmos junto a um enorme candelabro e a delicados vitrais. Na outra extremidade do saguão, há duas portas de madeira maciça que, fechadas, formam um arco elaborado. Para não tropeçar, levanto um pouco o vestido, que ondula atrás de mim. Os uniformes trabalhados dos guardas, um de cada lado da porta, despertam minha curiosidade.

De tanto olhar em volta, por um triz não tropeço em Louis. Com muito esforço para não soltar um "Desculpe", logo me recomponho. Eu e meus dois acompanhantes ficamos de pé diante da porta. Sou pouco mais baixa do que Louis, enquanto Fred – adoto a versão australiana do nome, para tornar a situação menos ameaçadora – é bem mais alto do que eu; minha cabeça mal chega a seu ombro. O que haverá do outro lado da porta? A ideia de fingir um desmaio passa rapidamente pela minha mente, mas basta uma olhada em volta para me fazer desistir. Louis sinaliza com a cabeça a um dos guardas uniformizados, que se aproxima de uma aparelhagem na qual eu não havia reparado, fala baixinho alguma coisa que não consigo ouvir e digita um código. Meu coração salta no peito, e minhas mãos se agitam, à espera da resposta. Quando dou uma olhadela para trás, com a única intenção de observar melhor o ambiente em volta, Louis e Fred imediatamente recuam um passo, para bloquear minha visão. Sinto um aperto no estômago. Agora, não vejo nada além do preto e branco dos uniformes.

Assim que me volto para as portas, elas se abrem devagar, revelando uma profusão de dourados e cristais, e enormes quadros que ficariam bem em igrejas e museus. Bom Deus, o que é isto? A opulência é impressionante. Os mordomos/seguranças me conduzem até outro cômodo grande, cuja finalidade não identifico, e me deixam sozinha. Há muito a absorver. Por que estou aqui? A quem pertence este lugar? Por uma fração de segundo penso em Jeremy e nas consequências das minhas indagações. Lembro a excitação provocada pela dor nas nádegas e o prazer que veio depois. A lembrança faz minha cabeça girar. Não, de novo não, aqui não. Uma sensação de calor se espalha pelas minhas partes sexuais. Como isso pode acontecer, depois de tudo que passei? Por favor, não! Tarde demais. O ritmo latente se impõe, como se afinal tivesse permissão para se manifestar. Na tentativa de manter o equilíbrio físico e a perspectiva mental, eu me apoio em uma poltrona antiga. Oh, céus! Meu corpo guarda as lembranças da dor das chicotadas e do prazer que se seguiu, e a onda ritmada avança. Os sentimentos me deixam os joelhos trêmulos e a respiração difícil. Quando a combinação de calor e desejo se espalha pela região entre as pernas, sinto a elevação de temperatura chegar às nádegas e aos mamilos. Abaixo a cabeça, tentando equilibrar os curtos movimentos de inspiração e expiração, e gotas de suor escorrem da testa. Como pode ser tudo tão rápido, tão automático? Meu corpo sensível supera o poder da mente e se contorce de prazer. Começo a tremer. O problema é que a sensação me agrada, mas não posso ceder a ela aqui nem agora. "Contenha-se, mulher fraca, controle-se *imediatamente!*" Respiro fundo, sabendo que o cérebro precisa de oxigênio para manter o foco. Um pouco aliviada, percebo que me inclino sobre as costas da poltrona, com a cabeça apoiada nos braços. O calor no rosto significa que estou corada, com certeza. Como isso pôde acontecer? Preciso de um ou dois minutos para me recompor e ficar de pé, ainda que mantenha a mão na poltrona. Profundamente embaraçada, dou uma olhada rápida para "Tico e Teco", que observam impassíveis. Droga, eles viram tudo.

– Ora, ora, dra. Blake, seja bem-vinda! Devo reconhecer que foi uma chegada triunfal!

Uma voz feminina, no mínimo desagradável, vem da outra extremidade do cômodo. Concentro o olhar na direção da voz, e o corpo que a comanda entra no meu campo de visão.

– Não seria melhor sentar-se um pouco, até recuperar-se do... Como dizer... Episódio?

Não sei o que pensar da pergunta ou daquela mulher, que aponta um grupo de sofás trabalhados, à minha esquerda, encaminhando-se para lá. Ela também usa vestido longo, só que em seda, de um dourado claro. Enriquecendo a suntuosidade do cômodo, integra-se com perfeição aos detalhes em ouro e cristal, o que justifica eu não a ter percebido de imediato. Ao sentar-se, ela ajeita o vestido com elegância. Com a respiração ainda irregular, como consequência do episódio, lamento não ter alguma coisa para enxugar a testa. Neste exato momento, Louis tira do bolso e me oferece um lenço, que aceito com um gesto brusco, para em seguida secar rapidamente o rosto e devolver. Meio confuso, ele recebe e guarda no mesmo lugar o lenço molhado. Então, coloca de leve a mão nas minhas costas, indicando que devo me aproximar de "Madame Áurea". Depois de uma olhadela na direção dos seguranças, recolho o vestido e, sem preocupação alguma com a elegância, sento-me no sofá em frente à mulher.

– Podemos começar, dra. Blake?

Sem esperar resposta, ela continua, em tom cordial e orgulhoso.

– Mais uma vez, bem-vinda ao Chateau Vilamonte.

Sério?

– É um prazer tê-la conosco.

A voz é baixa, com um ligeiro sotaque. O modo de falar, como se estivesse diante de um convidado, me deixa espantada.

– Acredito que as circunstâncias desagradáveis da sua chegada tenham ficado para trás. Sente-se recuperada?

Percebo uma ponta de diversão em seu olhar. Ela está gostando da charada. Preciso de toda a minha energia para manter o voto de silêncio. Tomei a decisão certa? Não tenho certeza, mas a curto prazo acredito que não haverá maiores consequências. Pelo menos até eu entender o que está acontecendo e por que vim parar aqui.

– Meu nome é Madame Madeleine de Jurilique.

Ela faz uma pausa, como se a informação me causasse algum impacto. Eu adoraria dizer-lhe que está enganada.

– Sou a diretora administrativa para a Europa da Xsade Pharmaceuticals.

"Está mais para diretora administrativa da área de sequestros", penso maldosamente. Espero que ela não leia os pensamentos que se escondem atrás do ar de indiferença que tento sustentar.

– Presumo que saiba por que está aqui.

Ela inclina a cabeça, à espera da resposta.

"Não, não sei nem quero saber, para não ter de abrir a boca". Esforço-me ainda mais para manter a expressão impassível.

– Ah, então é isso? Quer ficar em silêncio, *oui*?

Ela entende, finalmente.

– "D'accord". Que seja assim. Ouça minha proposta depois do jantar e pense nas opções durante a noite.

As últimas palavras me interessam. Opções. E eu tenho opções? Ela toma meu leve movimento de cabeça como aceitação, e eu me repreendo mentalmente. Droga, preciso cuidar melhor para que meus sentimentos não se manifestem.

Ela se levanta com cuidado e dirige-se devagar à cabeceira da mesa de jantar posta para duas pessoas, embora talvez coubessem trinta. "Excelente", penso sarcasticamente. Duas mãos grandes me pegam pelos cotovelos e me guiam com firmeza até o segundo lugar, arrumado no meio da mesa, onde dois guarda-costas permanecem, um de cada lado da cadeira, esperando que eu me acomode. A situação se torna mais louca a cada momento.

Madame Áurea parece perfeitamente à vontade no elegante e silencioso ambiente. Seus gestos contêm uma graça tranquila que me confunde. A entrada chega ao mesmo tempo para nós duas, e meu estômago ronca, ansioso. Pensei que a emoção me impedisse de comer, mas me pego raspando os últimos pedacinhos de salmão defumado. Madame sorri; parece satisfeita, ao ver. Para disfarçar, limpo os cantos da boca com o guardanapo, em leves pancadinhas. Não toquei na taça de champanhe, com medo de facilitar a invasão de lembranças que me ameaçam a mente. Depois de me certificar de que o vinho servido a mim é o mesmo servido a Madame, decido beber, já que essa é a opção mais segura. O vinho seco tem um delicioso *bouquet*, como seria justo esperar de um bom produto francês. Pelo menos momentaneamente deixo de pensar na situação. O prato principal é servido – um suculento pato com laranja e vegetais – e o silêncio continua. Embora tudo pareça muito estranho, agradeço a oportunidade de jantar sem interrupções, o que contribui para o controle da minha ansiedade. Chegamos à última porção ao mesmo tempo. Depois de mais um gole de vinho, avalio a linguagem corporal de Madame Áurea, em uma tentativa de descobrir afinal o que deseja de mim. Ela também me olha fixamente por alguns segundos, e faz um gesto discretíssimo com a cabeça. Um dos guardas sai, mas logo volta trazendo o que parece ser um documento. Com um estalar de dedos, ela sinaliza para que o papel seja colocado sobre a mesa, ao meu alcance.

– Espero que tenha apreciado a refeição, dra. Blake. Pelo visto não perdeu o apetite, o que é um ótimo sinal.

Observo distraída a base da taça de cristal e as nuances da cor do vinho, conforme a incidência da luz.

— Este documento é um contrato que a minha empresa quer que a senhora examine cuidadosamente. Não lhe queremos fazer mal algum, dra. Blake, e gostaríamos de contar com a sua colaboração.

Bem, lá vamos nós...

— Trata-se de uma oportunidade extraordinária, ligada aos seus recentes estudos com o dr. Quinn. A senhora deve ter ficado impressionada com os resultados que ele apresentou na semana passada, em Zurique, com base no seu estudo de caso.

O quê? Ele apresentou em Zurique resultados que nem conheço? Como? Ele não faria isso. Não sem me avisar. Ou faria? Madame Áurea não perde um sinal emitido por mim, enquanto procuro neutralizar a emboscada emocional armada por suas palavras.

— Parece surpresa, dra. Blake. Não me diga que o grande Quinn deixou de lhe enviar uma cópia dos resultados.

À insinuação, gotas de suor me umedecem a testa e as palmas das mãos. Ele jamais faria isso. Ela está me provocando, para ver se digo alguma coisa. Endireito os ombros, concentro-me na figura de mulher quase nua retratada no quadro renascentista, do outro lado da sala, e respiro fundo, em uma tentativa de manter alguma compostura e fazê-la calar-se. Não sei se vai funcionar, mas vale a pena experimentar.

— Ele não deixaria de informá-la sobre documento de tal importância, *non*?

Controle e compostura, Alexa. Lembro que Jeremy me enviou um *e-mail* mencionando apresentações na Europa, sem especificar o assunto. Fique calada. Madame Áurea está desesperada por uma reação, que eu não quero ter de jeito nenhum — o que talvez seja uma missão impossível.

Ela continua a jogar as palavras com toda a *finesse* de uma autenticamente aristocrática madame francesa.

— A precisão com que ele detalhou o fluido de excreção transudado, em é positivamente prodigiosa. Estamos encantados com a pesquisa, em especial pela definição das características distintas do grupo sanguíneo AB. Ninguém havia pensado em isolar e recombinar elementos que estavam diante dos nossos olhos, como fez o dr. Quinn com a sua colaboração, dra. Blake. Simplesmente *magnifique*.

Jeremy mencionou meu nome no relatório? Ele tinha prometido que eu ficaria incógnita, que jamais seria revelada a identidade do sujeito da pesquisa. O que está acontecendo aqui?

– Vejo que esta discussão unilateral a está perturbando. O dr. Quinn com certeza a deixou a par de sua descoberta. Se não, por que a senhora estaria aqui, dra. Blake?

Permaneço rígida, aflita por ter sido apanhada desprevenida. Será que desperto tão pouca confiança em Jeremy, que ele não me conta o que descobriu a meu respeito? Ou quer ser o centro das atenções? Queria que ele estivesse aqui, para explicar tudo pessoalmente. Mas não está. Então, devo desacreditar em tudo que Madame Áurea disser; é o que Jeremy faria por mim, e é o que farei por ele. Pelo menos eu penso assim. Continuo a encarar os seios da mulher da Renascença, recusando-me a ceder 1 milímetro. Pelo canto do olho, vejo que ela balança a cabeça.

– Que joguinho bobo, Alexandra. Esperava de você uma atitude mais madura. Desapontador.

Hum, passamos a usar o primeiro nome. Depois de um sequestro, ela tem a audácia de me tratar como criança. Abro a boca e começo a emitir um som, mas felizmente me contenho. Por um triz. Solto um suspiro de alívio.

Não posso deixar de notar o sorrisinho de Madame Áurea.

– Isso está ficando monótono. Parece que minha palavra não lhe basta. Talvez documentos concretos sejam mais o seu estilo.

Outro estalar de dedos de Madame, e Fred traz o documento solicitado, que coloca ao alcance da minha mão.

– Gostaria que analisasse atentamente os documentos assim que voltar ao quarto, que será trancado, sobretudo para a sua segurança. Você de repente tornou-se um bem precioso no mundo farmacêutico. Frederic e Louis permanecerão do lado de fora, para o caso de alguma necessidade. Se tiver dúvidas, anote, e discutiremos pela manhã.

As últimas palavras são acompanhadas de um erguer de sobrancelhas, como um desafio ao meu silêncio. Ela não me parece muito paciente. Pode ser que o mutismo não me traga bons resultados.

– Nosso objetivo não é lhe fazer mal, dra. Blake. Precisamos apenas do seu corpo e da sua mente por uns dias. Em seguida, estará livre para partir, ilesa. Claro que algumas opções são mais negociáveis do que outras, o que vai ficar óbvio depois que estudar a nossa oferta. *Bonne nuit.*

Com delicadeza e elegância, Madame Áurea se levanta da mesa. Minha casual natureza australiana estranha tão elevado nível de sofisticação, ao vê-la desaparecer por uma porta discreta, oposta àquela por onde entrei. Continuo sentada, em silêncio, enquanto Lou e Fred esperam na retaguarda. Está difícil absorver tantos acontecimentos em apenas 24 horas. Talvez o melhor lugar para fazer isso seja no quarto, sem a presença dos dois musculosos. Ao ver que me levanto, Fred se apressa em reunir os documentos, que guarda em uma pasta com o meu nome. Sou conduzida pelo caminho de volta: porta em arco, corredor comprido, quarto. A pasta é deixada sobre o móvel antigo, de canto, com a lâmpada acesa – "Para eu ler melhor", penso sarcasticamente. Depois de um breve cumprimento de cabeça, os mordomos saem, e ouço a porta ser trancada. Aqui estou eu, novamente sozinha. O que Jeremy teria feito, para me deixar no meio dessa confusão?

Sou tomada por uma sensação de alívio, ao ver que minha mala reapareceu aos pés da cama. Ao mesmo tempo, o contraste entre meus pertences e este ambiente austero me emociona, mas eu me recomponho, enviando à mente e ao coração a ordem para que mantenham a imparcialidade e o profissionalismo. Jamais senti tanta saudade de Elizabeth e Jordan. Quisera estar de posse do meu telefone, para olhar as fotos mais recentes que tirei deles. Dizem que só valorizamos algumas coisas depois de perdidas. Sinto como se me tivessem arrancado meus filhos, e eu mesma tivesse permitido isso, por burrice e ingenuidade. Outras mães tomariam as decisões que tomei nos últimos dois meses? Sou obrigada a reconhecer que, provavelmente, não.

Sei que já é difícil demais enfrentar a minha consciência, para ainda me preocupar com a opinião alheia sobre meus atos, mas... E se me acontecesse alguma coisa, e eles ficassem órfãos de mãe? A simples ideia ameaça partir meu coração. Uma parte mais racional da minha mente tenta lembrar se Robert e eu atualizamos nossos testamentos. Vou fazer disso prioridade, quando voltar. Se eu voltar inteira. Oh, céus, como vim parar aqui? Está tudo tão diferente da semana que passei com Jeremy! Daquela vez, a excitação e a contínua descarga de adrenalina, causadas pela incerteza quanto ao que aconteceria a seguir, pareciam proteger minha mente do turbilhão emocional em que fui envolvida. Além disso, era Jeremy quem comandava, assumindo o controle e tomando decisões. Eu tinha certeza de poder entregar a minha vida nas mãos dele, pois ele garantiria que eu voltasse para os meus filhos, para o meu mundo. E agora, em quem confiar? Que informações Jeremy omitiu? Ele divulgou o meu desaparecimento ou escondeu a informação?

Interrompo a linha de pensamento, pois sei que não me leva a lugar algum e pode me desestabilizar. Meu novo mantra é "imparcialidade e profissionalismo". Não tenho tempo para emoções ameaçadoras. "Você sobreviveu muito bem até agora no mundo dos negócios, Alexa. Só precisa continuar assim. Se fizer tudo direitinho, estará fora daqui em poucos dias, tal como Madame disse". Espero... Se ela for confiável. Cerro os punhos, em um esforço para reunir toda a minha força mental, antes de arrancar este vestido ridículo. Assim que abro a mala, bato os olhos na camisola sensual comprada há pouco, especialmente para o encontro com Jeremy. Preferia o pijama da British Airways! Concluindo que a melhor opção é uma roupa casual, visto calça de ginástica, um sutiã confortável e uma camiseta. Madame Áurea quer negociar? Pois é exatamente o que vamos fazer. Com determinação, acomodo-me à mesinha, sem saber o que vou encontrar na pasta que traz a etiqueta "Dra. Alexandra Blake – Particular & Confidencial".

***

Dizer que estou chocada é pouco. Parece que Jeremy realmente se apresentou ao Conselho Consultivo Científico Internacional, tratando de transtorno bipolar, depressão e condições relacionadas. Então, referiu-se a resultados obtidos em "mulher em pré-menopausa, anglo-saxônica, pertencente ao grupo sanguíneo AB". É, sou eu. Muito conveniente. "Os resultados identificaram o elemento que faltava nas comparações hormonais da produção de serotonina natural, sem os desagradáveis efeitos colaterais causados pelas drogas existentes, e devolvendo o equilíbrio químico do cérebro a níveis normais, em três a cinco dias". Engraçado ele achar que "voltei ao normal", já que venho experimentando desde então "episódios" nada normais – dos quais não sabe, já que tem andado ocupadíssimo, divulgando os resultados em vez de concentrar-se na pesquisa clínica. Droga, o que foi que ele fez? Por quê, Jeremy? Por que não me avisou? Por que não comentou o assunto, quando nos falamos recentemente? Vai me manter no escuro? Temos muito que conversar.

"Agora pretendemos apresentar uma proposta abrangente para financiamento da testagem de cem mulheres do tipo sanguíneo AB. Os testes, em ambiente clínico, apresentam os seguintes pré-requisitos: mulheres anglo-saxônicas em pré-menopausa, metade delas diagnosticada com alguma forma de depressão, e metade que nunca tenha experimentado depressão diagnosticada clinicamente. Elas serão submetidas a uma série de testes e receberão drogas em relação a placebo..."

Por que diabos ele não me falou disso? Onde vão acontecer os testes? Como as mulheres serão protegidas? Elas vão passar pelas mesmas experiências às quais fui submetida? Aquilo não significou nada para ele? À medida que avanço na leitura, sinto o sangue ferver de raiva. Tomara que Madame Áurea esteja errada. Como ele pôde deixar de me contar? Teria eu recebido algum medicamento sem saber, durante a experiência? Se for o caso, talvez explique os "episódios". Segundo Jeremy, fui medicada com um sedativo, depois da experiência, e só acordei em um lugar chamado Avalon, sentindo-me tonta e confusa pelo que me pareceram dias. Qualquer coisa poderia ter acontecido sem que eu tomasse consciência. Então vieram o soro, a necessidade de um cateter e a escuridão, novamente. Céus, como pude ser assim ingênua? Confiei tanto nele, a ponto de não fazer perguntas? A ideia me faz o estômago revirar. Levanto-me bruscamente e, com passos trôpegos, chego ao banheiro, onde vomito de uma só vez todo o jantar. Eu me entreguei demais a Jeremy? Já sei a resposta. Claro que sim. Entreguei tudo a ele naquele fim de semana. Visão. Corpo. Mente.

Eu estava inteiramente à mercê dele. Aceitei receber seus supostos cuidados, que agora se revelam dominação. Eu me agarro à pia, enquanto a nova versão dos momentos que passamos juntos surge em lampejos diante dos meus olhos, provocando um calafrio que me percorre a espinha. O controle absoluto sobre cada detalhe, cada interação. O constante tom de voz ameaçador. A recusa definitiva em negociar quaisquer das condições predeterminadas para o fim de semana. Sem visão. Sem perguntas. Merda! Como pude ser tão cega? Pergunta idiota. Claro que eu estava cega, o próprio Jeremy providenciou isso – e me prendeu com algemas, quando julgou necessário – durante 48 horas, o que lhe permitiu fazer comigo o que quisesse. Agora, neste castelo, pela primeira vez questiono o que foi aquilo, exatamente. Estava eu a tal ponto envolvida pela sexualidade da experiência, que intelectualmente subestimei tudo o mais? Que presa fácil representei para o tão doce e sofisticado dr. Quinn! Meu casamento sem paixão; nosso passado sexual; uma afinidade entre o meu corpo e o dele como jamais experimentei com outro homem; a tecla do controle remoto com que ele facilita meus orgasmos. Que esperança tinha eu? Como Jeremy poderia errar o alvo?

De repente me vem à memória o momento anterior ao nosso desembarque do avião, quando ele disse que eu estava em perfeito estado de saúde. À minha pergunta sobre como havia conseguido tal informação, respondeu que precisava certificar-se de haver adrenalina suficiente circulando no meu organismo, para aquela noite. E nem havíamos discutido meu envolvimento, muito menos minha aceitação! Dane-se ele! Então, vinha eu sendo objeto de suas pesquisas muito antes daquele fim de semana? Claro que sim, senão como teria conhecimento de toda a minha história médica? Honestamente, o fato de eu concordar ou não faria alguma diferença? Não sei. Talvez todo o processo de tomada de decisão tenha sido encenado. E eu, descuidada, caí direitinho nas mãos dele! Imagens das xícaras de chocolate quente saltam diante de mim. Qualquer coisa pode ter sido misturada à bebida. A conversa informal sobre meu raro tipo sanguíneo AB, que era coletado pela quarta vez... Como se ele fosse meu dono! E quanto às três primeiras? Por que me submeter ao cateter, quando ele sabe que detesto esse tipo de coisa? Era realmente necessário, ou havia algo mais em jogo?

Na minha mente, a lembrança das palavras ditas por Jeremy e minha versão dos acontecimentos entram em choque, enquanto o coração bate cansado e ferido pela perspectiva inteiramente nova. É como se eu tivesse voltado o facho de luz da lanterna para um aspecto, apenas, em vez de acender a luz do cômodo, para ver a cena inteira. Sou tão ingênua, tão boba? Sempre fui presa fácil do dr. Quinn, e parece que nada mudou. Para ele, ainda represento uma experiência, um meio de alcançar o fim de sua incansável pesquisa da cura. Ele preferiu apresentar os resultados profissionalmente antes de me informar – e esses resultados dizem respeito a mim! Mais uma vez, não passo de um elemento no jogo da vida dele, que vem sempre em primeiro lugar. Jeremy me deixou deliberadamente na ignorância.

Meu corpo treme de raiva e decepção. Se ele me ama, como me faz passar por isso? Será que me amou algum dia? Sua busca desesperada pela cura me expôs a perigos seriíssimos e me fez assumir riscos pessoais em que nem os piores pesadelos me envolveram. Jeremy não se importa comigo nem com os meus filhos. Eu jamais admitiria a hipótese de fazer a alguém a quem amo o que ele me fez. No entanto, com planejamento e insensibilidade, ele me levou a um ponto sem volta. Durante o voo, eu parecia um bichinho excitado, ansioso pela próxima brincadeira, pela próxima experimentação com minha mente e meu corpo, bem ao estilo de Jeremy. Quando penso nisso no contexto atual, chega a ser engraçado. Ele era meu mundo. Eu faria tudo por ele – como fiz, ao deixar meus filhos por quase duas semanas, para participar do que me oferecesse.

Que idiota sou eu! Sexo algum vale tanto risco! E agora fui sequestrada, passei horas presa em uma maldita mala, tudo por causa de Jeremy e de seu silêncio. Que se dane! Com raiva dele e decepcionada comigo, esfrego o rosto, para secar as lágrimas quentes que começam a escorrer. Chega de emoção!

Escovo os dentes rapidamente, para eliminar o gosto ruim da boca, e me jogo na cama, completamente exausta. Em segundos adormeço, em um sono tão pesado, que nem os sonhos conseguem penetrar.

Jeremy

Eu me reviro na cama, perturbado pelos sonhos e pela ansiedade que me causa a situação de Alexa. A tensão é tanta, que resolvo desistir de dormir e vou analisar as informações coletadas por Moira nos dossiês da cada membro do fórum. Claro que não posso fazer isso quando Sam está por perto; a simples suspeita de que eu talvez admitisse a possibilidade de ele estar envolvido no sequestro o deixaria chocado. Além disso, sei que ama Alexa como se fosse filha dele.

Sinto que me falta um elemento, mas não identifico qual. Em uma mensagem curta, pergunto a Moira se pode acessar os registros dos telefones móveis de todos os membros do fórum a partir da data de minha viagem a Sydney, para ver se encontra alguma pista. Embora se trate de uma tentativa com pouca probabilidade de sucesso e provavelmente ilegal, não posso deixar de investigar. Depois de uma chuveirada, arrumo rapidamente os meus pertences. Estou louco para partir. Ia ligar para Moira, em busca de novidades, quando Sam bate à porta.

– Bom dia, Jeremy. Dormiu...

Ele percebe minha ansiedade, e nem se dá ao trabalho de prosseguir com as amabilidades.

– Alguma novidade, Sam? Ia justamente ligar para Moira.

– Conseguiram rastrear Alexandra até a Eslovênia.

– Eslovênia? Por que diabos? Só conheço dois laboratórios farmacêuticos com sede na Eslovênia: o Zealex, de pouca expressão, e duvido que se envolvesse, mas nunca se sabe; e o Xsade, que só mantém lá um pequeno escritório, nenhuma grande instalação. A não ser que eu esteja errado. Pelo menos agora temos alguma coisa concreta para trabalhar.

– Isto acabou de chegar. Melhor você mesmo ler.

Sam me entrega uma pasta, que folheio rapidamente.

– Então, acreditam que ela tenha chegado há poucas horas a algum lugar perto da cidade de Kranj. Vamos para lá! Não podemos perder um segundo. A que horas é o nosso voo?

– Martin determinou que toda a equipe se encontre em Munique, cujo acesso é mais fácil a todos, em especial aos que vêm dos Estados Unidos. Teremos uma sala reservada no hotel Hilton aeroporto. Vamos coordenar as operações de lá.

Pego o mapa que veio na pasta.

– Longe demais, Sam. Não podemos perder tempo!

Depois de estudar o mapa, concluo que Ljubljana, a capital, é a melhor opção. Em seguida, ligo para Sally, minha assessora. Antes que ela atenda, cubro o fone com a mão e dirijo-me a Sam.

– Estou organizando a minha viagem. Quando estiver tudo decidido, aviso a Martin. O que prefere, vem comigo ou vai encontrar os outros em Munique, para coordenar?

Não consigo evitar um tom sarcástico, ao dizer "coordenar". A atitude passiva de Sam me estimula ainda mais a agir. Eu aguardo a resposta.

– Vou com você.

Faço que sim e retorno à ligação.

– Certo, Sally, uma para mim e uma para Sam. Assim que for possível... Aeroporto de Stansted? Claro, e vamos precisar de carro, ao chegar. Rapidez e segurança. Estamos prontos, sim. Podem nos pegar na porta do One Aldwych Hotel. Obrigado. Avise sobre qualquer novidade. Combinado. Até mais.

Telefono, então, para Martin, que não parece muito satisfeito por modificarmos seu plano. Ah, ele vai sobreviver. Martin pretende mandar um guarda-costas treinado para nos encontrar no aeroporto; no entanto, pela rapidez da nossa decisão, talvez cheguemos antes dele.

Finalmente sinto-me um passo mais perto da salvação de Alexa.

***

Aterrissamos na Eslovênia horas antes do guarda-costas, e decido não esperar. Quando for possível, ele nos alcançará. A única boa notícia é que Sally providenciou um BMW modelo M5. Logo assumo o volante a caminho de Ljubljana, onde pretendo comprar alguns suprimentos para, em seguida, tomar o rumo norte, onde fica Kranj. Sam passa algum tempo ao telefone com Martin, em busca de notícias frescas.

– Sim, estamos na estrada. Claro que temos GPS, é só me passar as coordenadas. Ela ainda está lá? Bom, pelo menos isso. Pode conseguir acomodações o mais perto possível, sem nos expor demais? Não, não temos armas.

Sam parece pálido.

– Jeremy, sabe usar uma arma?

Confirmo que usei, no passado.

– Ele já usou, mas... Está bem, veremos. Tomara que não demore. Não vamos fazer parada alguma.

Acelero o carro, para indicar que concordo em ir direto a Ljubljana.

– Combinado. Assim que tiver os detalhes, entre em contato.

Seguimos em completo silêncio, e eu me concentro em chegar ao lugar onde acreditamos seja o cativeiro de Alexa.

***

As acomodações em nada se assemelham às do One Aldwych, mas não me importo. Pode-se dizer que é a versão do Leste Europeu para um hotel no interior da Austrália – nada luxuoso, portanto. A cidade é pequena e antiga. Pontes de pedra cortam o riacho que serpenteia entre casas e lojas. Em outras circunstâncias, seria um lugar bastante pitoresco. O mais importante é termos chegado perto de Alexa. É aqui que preciso estar. De acordo com o sinal do GPS instalado no bracelete dela, o cativeiro fica em um castelo, na encosta de uma colina em local ermo, fora da cidade. Depois de nos instalarmos da melhor maneira possível, observo Sam com mais atenção. Com expressão abatida, o pobre sujeito parece absolutamente exausto. Tudo deve estar sendo difícil para ele, que tem quase 20 anos a mais que eu.

– Por que não descansa, enquanto dou uma caminhada, Sam? Só o que podemos fazer agora é esperar a chegada do guarda-costas e a reunião do pessoal em Munique.

Ele não discorda. Quanto a mim, tenho adrenalina demais circulando no organismo, e preciso de uma atividade física ao ar livre.

– Acho melhor. Enquanto isso, ligo de novo para o Martin. Quero saber como andam as coisas.

Preciso ir até a colina, para ver onde fica o castelo. Na verdade, preciso de qualquer atividade que me acalme os nervos e me leve para mais perto de Alexa. Na saída, depois de jogar alguns objetos na mochila que comprei em Ljubljana, a última visão que tenho de Samuel é de alguém extremamente abatido e estressado.

– Obrigado por tudo, Sam, fico feliz que tenha vindo comigo. Sei que também não é fácil para você.

– Só precisamos encontrar a nossa menina. Tome cuidado, Jeremy. Não se arrisque sem necessidade. Dois desaparecidos seria demais para mim.

Mesmo sem eu ter revelado, ele parece saber exatamente o que pretendo.

– Fique sossegado. Vou só reconhecer o terreno, enquanto nossos compatriotas altamente treinados não chegam.

Ele responde à minha piscadela com um sorriso muito discreto e fugaz.

– Vamos superar isso tudo, Sam.

Ele faz que sim, em silêncio, e eu saio.

Sob o ar frio, logo encontro o caminho que liga a cidadezinha ao castelo. Em outro dia, eu apreciaria a paisagem. Alexa com certeza se encantaria. O que estará acontecendo a ela neste momento? Ela sabe para onde foi trazida? Está sendo bem tratada? Ou está sofrendo? Até me pareço com ela – uma pergunta atrás da outra.

O exercício físico e o ar puro me fazem bem. Conforme ando pelas curvas do caminho, de vez em quando consigo enxergar o castelo, literalmente incrustado na colina, majestoso e desafiador. As torres e as paredes caiadas sugerem uma construção muito antiga, mas não sou especialista em História da Arquitetura. Subo o suficiente para ficar quase na altura da fachada do castelo. Apenas um pequeno vale me separa da construção. Como não quero ser descoberto, eu me acomodo atrás de uma pedra, para pegar os binóculos na mochila. Com eles, vejo que algumas pessoas se movimentam junto à entrada. Com o máximo de aproximação, tenho a impressão de que estão armadas. Faz sentido. Afinal, sequestraram alguém. Examino cuidadosamente todas as janelas, à procura de algum movimento. Na torre mais alta, uma figura se move perto da janela. Com a respiração em suspenso, confirmo: uma mulher olha pela vidraça. Inacreditável, é Alexa! Ela parece girar o bracelete no pulso. Meu coração quase salta do peito, ao ver o gesto é repetido continuamente. A beleza da visão me fascina. O tempo para. Como Alexa pode estar tão perto e tão longe? Não fosse o telefone celular sem serviço, eu contaria a novidade a Sam imediatamente.

Ela parece bem. Talvez assustada e insegura, mas perfeitamente reconhecível. Graças a Deus. Pela primeira vez, desde que foi levada, sinto um fiapo de alívio. Tento me comunicar mentalmente com ela: "Aguente, querida, eu não demoro". Nem me importo com as lágrimas que me escorrem pelo rosto. A emoção é incontrolável. Preciso de Alexa nos meus braços. Só enxugo as lágrimas porque quero continuar olhando para ela. Quando acerto o foco novamente, vejo silhuetas de outras pessoas no cômodo. Ela recua, e todas desaparecem do meu campo de visão.

Pelo menos sei para onde a trouxeram, sei que está viva e tem o bracelete intacto. Boas novas. Agora, só preciso tirá-la de lá, com a ajuda dos homens de Martin. Subitamente fatigado pela energia nervosa que havia tanto tempo circulava pelo meu organismo, eu me deixo cair sobre a pedra. Ao mesmo tempo tomo consciência de que há muito não satisfaço as necessidades básicas do meu corpo. Então, pego água e uma fruta na mochila, e preparo-me para a longa jornada de volta. Preciso contar as novidades a Sam. Mal desço alguns passos, reparo que uma ambulância chega ao portão do castelo. Motorista e ajudante saltam, pegam a maca na parte de trás e entram pela ampla porta principal. Outras pessoas, em uniformes estranhos, participam de intensa movimentação. Em momentos a maca está de volta, trazendo um corpo. Pego novamente os binóculos na mochila e, depois de ajustar o foco, descubro horrorizado que é Alexa quem está na maca, somente com o rosto descoberto, os cabelos negros soltos sobre a brancura do lençol. Droga, o que foi agora? A maca é manobrada habilidosamente e colocada dentro da ambulância. Um homem, com certeza um médico, pelo estetoscópio no pescoço e pela maleta, entra também. Quando um Audi Q5 de cor prata estaciona atrás da ambulância, uma mulher bem vestida é levada ao banco traseiro. A um sinal dos guardas de uniformes coloridos, os motoristas dos dois veículos partem devagar rumo à cidade. Somente então percebo que praticamente havia deixado de respirar e, como se me livrasse de um feitiço imobilizador, começo a gritar e correr na direção de Alexa. Às primeiras passadas, porém, piso em falso e desço a encosta aos trambolhões. Meus gritos são completamente abafados pelo som da sirene que corta o ar parado da tarde.

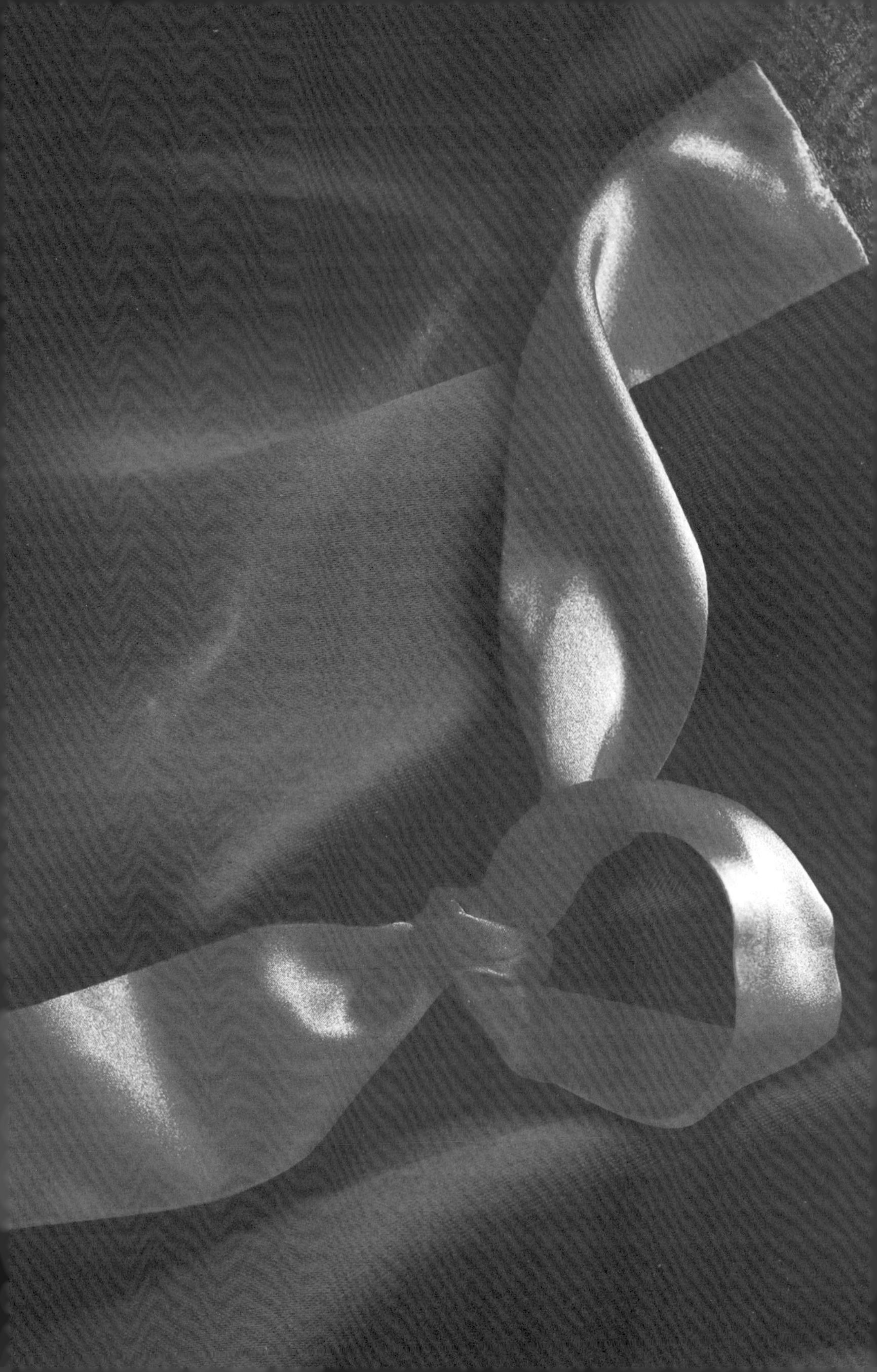

Parte 4

"Avaliar bem,
Entender bem,
Argumentar bem.
Essas são as atividades essenciais da inteligência."

– A. Binet & T. Simon, 1916

Alexa

Acordo de manhã com uma dor de cabeça latejante. Felizmente trouxe um analgésico na bolsinha com produtos de higiene. Detestaria quebrar meu voto de silêncio pedindo um comprimido a Tico e Teco. Penso na frequência com que as pessoas tomam remédios para todo tipo de indisposição, em geral atacando os sintomas e não a causa. E ficam zangadas quando a medicação não faz efeito rapidamente! Nunca havia pensado em como essas drogas são produzidas – como e em quem são testadas, antes de chegarem à nossa casa e serem, em última análise, atiradas na nossa boca. Mas preciso me concentrar. Em poucos minutos provavelmente terei uma das discussões mais importantes da minha vida. No canto do quarto, o contrato me chama. Digo a ele que ainda não estou pronta. Uma batidinha na porta indica que alguém vai entrar, e fico feliz ao ver que a camareira traz uma bandeja com o café da manhã. Ovos à florentina. Irrecusável. O estômago ronca, enquanto a moça some. Meu apetite não parece nem um pouco abalado pelas circunstâncias, embora na noite anterior boa parte do que comi tenha ido embora, como reação à deslealdade de Jeremy. Será que vou aceitá-lo novamente? Não posso negar que o reaparecimento dele provocou uma discussão que eu e Robert deveríamos ter levantado anos antes. Não, não me arrependo. Embora eu e meu ex-marido continuemos sob o mesmo teto, nosso relacionamento é agora provavelmente melhor e mais honesto do que nunca. Por que Jeremy não me revelou seus resultados e planos? Ele acha que não sou forte o bastante? As coisas vão mudar, dr. Quinn! Depois de devorar todos os pedacinhos do desjejum, completo com o suco de laranja e pego no contrato.

De tão interessada na leitura, quase nem percebo a volta da camareira, que traz um copo de café com leite no ponto certo e leva a bandeja vazia. Tenho a estranha sensação de que alguém preparou um dossiê com todas as minhas preferências, e tenta me compensar pelo horror do sequestro. De todo modo, a dor de cabeça passou – graças ao comprimido ou ao alimento – e o café é muito bem-vindo. Com um gesto agradeço em silêncio, enquanto observo a moça se afastar, em seu uniforme preto e branco cheio de rendinhas. O que deu nas pessoas, para vestirem a criatura desse jeito?

Avante! É como se eu me preparasse para uma guerra total, sem conhecer o inimigo. Pela primeira vez em dias solto uma risadinha, não sei se de nervoso ou alívio, por acreditar que a Xsade Pharmaceuticals não quer me fazer mal. A intenção deles parece ser apenas verificar as descobertas de Jeremy. Só não entendi ainda por que, especificamente, precisam de *mim* para isso. Acho que me falta alguma informação. No fundo, sei que existe um meio de descobrir, e devo lançar mão de toda a minha força para fazer o que for preciso.

Usando a caneta de linhas elegantes e o papel timbrado que encontrei na gaveta da escrivaninha antiga de mogno, organizo um resumo do contrato, para gravar melhor os elementos-chave. Não posso deixar de pensar que este é um modo de solicitar meus serviços bem mais profissional do que malditas algemas e venda! A lembrança das experiências a que Jeremy me submeteu me faz sentir raiva, mas o velho formigamento também se apresenta. Por que essas memórias me excitam assim? Por que nada é simples, quando se trata de Jeremy? Ora, chega de tortura. De volta ao trabalho.

Duração

Total de 72 horas em ambiente clínico, sem incluir o tempo de deslocamento até o local (não revelado neste documento).

Máximo de 4 dias no total, sob absoluto cuidado da Xsade.

Condições – *a negociar*

1. Penetração humana – Com estranhos? Não, Deus me livre!
2. Penetração não humana – Possivelmente...

3. Teste da pílula cor-de-rosa: Viagra feminino. Não posso negar que me instiga, mas como seria? Talvez, definitivamente.
4. Coleta e testagem de fluidos orgásticos – Oh, lá vamos de novo. <u>Sem cateteres</u>. O sublinhado lembra que este item é inegociável.
5. Coleta e testagem de tipo sanguíneo. – Humm, mais exames de sangue. Alguma coisa aí não me agrada. Meu instinto diz "não".
6. Monitoramento de atividade neural e vias neurais. A psicóloga que existe em mim não pode negar que esses resultados me deixam curiosa. Pelo menos assim vou ter acesso a eles, diferentemente de Jeremy e seus documentos secretos. "Sim", portanto.
7. Monitoramento do fluxo de sangue para as zonas erógenas. – Suponho que sim.
8. Enema. – O que é isso? Discutir mais detalhadamente.
9. Estabelecimento de uma linha basal física e emocional. – Pelo menos isso confirma que está senso adotada uma abordagem científica.
10. Compromisso de confidencialidade. – *Ao fim do quarto dia, o sujeito da experiência terá acesso a todos os dados, descobertas e conclusões da pesquisa.* O acordo parece essencial, mas não me impede de mostrar os resultados a Jeremy, por exemplo – se eu resolver fazer isso. Sinto uma estranha suspeita de que quase desejam que eu passe os resultados para ele. Estranho!
11. *A Xsade assume total responsabilidade pela segurança do sujeito da experiência e por devolvê-lo, em perfeitas condições, a um local de sua escolha, ao fim do experimento.* – Tranquilizador.

De repente, pela primeira vez desde que cheguei aqui, meus filhos não parecem tão distantes. Aprecio o afeto que invade meu coração e decido que preciso acabar com isso nas próximas 72 horas. Em nome deles, é nisso que devo me concentrar.

12. *Caso sinta algum desconforto físico ou emocional, o sujeito da experiência pode interromper os procedimentos a qualquer momen-*

to do processo de experimentação clínica. – Não posso deixar de pensar como seria interromper os procedimentos no meio de um salto de paraquedas. Imagine se essa fosse uma das condições do meu fim de semana com Jeremy! O resultado seria diferente, com certeza. Neste esquema, porém, não tenho problemas com esta cláusula.

13. *Ao fim do processo de experimentação clínica, será depositada na conta bancária do sujeito da experiência a quantia de 1 milhão de libras.* – O que é isso? Um milhão de libras! Fala sério! Como posso valer tanto para eles? Jeremy só me ofereceu um lugar no fórum global e me deixou fora do circuito de informações! E agora me oferecem isso? O que estão assim desesperados para descobrir? Estou realmente curiosa. Por que não procuraram outra "anglo-saxônica em período de pré-menopausa"? Estranho demais. E se não encontrarem o que procuram? Vou receber o dinheiro assim mesmo? Pelos termos do contrato, parece que sim. O que estão procurando?

Enquanto me faço essas perguntas, o familiar formigamento me percorre o traseiro. A diferença é que, em vez de levar a sensações orgásticas, é rapidamente anulado pela revolta que sinto ao tomar conhecimento da dissimulação e das mentiras de Jeremy, que agora me parecem óbvias. Seria esse formigamento uma lembrança sensorial da minha experiência anterior? Pode ser só isso? Droga, já que Jeremy não me julga merecedora de tomar conhecimento dos resultados das pesquisas, vou descobrir por mim mesma. Como ele ousa me tratar assim? Muito bem, Madame Jurilique, parece que temos um contrato a negociar. Embora a ideia cause certa repulsa em uma parte do meu ser, a outra parte está pronta a embarcar na experiência com uma atitude do tipo "Você não sabe com quem se meteu!". Devo admitir que tanta determinação até me assusta um pouco.

Uma batidinha na porta indica que meu tempo de leitura acabou. Uma olhada rápida nas minhas notas e no restante do contrato confirma que as cláusulas obedecem ao padrão, e guardo as folhas na pasta.

– Dra. Blake, Madame Jurilique está à sua espera no escritório – Fred avisa.

Ao ver que lanço um olhar às minhas roupas, ele continua.

– A esta altura, a discussão é muito mais importante do que o seu traje, dra. Blake.

Tenho de concordar. Talvez ele seja mais perspicaz do que eu imaginava. Depois de apagar mentalmente meus comentários sobre seus músculos, recolho a pasta e saio do quarto atrás dele.

Madame Jurilique, vestida em um tailleur Chanel azul-claro, encontra-se em sua mesa de trabalho. Enquanto isso, pareço uma australiana simples pronta para uma corrida em Bondi, uma praia na região metropolitana de Sydney. Ora, não fui eu que marquei o encontro. Concluindo que ela pode pensar o que quiser, sento-me em frente a Madame.

– *Bonjour*, doutora. Espero que tenha dormido bem – ela cumprimenta, com um sorriso frio e profissional.

– Dormi bem, sim.

É estranho ouvir a minha voz. Parece que se passaram anos desde que falei pela última vez.

– Ótimo. Vamos aos negócios. Presumo que tenha lido os documentos e queira fazer algumas perguntas, *oui*?

Até aí nenhuma novidade. Resolvo ir direto ao ponto. Melhor acabar logo.

– Enema? Já ouvi falar, mas... Neste cenário?

– É como a lavagem intestinal, que muita gente faz regularmente como parte dos cuidados com a saúde.

Ela interrompe a explicação, para avaliar minha resposta. Tenho uma amiga que passa pelo procedimento mensalmente e garante sentir-se muito bem depois.

– Para nós, é importante que entre "limpa" no processo de experimentação. Assim, podemos controlar e monitorar o seu corpo mais efetivamente durante as 72 horas.

Ela me encara fixamente, antes de continuar.

– Existe a alternativa de monitorarmos as suas evacuações até...

Eu interrompo rapidamente.

– Não vai ser necessário. Estou de acordo.

Não quero me demorar mais do que o indispensável.

– Ótimo. Não vai se arrepender, tenho certeza. Trata-se de um procedimento muito seguro.

O que me preocupa não é exatamente a segurança. A questão é que prefiro evitar os detalhes desagradáveis. Então, sigo em frente.

– Não me sinto à vontade com qualquer forma de penetração de um pênis, como parte do processo de experimentação.

– Sem problema. Vou tomar nota. Nenhuma penetração humana?

Esta é realmente a conversa mais estranha que já tive na vida. Em todo caso, um pouco mais fácil do que eu esperava.

– Amostras de fluidos corporais?

– Sim, dos seus orgasmos. Isso é inegociável.

Ela parece incrivelmente confiante de que haverá orgasmos. Vamos ver. Eu me sinto como se colaborasse com o Relatório Kinsey sobre a conduta sexual da mulher.

– Esses testes vão confirmar os resultados de Jeremy?

– Acreditamos que sim.

– Vai doer?

Minha voz falha um pouco.

– Não é nossa intenção lhe fazer mal, dra. Blake. Se não doeu com o dr. Quinn, com certeza não vai doer no nosso ambiente.

Com Jeremy o procedimento pode ser descrito como prazer absolutamente natural, mas foi o que me meteu nesta encrenca. "Concentre-se, você está negociando a sua vida, a sua liberdade, Alexa. Foco!" Consulto rapidamente as minhas anotações.

– Não quero cateter.

– Não vai ser preciso. Vai ver que o equipamento do nosso laboratório é moderníssimo, projetado para proporcionar aos pacientes o máximo de conforto.

Eis aí uma diferença agradável, em relação ao que eu havia imaginado.

– Certo. Está bem. E nada de exames de sangue. Isso para mim é inegociável.

Por alguma razão, a lembrança da conversa com Jeremy sobre o assunto faz com eu que não queira permitir o acesso ao meu sangue.

Ela franze a testa, preocupada.

– Isso nos impõe certa dificuldade, dra. Blake.

– Vocês com certeza podem conseguir amostras de sangue de outras pessoas do tipo AB.

Minha argumentação transmite uma segurança que não sinto.

– Sim, mas...

Madame parece perdida em pensamentos. Bate ritmadamente os dedos na prancheta, como se pensasse em um meio de contornar o impedimento.

– Quantos frascos o dr. Quinn recolheu, quando estava sob os cuidados dele?

Sob os cuidados dele... Maneira estranha de descrever a situação. Ela parece quase desesperada pela informação, e gotinhas de suor começam a aparecer acima de seu lábio superior. A informação é muito importante, obviamente.

– Não sei ao certo.

– Não sabe ao certo ou não quer dizer, dra. Blake?

O tom de voz de Madame é cortante. Ela se levanta e vai até a janela, antes de me lançar um olhar gélido.

– Honestamente não sei – falo com firmeza. – Jeremy tem conhecimento do meu horror a agulhas e equipamentos hospitalares.

Um arrepio percorre meu corpo quando completo mentalmente "E usou assim mesmo".

Madame continua pensativa.

– Humm, isso pode ser problemático. Definitivamente inegociável, *oui*?

– Definitivamente.

– Por quê, dra. Blake? É só um pouquinho de sangue.

Tenho a impressão de que os olhos dela penetram no meu cérebro, tentando descobrir se escondo alguma informação. Céus, eu gostaria de saber mais, em vez de agir apenas por instinto, como estou fazendo. A expressão obstinada de Madame não deixa dúvidas de que eles seriam capazes de tirar meu sangue à força agora mesmo, e eu não teria como reagir. Mantenho-me inflexível, em uma tentativa de entrar no jogo dela e participar dessa negociação bizarra em situação mais equilibrada.

– Estou disposta a participar do seu experimento de 72 horas, Madame Jurilique. Concordei em ter o ânus invadido por um enema, o que nunca me aconteceu, para sua informação. Estou disposta a ser estimulada o suficiente para que sejam coletados os fluidos secretados durante o meu orgasmo, o que imagino necessário à sua experiência. Não estou disposta a ceder frascos de sangue.

Espero ter soado mais convincente do que me sinto.

Madame parece pensar mais um pouco, antes de falar com firmeza, embora com certa relutância:

– Como este é um processo de negociação, estaria disposta a concordar com uma espetada, para colher uma gota do seu sangue a cada 24 horas, de modo que possamos ao menos fazer uma ligação direta com os resultados de laboratório?

Ela repousa as mãos sobre a mesa, enquanto aguarda a minha resposta.

– Acho que está bem.

Por alguma razão, não quero que tirem meu sangue em quantidade bastante para uma série de testes. Além disso, detesto agulhas. Uma espetadinha, porém, posso aguentar.

– Ótimo. Mais alguma pergunta?

Consulto rapidamente as minhas notas.

– Então, eu terei acesso aos resultados e serei liberada?

– Sim, é claro.

– Vou para uma das suas instalações sem saber onde fica, certo?

– Certo.

– Como vou chegar lá?

Sinto medo de viajar novamente em uma mala com gás hilariante.

– Será levada de ambulância. É o meio mais seguro.

– De ambulância? É preciso?

– Não se iluda, dra. Blake. Não somos o único laboratório farmacêutico interessado nos seus resultados. Existem outros, digamos... menos escrupulosos que, se a pegarem, não serão tão condescendentes com as suas exigências.

Ela ergue na minha direção uma sobrancelha perfeitamente desenhada. Droga, eu não havia pensado nisso.

– A sua segurança é nossa prioridade máxima, dra. Blake. Portanto, peço que cumpra nossas normas sem reclamar. Assim, minimizamos os riscos.

Este seria um excelente momento para Jeremy aparecer como uma versão especial de James Bond, entrar pela janela ou pela porta com sua tropa de agentes especiais e me salvar. "Onde se meteu você? Não se importa mais comigo? Cadê as equipes especiais de que me falava?"

– Está esperando alguma coisa, dra. Blake?

"É, estou esperando alguma coisa que não vai acontecer". Bravatas de nada adiantam. Melhor eu me resignar ao meu destino. Não consigo disfarçar um tom melancólico, ao responder:

– Não. Quando começamos?

– Assim que encerrarmos a conversa e os documentos forem assinados. Tenho certeza de que não pretende prolongar este processo além do necessário. Sei que nós duas queremos encontrar nossos entes queridos assim que for possível.

Sinto o corpo pesado, ao ouvir as últimas palavras. Felizmente estou sentada. Ao voltar, encontrarei o amor ou a traição de Jeremy? Meus filhos parecem tão distantes quanto realmente estão. Por alguma razão, me tranquiliza saber que Madame tem entes queridos, o que lhe confere um ar mais simpático. Ela também deve querer encerrar isto de uma vez.

– E quanto ao dinheiro?

Não faço a menor ideia do destino que darei a esse dinheiro "sujo", mas certamente será de grande utilidade para as várias instituições de caridade com as quais estou envolvida.

– Encerrada a sua estada conosco, será depositado em uma conta bancária no seu nome. Os detalhes estarão especificados no seu pacote de saída.

– E se seu me recusasse a participar?

– Não vamos estragar uma discussão tão proveitosa com tais suposições, dra. Blake. Acredito que ambas chegamos a uma conclusão satisfatória, sob circunstâncias extraordinárias.

Como pode esta mulher parecer ao mesmo tempo tão delicada e ameaçadora? Suas últimas palavras apagam todo e qualquer sinal de simpatia que eu tenha detectado nela. Talvez seus "entes queridos" sejam cobras venenosas abrigadas em um poço. Com ar sério, ela risca algumas partes do contrato e acrescenta outras à mão, presumivelmente com base no que discutimos. Em seguida, deixa diante de mim o documento e uma caneta dourada.

– Garanto que o seu envolvimento nesta pesquisa beneficiará mulheres do mundo inteiro, em especial aquele grupo de mais de 40% que aponta falta de desejo ou interesse sexual como um transtorno. Agora, temos uma real oportunidade de melhorar significativamente sua vida sexual. Isso é ótimo, não acha?

Embora se trate obviamente de uma questão retórica, ela prossegue, como se apresentasse à plateia um plano de marketing.

– Se tudo correr de acordo com o planejado, teremos condições de lançar a droga no início do próximo ano. Estamos próximos da conquista, dra. Blake, como poderá observar em nosso laboratório.

Não consigo imaginar vida sexual melhor do que a minha com Jeremy. No entanto, o fato de estar na vanguarda de uma descoberta científica revolucionária de repente me excita, em especial por afetar tão drasticamente a vida das mulheres – se tudo der certo. As palavras de Madame ainda ecoam nos meus ouvidos enquanto seguro a caneta dourada e verifico rapidamente as alterações. Se a pílula cor-de-rosa da

Xsade atuar sobre o desejo feminino, e não apenas os aspectos físicos, como o aumento do fluxo sanguíneo, imagine-se o potencial impacto sobre homens e mulheres. Isso pode mudar a vida de todo mundo! Não admira alguns laboratórios adotarem procedimentos tão arriscados. Devo admitir que uma parte de mim está ansiosa para experimentar e ver se a droga funciona. Penso em minha amiga Mandy, que mora nos Estados Unidos e recentemente pagou uma fortuna por um teste de seu desejo sexual, em uma clínica especializada. Assim como mulheres se dispõem a passar por cirurgias plásticas estéticas nas partes genitais, indivíduos e corporações não poupam despesas, conforme o caso. Penso no impacto que o Viagra exerceu sobre a nossa sociedade. De repente, graças à pílula azul, homens que não tinham ereção, devido ao vírus HIV, a antidepressivos, ao envelhecimento, ou que desejavam manter-se excitados por mais tempo, voltaram a apreciar o sexo. Só tive uma experiência – malsucedida, aliás – com Viagra. Eu e Jeremy estávamos em Santorini, e tudo começou muito bem, ao menos pela minha perspectiva. As lembranças invadem minha mente.

Tínhamos acabado de voltar ao hotel de paredes brancas e telhado redondo azul, na encosta da colina. As ilhas gregas são um excelente lugar para relaxar. Chegamos suados, pelo esforço da subida, embora tivéssemos deixado o mar havia apenas dez minutos. Enquanto Jeremy seguia para o quarto, decidi mergulhar na pequena piscina do hotel. Ele estava estranho desde a nossa conversa lá embaixo, enquanto descansávamos ao sol sobre uma pedra. Talvez fosse a preocupação com seu mais recente projeto de pesquisa. Eu não sabia como ele reagiria, ao me ouvir contar de Robert e da minha vontade de "sossegar". Isso obviamente não lhe passava pela cabeça, e devo admitir certa decepção por não ficarmos juntos. Na verdade, sempre desconfiei de que esse não seria nosso destino. No entanto, uma esperança teimosa se mantinha... Vivemos momentos tão incríveis... Esses momentos se repetiriam, porém, no dia a dia? Pelo menos eu soube a resposta de uma vez por todas. Jeremy teve oportunidade de dizer alguma coisa e não disse. Nossas vidas continuariam em caminhos separados. Ele com certeza parecia mais interessado no prazer inconsequente daqueles dias do que em alguma coisa a longo prazo, e eu soube disso quando me jogou na água, depois da nossa conversa. Sempre brincando... Enquanto me enxugava para voltar ao quarto, pensei em fazer-lhe uma surpresa... Talvez...

– Voltei! O que está fazendo?

– Arrumando uns papéis, para me concentrar em você pelo resto do tempo.

Trabalho, conforme eu esperava.

– Ótimo. Trouxe uma coisa, mas tem de prometer que vai usar neste fim de semana.

– De que se trata? Você está com um jeito bem safadinho... Primeiro me deixe ver o que é.

– Ah, Jeremy, vamos lá! Por que não pode prometer sem saber o que é? Só esta vez, por favor!

Para minha surpresa, o pedido fez efeito.

– Está bem, eu prometo. Desde que você não tente me matar.

– Como se eu fosse capaz – respondi, fingindo estar mortalmente ofendida. – Obrigada. Estou louca para ver o resultado.

– E essa agora... Que resultado?

Hesitei por um momento, em dúvida quanto à reação dele.

– Vamos, Alexa, vai ficar envergonhada? O que é?

– Você prometeu, lembra?

– É, prometi.

Pensar que ele me fez uma promessa sem saber do que se trata, o que não é comum, me deixou ainda mais excitada.

– Está bem, me dê só um segundo.

Corri ao banheiro e peguei na minha bolsinha de maquiagem um saco plástico com dois comprimidos azuis em forma de diamante. Voltei à sala andando com afetação, sorridente, de mãos para trás. O que diria ele, ao ver qual era a surpresa?

– Vai me mostrar o que é ou tenho de arrancar da sua mão?

– Humm, não seria má ideia, mas aqui está.

Entreguei a embalagem e esperei que ele examinasse.

– O que... Onde arranjou isto?

– São autênticos, garanto. Nada pirateado. Eu pensei que você podia... podia experimentar, para ver como funciona, qual é o efeito.

– Querida, você quer que eu tome Viagra? Desde quando eu não sou macho o bastante para você?

– Desde nunca, Jeremy, não é isso. Só achei que a experiência podia ser interessante... Você prometeu, lembra?

– Lembro. É que eu não esperava por isto.

Ele segurou a embalagem plástica diante de mim, como se fosse um objeto não identificado, e continuou.

– Onde conseguiu? Ah, deixe para lá, não importa.

– Então, vai tomar um?

– Eu prometi, não foi? Devo admitir que sempre tive curiosidade de saber como isso funciona com alguém que não possua disfunção erétil. O que você sabe muito bem não ser o meu caso!

As últimas palavras são ditas enfaticamente. Passo meus braços em torno da cintura bem desenhada de Jeremy e confirmo sua virilidade com um beijo.

– Eu jamais diria o contrário. Só achei que seria divertido, já que estamos fora, e o remédio obviamente não me serve de nada.

– Está bem, vou tomar UM esta noite e ver o que acontece. Espero que esteja preparada para as consequências.

– Farei o máximo para atender às suas necessidades, dr. Quinn.

Uma onda de desejo me invadiu até os ossos.

– Promete uma coisa em troca?

Eu sabia. Era bom demais para ser verdade.

– O que você pretende?

– Se eu tomar alguma coisa para... Como dizer em termos médicos? ...me deixar em ereção completa durante horas, o mínimo que posso fazer é preparar você para suportar isso.

– O que você trouxe desta vez no seu saquinho de surpresas? – perguntei desconfiada.

– Como sabe? Escolha um... Não, acho que sei o que combina melhor com Viagra.

Ele remexeu na mala, pegou uma embalagem e, antes de me entregar, perguntou, com um sorriso travesso:

– Promete?

Ainda bem que o Jeremy alegre voltou, mandando embora o Jeremy melancólico.

Senti uma ponta de tristeza, ao pensar que aquela talvez fosse a última vez em que eu tinha condições de prometer alguma coisa a ele, depois de tantos anos.

– Prometo.

Ele abriu a embalagem, de onde tirou uma caixa trabalhada. Dentro da caixa, havia um ovo simples, cor-de-rosa, que parecia meio amassado no meio, e um objeto retangular estreito com teclas.

– Não foi à toa que você concordou com tanta facilidade – eu disse ironicamente.

Ele explodiu em um riso malicioso. Percebi que mal continha o entusiasmo. Observei melhor. "Vibrador com controle remoto em forma de ovo, eficiente em um raio de 10 metros".

– Não, você de posse de um controle remoto novamente? Lembra o que aconteceu daquela vez? Derramei bebida em tudo!

– Desta vez, pelo menos, vai ser no seu orifício preferido, para você acompanhar diretamente o impacto do Viagra.

– E como vai ser isso exatamente?

– Vou lhe informar pelo controle remoto. Quando a minha ereção se intensificar, eu intensifico a sua vibração, para combinar.

Ele parecia muito satisfeito, ao continuar.

– Ora, não faz nem cinco minutos que você estava toda alegrinha porque eu vou tomar a pílula azul... E agora, que puritanismo é este?

– Está bem, acho que podia ser pior. Mas por que essa fixação em controle remoto?

Jeremy se voltou para mim, pegou minhas bochechas e falou, sério:

– Nada me agrada mais do que controlar o seu prazer, Alexandra.

Ele me beijou delicadamente, fazendo meus joelhos fraquejaram, e caí na cama, embaixo dele. Sua língua penetrou na minha boca, em um beijo tão apaixonado, que me senti em uma cena de filme romântico. Suas mãos escorregaram por dentro da parte superior do meu biquíni, para me acariciar os seios e estimular os mamilos. Assim, rolamos na cama, enquanto o novo brinquedinho ficava quase esquecido embaixo dos nossos corpos. De repente, ele me deixou de lado e pegou a caixinha, como se eu não tivesse tratado o vibrador com o respeito que o objeto merecia.

– Ei, Alexa, cuidado, quero o ovo em perfeito estado para esta noite! Na verdade, tenho de garantir que funcione. Além disso, é melhor você poupar as energias. Sinto que vai precisar de todas, mais tarde.

Com um tapinha no meu traseiro, ele continuou.

– Por que não toma banho enquanto eu arrumo isto aqui e escolho a sua roupa do jantar?

Cheguei a abrir a boca para protestar, mas desisti. Como só dispunha das roupas que eu tinha levado para o fim de semana, ele não podia errar muito.

– Claro, por que não? Depois você toma banho, e eu escolho as suas roupas.

Dei-lhe um tapinha no traseiro, como resposta, e segui para o banheiro, conforme as instruções do meu melhor amigo mandão. Estava ansiosa pela noite.

Em harmonia com o ambiente grego, vestimos roupas brancas, que nos caíam bem, em contraste com o tom da nossa pele, queimada pelo sol do Mediterrâneo. Meu vestido era razoavelmente curto, mas não muito, felizmente, e Jeremy escolheu um cinto marrom claro como acessório, porque não gosta de me ver com roupas soltas no corpo. Ele estava lindo, com a camisa desabotoada no peito. Nas ilhas gregas, os homens saem assim, e ninguém os considera mal vestidos. Seus cabelos escuros e cacheados tinham crescido desde que o vi pela última vez, emoldurando os intensos olhos verdes. Não tivéssemos uma reserva para o jantar, eu seria capaz de fazer amor imediatamente com aquele deus grego.

– E quando vai tomar o remédio? – perguntei.

– Durante o jantar, assim que acabarmos de comer a entrada, para o caso de o efeito ser rápido.

– Acha que podemos demorar mais um pouco na rua? Estou com vontade de dançar.

– E você vai aguentar tanto tempo com isto aí dentro?

– Ah, é mesmo.

– Vamos testar agora?

– Pensei que você tivesse testado.

– Eu me refiro a testar dentro de você. Não gostaria que desse defeito na hora.

– Melhor resolvermos isso na privacidade do nosso quarto. A que distância fica o restaurante?

– Pertinho.

– Então me dê.

Esperei que Jeremy me entregasse o ovo, mas só recebi uma piscadela.

– Com licença.

– Sério?

– Por favor.

– Está bem.

– Ótimo. Ponha uma perna sobre a poltrona. Precisa de lubrificação?

"Não, não depois do que pensei sobre a aparência de Jeremy, momentos antes. Estou cheia de desejo."

– Não.

Abaixei a calcinha, para que ele tivesse acesso direto.

– Pronta?

– Como sempre. Ah, as coisas que faço por você...

Jeremy deslizou cuidadosamente pelas minhas coxas, até encontrar a abertura e a posição.

– Humm, pronta como sempre, Alexa.

– Se eu não estivesse morta de fome, não sairíamos deste quarto, Jeremy.

– Quanta impaciência, querida. Tenho certeza de que você resiste mais do que isso.

Ele pousou meu pé no chão novamente.

– Como se sente?

– Por enquanto, bem.

Fiquei desconfiada, ao vê-lo tirar o controle remoto do bolso da calça.

– É só um teste. Prometo só começar para valer quando eu tomar a "inocente" pílula azul.

Jeremy pressionou o botão, provocando uma vibração suave e gostosa. Enquanto aumentava aos poucos a intensidade, ele observava atentamente as minhas reações.

– Tudo bem?

– Humm, foi boa ideia, mesmo.

Quando achei a vibração muito intensa, tomei o controle da mão dele, desliguei e disse:

– Tudo funcionando. Nenhum problema, nenhum defeito. Só vá com calma, senão vou ter dificuldade em falar, e muito mais em andar!

– Ótimo. A caminho, então.

Por precaução, guardei o remédio e o controle remoto na bolsa, sob o olhar espantado de Jeremy.

– É justo. Devolvo os dois logo depois da entrada.

– Então vamos.

Indisfarçavelmente tão ansioso quanto eu, ele passou o braço pela minha cintura e me conduziu até a porta. A cada passada, eu contraía o assoalho pélvico, para garantir que meu amigo cor-de-rosa estivesse bem acomodado dentro de mim.

De tão excitados para explorar a fase seguinte da noite, praticamente devoramos a entrada de folhas de uva e berinjela recheada. Para marcar a ocasião com um brinde, Jeremy pediu uma dose de ouzo, uma bebida alcoólica com sabor de anis, produzida na Grécia. Enquanto os garçons nos serviam, entreguei a ele discretamente a pílula.

– Tem problema tomar Viagra com bebida?

– Isso vamos descobrir.

Ele engoliu o remédio com um pouco de água. Em seguida, estendeu a mão, pedindo o controle remoto. Ao ver que eu procurava alguma coisa na bolsa, o garçom correu para ajudar; assim que encontrei, entregou o objeto ao cliente.

– Muito obrigado – Jeremy agradeceu, sem o menor constrangimento, guardando o achado no bolso.

Fechei a bolsa e tomei rapidamente um gole de vinho, para disfarçar nossa trapalhada. Boa oportunidade de ir ao banheiro, antes que as sensações começassem. Pedi licença.

– Não mexa em nada, Alexa. É uma ordem.

– Claro.

– Você sabe que, se houver alguma modificação, eu vou notar.

– Sim, Jeremy, você cumpriu a sua parte do contrato, eu vou cumprir a minha.

– Obrigado. Não demore. Acho que estou começando a sentir alguma coisa.

Mal começava a saborear o delicioso prato de frutos do mar, quando senti a primeira vibração. Cruzei as pernas, para garantir o máximo de discrição. Jeremy estava lindamente corado, e a intensificação das minhas sensações confirmou que o Viagra fazia efeito. Ele acariciou minha coxa por baixo da mesa e aproximou mais a cadeira, para que eu sentisse o volume dentro de sua calça.

– Uau, impressionante, e não faz nem meia hora!

A vibração ficou ainda mais intensa.

– Acho que vai ter de comer mais depressa. Não vou aguentar

ficar muito tempo longe de você. O remédio está me deixando impaciente.

– Sem sobremesa?

Outra vibração, ainda mais forte, fez com que eu me contorcesse no assento. Estava difícil manter uma postura respeitável.

– Tudo bem, nada de sobremesa. Não acione o controle até eu terminar. Já estou transpirando.

– Vou tentar, mas nós combinamos de caminhar juntos. Você não imagina como estou.

– Imagino, sim. Está gostando?

– A sensação é tão intensa, que tenho a impressão de que o meu pau é uma fera autônoma, louca para se livrar das roupas.

O garçom tornou a encher as taças de vinho, enquanto nos remexíamos nas cadeiras.

– Está tudo em ordem, senhor?

– Tudo ótimo. Traga a conta, por favor.

Foi a primeira vez em que vi Jeremy parecer hesitante, até para falar.

– Não querem sobremesa?

– Esta noite não. Vamos comer a sobremesa em outro lugar, e está ficando tarde. Obrigado.

Diante do sorriso do garçom, desatamos a rir incontrolavelmente, pensando na situação que nós mesmos havíamos criado.

Quando bebia o último gole de vinho, senti a vibração dentro de mim praticamente dobrar.

– Jeremy, não, por favor.

A sensação de formigamento, muito boa e muito ruim ao mesmo tempo, literalmente percorria todo o meu corpo, em direção às extremidades. Ele entendeu e abriu um sorriso satisfeito.

– Vamos embora daqui, antes que eu não possa me apresentar em público.

Ele deixou algumas notas de euro sobre a mesa e puxou a cadeira, para eu me levantar. Minhas pernas falseavam, enquanto eu tentava andar em linha reta, sob os efeitos do ovo cor-de-rosa, e o braço de Jeremy em volta da minha cintura foi muito bem-vindo.

– Talvez eu precise do seu casaco emprestado.

Bastou uma olhadela para as calças dele, e imediatamente entreguei o casaco.

– O que é isso? Você mal consegue caminhar!

– Fique juntinho de mim, e vamos andar o mais depressa possível.

– Teria sido melhor se você se recusasse.

– Sim, mas é uma questão de justiça. Sei o que você pensa a respeito da igualdade de sexos. Não seria justo eu me recusar.

Resmunguei alguma coisa acerca da futilidade de seu argumento e dei-lhe uma cotovelada nas costelas, como repreensão. Continuamos a caminhar desajeitadamente pelas ruelas pavimentadas com pedras, rumo ao mar. Tentei me concentrar na maravilhosa lua crescente, para não pensar na mais urgente necessidade, naquele momento.

– Não aguento mais um segundo – Jeremy disse, saltando sobre uma pedra.

Em momento algum ele largou a minha mão, e fui junto, tropeçando. Assim, em uma queda teatral, acabamos atrás da pedra.

– Desculpe, querida, mas o seu ovo cor-de-rosa precisa abrir espaço para uma prioridade superior. Não posso esperar.

Ele me encostou na pedra ainda quente do sol da tarde, abriu o decote do meu vestido, segurou meu rosto e me beijou intensamente. Sem perder tempo, meteu a outra mão dentro da minha calcinha, para retirar o vibrador.

– Devagar, cuidado!

Fiquei arquejante, enquanto Jeremy jogava o brinquedinho na minha bolsa e deixava as calças caírem ao chão. Quando ele abaixou a cueca, me espantei com o tamanho da "fera".

– Céus! Isso não dói?

– Não vai doer daqui a poucos segundos, quando estiver enfiado em você.

Depois de ajustar rapidamente o indispensável preservativo, ele arrancou minha calcinha, cujo tecido delicado se rasgou. Eu não conseguia desviar o olhar daquele pênis maravilhoso, pulsante, e cheguei a duvidar se seria capaz de acomodar aquilo tudo dentro de mim. Quer dizer... Ele sempre é maior do que a média, mas então parecia... enorme. Em segundos, ele erguia minha perna e me penetrava, com tal ímpeto, que nada me restou além de receber a força pura de sua masculinidade. Sem fôlego, de repente, me senti grata ao amigo cor-de-rosa, pela preparação.

– Espere um pouco, Alexa, ainda não acabei.

Passei os braços pelo pescoço de Jeremy, e as pernas pela cintura. Forçando meu corpo contra a pedra, ele agarrou minha bunda, fez o pênis recuar e entrar novamente, bem devagar, para que eu sentisse cada centímetro. Entrar, sair, entrar, sair... Assim, restabeleceu o controle sobre o meu corpo, até eu me sentir fraca, de tanto desejo.

– Você sabe que eu a amo, não sabe?

– Claro, Jeremy, nós nos amamos há séculos!

Com um olhar suplicante, ele parecia querer chegar à minha alma. Foi uma sensação estranha, como se ele tentasse infundir romantismo em uma situação altamente sexualizada.

– Mas é verdade, Alexa, amo você como nunca amei ninguém.

Só pude pensar que o Viagra estivesse atuando sobre as emoções, além do fluxo sanguíneo. Naquele momento, porém, minhas necessidades eram outras.

– Por favor, Jeremy, mais depressa!

Sussurrei ao ouvido dele, enquanto lhe arranhava o peito com as unhas. A penosa lentidão de seu ritmo era frustrante, em especial depois do vibrador. Em uma tentativa de incentivá-lo a agir, dei mordidinhas em seus mamilos endurecidos. Oh, finalmente...

– Obrigada.

Ele entrava e saía com força e rapidez renovadas, enquanto seus dedos altamente precisos apertavam meu clitóris intumesci-

do. Imagens de estrelas me invadiram a mente, e eu me integrei à maravilha do universo. Escorregamos para o chão, onde areia e conchas amorteceram a queda. Ele permaneceu dentro de mim, pronto para mais ação.

– Está falando sério? Preciso de um tempo!

– Querida, a ideia foi sua!

Uma manobra habilidosa me deixou por cima. A pressão exercida por seu pênis era maravilhosa, e aproveitei a pausa para me adaptar à sensação.

– Você está delicioso, dentro de mim.

Bem lubrificada, fiz movimentos circulares. Coisa boa!

Jeremy agarrou meus quadris, dizendo:

– Está me matando, Alexa. Preciso explodir, mas não consigo.

– É mesmo? Pois eu estou adorando...

– Alexa, não diga que não avisei!

Perdida em uma zonzeira deliciosa, continuei os movimentos ritmados.

– Você não vai gostar nada, quando estiver em carne viva, por dentro e por fora.

De repente, ele me virou ao contrário, e fiquei deitada de costas. Não sei como conseguiu fazer aquilo tão rapidamente. Em seguida, me prendeu pelos braços e chupou meus mamilos, enquanto "bombeava" dentro de mim. Cheguei a gemer. Meus mamilos estão definitivamente ligados ao clitóris, e a doce agonia era intensa. Oh, céus! Tudo tão rápido, ativo, ardente, o verdadeiro sexo selvagem! Meus gemidos se transformaram em gritos de êxtase, sem levar em conta que estávamos longe da privacidade do nosso quarto de hotel. Para abafar meus gritos, Jeremy enfiou a língua na minha boca, tão impetuosamente quanto enfiava o pênis dentro de mim. Vi estrelas novamente, enquanto sua boca me silenciava, e seus dedos acariciavam meus seios. Eu me rendi por completo à presença daquele monumento à masculinidade. Meu corpo era um brinquedo que ele usava a seu bel-prazer, o que me agradava muito. Nem a atividade recente reduziu o tamanho do pênis dele, que continuava rígido, pronto para entrar... em mim. Ai, o que foi que eu fiz? Com um gemido, joguei a cabeça para trás, exausta pela intensidade da nossa festa sexual.

– Ah, querida, vou ter de carregar você até o hotel?

Decorridos alguns momentos, senti um vazio, e logo vi que Jeremy tentava inutilmente guardar o pênis de volta nas calças. Não consegui conter uma risada.

– Está achando engraçado, é?

– Um pouco. Não posso acreditar que você ainda esteja neste estado, depois de tanta função.

– Posso garantir que a função mal começou, Alexa.

Ele ajeitou meu vestido, para cobrir minha bunda, então desprotegida, me entregou a bolsa e o casaco, e me pegou no colo. Não queria perder tempo. Mesmo em se tratando de Jeremy, era muita energia! No quarto, despiu-se rapidamente. Comecei a achar que uma ereção assim prolongada devia ser dolorosa, e senti um pouco de arrependimento. O meu desejo sexual estava razoavelmente satisfeito, mas os olhos dele brilhavam de tensão, desejo, frustração e impaciência.

– Que tal uma xícara de chá, uma taça de vinho? – ofereci, tentando adiar o incvitável.

– Que tal eu dentro de você, agora?

Estávamos em lados opostos da mesa, e ele tentou me agarrar. Escapei por um triz e corri para o banheiro. Infelizmente, as pernas dele são mais compridas do que as minhas; ele me alcançou e me jogou na cama. Gritei de susto e prazer. Em segundos, meu vestido era arrancado, e a virilidade daquele corpo nu pairava sobre mim.

– Você parece Eros.

– Eros precisando desesperadamente de Psiquê.

Qual poderia ser a minha reação?

– Está bem, faça como quiser.

Não houve necessidade de outro estímulo. Por quase uma hora, a força de Jeremy e o impacto da pequenina pílula azul dominaram meu ser e ocuparam o espaço do quarto.

– Preciso de água, urgentemente! – pedi com dificuldade, sem fôlego.

Jeremy tinha explorado todas as partes do meu corpo. Eu me sentia moída. Ele voltou depressa com uma garrafa de água e outra de vinho, que derramou alegremente sobre nossos corpos despidos. Em seguida, encheu a boca de vinho e, com um beijo estratégico, transferiu a bebida para a minha boca. Para isso, ele ajeitou – com alguma dificuldade, devo acrescentar – minha cabeça e meus ombros sobre seu colo. Eu ainda sentia seu pênis ereto junto à parte lateral da minha cabeça, felizmente não tanto quanto antes. Quando abri a boca, pedindo mais, ele tentou me servir diretamente da garrafa, mas sua costumeira precisão estava prejudicada. Sem roupas, nem procurei me mexer, contentando-me com a quantidade de água que caía sobre meus lábios. Estava esgotada, depois daquela sessão heroica. Com certeza estaria dolorida e sensível no dia seguinte, mas nem de longe pensei em reclamar. Ele me acariciava os cabelos e o rosto. Serena, eu me entreguei à maciez de seu toque.

– Quer dizer que você vai mesmo sossegar e morar na Austrália?

Eu não esperava voltar ao assunto.

– Bem... Vou. Acho que sim. Um dia isso tinha de acontecer. A vida não pode ser uma eterna festa.

O olhar de Jeremy estava longe, quando continuei:

– Não vamos nos ver com tanta frequência.

– Sei, e não gosto disso.

– As coisas entre nós vão ser muito diferentes.

– É provável. Vou sentir falta.

– Eu também.

Devo ter adormecido. Quando abri os olhos, estava sozinha na cama e havia um bilhete sobre a mesinha.

"Não consigo dormir. Vou beber alguma coisa. Até mais tarde. J"

Por alguma razão eu me preocupei. Jeremy parecia realmente triste quando tivemos aquela conversa, antes que eu pegasse no sono. Dei uma escovada no cabelo, passei batom rapidamente, vesti uma roupa leve e fui para o bar; queria ver se ele estava bem. Andava com cuidado, já que o tempo excessivo de penetração tinha me deixado desconfortável, e talvez o dia seguinte fosse ainda pior. Estava absolutamente confirmado que, em se tratando de Jeremy, não havia necessidade alguma de Viagra. Por incrível que pareça, e para surpresa minha, a sensação de estar fisicamente marcada pela paixão dele me agradava. Assim que cheguei à entrada do bar, eu o vi com duas moças que pareciam extremamente amigáveis e muito satisfeitas em compartilhar a presença dele e sua ereção alimentada quimicamente. Hesitei por um momento, mas uma última olhada para o meu amigo avesso a compromissos confirmou: eu estava tomando a decisão certa, ao ficar com Robert e optar por um relacionamento relativamente seguro. Afinal, não podia ficar a vida inteira brincando com Jeremy.

– Desculpe-me, dra. Blake...
– Ah, pois não – respondo, voltando imediatamente ao momento presente.
– Tem alguma dúvida, antes de prosseguirmos?
– Não. Ah, tenho sim. Não quero ter os olhos vendados. Preciso ver. O tempo todo.
Por alguma razão, pareceu-me perceber nela um sorriso cúmplice.
– Nada impedirá a sua visão enquanto permanecer na nossa clínica, a menos que assim queira. Ficará impedida de ver apenas durante o trajeto até lá, mas avisaremos com antecedência, para que se prepare.
– Está bem.
– Mais alguma coisa?
– E a pílula cor-de-rosa? Vai querer que eu experimente?
– Sim. Com a sua concordância, naturalmente. Fique tranquila, o

procedimento é perfeitamente seguro. E a sua opinião profissional sobre o efeito será muito apreciada, é claro.

Como se eu já não tivesse ouvido isso! Sinto-me um pouco tonta e enjoada, ao pensar no compromisso que estou para assumir, e permito-me mais uma pergunta:

— Madame Jurilique, a senhora experimentou?

— Sim, dra. Blake. No caso de medicamentos como este, considero indispensável que nossos executivos experimentem primeiro o que estamos desenvolvendo, no mínimo por uma perspectiva de marketing. Portanto, posso afirmar com toda a certeza que as mulheres do mundo inteiro ficarão satisfeitíssimas com o resultado. Pelo menos tem sido assim até hoje.

De olhar perdido, ela parece envolvida por lembranças agradáveis. Até me assusto, ao vê-la deslizar os dedos pelo pescoço e colo, em direção ao seio. Céus, isto está cada vez mais estranho. Ela acorda do devaneio e fala em voz decidida, apontando o contrato:

— Tudo certo, dra. Blake? Assine os documentos, por favor.

Louis e Frederic entram e se posicionam, um de cada lado da cadeira na qual estou sentada. Solto um suspiro, antes de rubricar as alterações e entregar minha vida, acreditando que a validade de um contrato assinado em tais circunstâncias é, na melhor das hipóteses, questionável. Pelo menos a Xsade me concedeu a oportunidade de discutir e garantiu que, ao fim da semana, estarei fora daqui, mas só Deus sabe o que me espera nos próximos três dias.

— Ótimo, dra. Blake, acredito que não se arrependa. Estará bem cuidada entre nós.

Também já ouvi isso. Ela aperta a minha mão com força, como se estivéssemos concluindo um acordo importantíssimo, o que não deixa de ser.

— Louis a acompanhará de volta ao quarto, e o bom doutor logo vai encontrá-la, para tomarem providências relativas à viagem.

Sigo Louis até a porta.

— Ah, mais uma coisa, dra. Blake. Tenho certeza de que vai viver momentos mais agradáveis do que espera. Basta se permitir.

Ela sorri abertamente. Quanto eles sabem de mim? Louis fecha a porta do escritório, e saímos.

Minha mala está arrumada, e o quarto, impecável, não parece ter sido usado. Com o estômago embrulhado, vou até a janela, onde fico de olhar perdido, acariciando o bracelete, meu único meio de contato com Jeremy, que não sei se é amigo ou inimigo, no que se refere a este experimento. Daria tudo para conversar com ele agora e esclarecer esta confusão de uma vez por todas. Não sei se estou fazendo a coisa certa. Continuo a olhar em silêncio pela janela. "Jeremy, onde está você? O que fez comigo?"

Quem precisa da indústria farmacêutica? Hoje em dia, todos nós, mas a que custo? Não posso deixar de pensar que estou aqui por culpa de Jeremy. No entanto, não tenho como negar que, no fundo do coração, ainda quero amá-lo e saber que ele me ama. O vaivém dos meus pensamentos me confunde. Mais uma vez estou na terrível posição em que não tenho escolha, a não ser acompanhar o fluxo.

– Avise quando estiver pronta, dra. Blake.

E quem está pronto para uma coisa dessas? Como as pessoas que me cercam cuidam de tudo, não preciso me preocupar com as malas, e obedientemente desço as escadas em espiral, atrás de Louis e Fred. Duvido que um dia eu volte a este castelo. Entro em uma salinha ao lado da enorme porta em arco, onde o bom doutor (ou mau, quem sabe?) me espera pacientemente. Tenho as palmas das mãos úmidas, ao cumprimentá-lo e ver, em cima da bancada, seringa e vários frascos cuidadosamente arrumados sobre um pano branco.

– Como está, dra. Blake?

– Já estive melhor.

– Nervosa?

O tom do dr. Josef é gentil.

– O que acha?

Uma olhada por sobre o ombro serve para constatar que a porta foi fechada. Estamos só os dois na salinha.

– Não vou deixar que mal algum lhe aconteça, garanto. Sente-se, por favor.

– Como posso ter certeza? Não tenho ideia de quem é o senhor ou o que vai fazer.

É demais, acho que não vou aguentar. Com medo de desmaiar, eu me jogo na cadeira que o médico me oferece.

– Sinto que vou vomitar.

Olho em volta ansiosamente, à procura de um local apropriado. Sem perder a calma, o médico pega na gaveta e segura junto à minha boca um saco para enjoo. A onda de náusea passa.

– O que exatamente vai acontecer agora?

– Vou lhe aplicar uma injeção, e partimos em direção ao hospital. Imagino que Madame Jurilique a tenha informado dos detalhes.

Com seu jeito atraente, ele me encara. Estranho, os sequestradores responderem às minhas perguntas, em vez de me manterem na ignorância. Surpresa agradável, eu acho.

– E para que serve a injeção?

– Vai relaxar os seus músculos, até ficarem completamente paralisados. O processo completo deve levar menos de meia hora. Quando chegarmos ao hospital, eu aplico outra injeção, e você será levada à nossa clínica. Não dói.

Depois de uma pausa, ele pergunta:

– Pronta?

Merda, merda e merda. Estou tão nervosa, que poderia pegar fogo por dentro. Chego a me assustar com tanto profissionalismo e consenso. O médico espera calmamente.

– Fique tranquila; embora a sensação a princípio pareça estranha, será muito mais confortável do que a sua chegada ao castelo.

Em um impulso, eu me levanto e abro a porta. Fred e Louis montam guarda do lado de fora. Volto ao assento. Estou inquieta demais. Enfim, encontro coragem de falar.

– Muito bem. Não sei quem é você, mas obviamente não tenho escolha, a não ser confiar e esperar que cumpra o prometido, quando disse que nada de mal me aconteceria. E lembre: como sabe, assinei um contrato com a Xsade, estabelecendo meus termos e condições.

— Seria sensato lembrar-se disso também, dra. Blake. Parece um pouco agitada. Prefere deitar-se?

Por incrível que pareça, a voz dele tem um tom bondoso e interessado.

— Acho que sim.

Eu me levanto meio trêmula, e um pensamento cruza a minha mente: talvez fosse mais fácil se eles agissem com violência e crueldade; essa polidez constante me deixa confusa. O médico indica a bancada fixa atrás de nós. Faço que sim e me encaminho rapidamente para lá, tentando acalmar a energia frenética dos meus nervos. Com toda a tranquilidade, ele me esfrega a mão esquerda com um chumaço de algodão embebido em álcool e inspeciona atentamente as minhas veias. Com a aplicação de um torniquete logo abaixo do cotovelo, elas aparecem em segundos. A agulha prestes a me furar a pele e a incerteza dos próximos dias tornam minha respiração irregular. Ele ignora esses sinais, enquanto arruma os frascos e segura a minha mão com firmeza.

Eu me permito um último apelo.

— Sabe que não gosto de nada disso, não é?

— Sei, dra. Blake, mas o dinheiro sempre é um meio conveniente de alcançar os resultados apropriados.

A cânula desliza com suavidade para dentro da minha veia, e ele injeta lentamente o conteúdo.

— Dinheiro? Acha que isso tudo é por dinheiro? — pergunto assustada.

O médico parece bom no que faz, mas não tenho coragem de olhar nem de puxar a mão. Felizmente não dói.

— Temo que, no fim das contas, a maioria das coisas seja assim — ele diz.

Aqui estou eu convencida de ter feito a coisa certa, ao receber de uma empresa rica e doar o dinheiro para caridade, e, no entanto, passo a impressão de estar interessada em lucrar.

— Neste caso não. Eu jamais faria isto por dinheiro. Sinto enjoo, ao ver que o senhor pensa desse modo. Faço pela minha segurança, para sair daqui ilesa. Para voltar a ver os meus filhos e não deixá-los sem mãe.

Ignorando minha explosão emocional, ele pega outro frasco na bandeja e injeta através da cânula. Por que estou me justificando para este homem? Terminado o procedimento, ele retira o torniquete.

— Muita generosidade, dra. Blake. Mas agora é importante que fique bem quietinha, para o medicamento circular, evitando algum efeito colateral desagradável.

Deitada o mais quieta possível, demoro a acreditar que alguém pense aquilo de mim. A assinatura do maldito contrato praticamente confirma que tomei a decisão por causa do dinheiro. E eu me achei muito esperta, pensando que o contrato não seria reconhecido legalmente. No entanto, já que me ofereceram dinheiro, e eu aceitei, ali estão todos os componentes de um contrato legal. São citadas a oferta, a consideração e a aceitação, mas não há referência a constrangimento! Droga, o que foi que eu fiz?

Sinto a substância injetada espalhar-se pelo meu corpo. Os músculos parecem relaxados, e um calor gostoso toma conta de braços e pernas. O médico permanece ao meu lado, verificando a pulsação.

— Pode mexer os dedos para mim?

Tento, mas não consigo.

— Está funcionando. Mantenha a calma, por favor.

Como, se nada em mim se mexe? Os dedos dos pés estão imóveis. As pernas não passam de pesos mortos. Sinto apenas os dedos do médico no meu pulso. Estou consciente, mas paralisada por completo. Céus, isto não é nada bom.

— Sei que é uma sensação estranha, dra. Blake. Se relaxar, vai sentir-se mais confortável.

Parece que tenho travado muitas lutas internas, ultimamente. Quero concordar, mas as palavras não saem. Embora eu esteja aparentemente bem, por dentro sou tomada pelo estresse e pelo pânico.

— Use os olhos para se comunicar. Está se saindo muito bem. Basta manter a calma. Deixe a medicação cumprir seu papel.

Tento desesperadamente dizer "não" com os olhos, mas o doutor se afasta para dar entrada a dois homens de roupa branca que trazem uma maca. Estou completamente imóvel. Enxergo apenas o que aparece no meu campo de visão. Trata-se de uma sensação realmente estranha.

Os homens ajustam a maca à altura da cama, contam até três e transferem facilmente meu corpo. Em seguida, sou coberta com um lençol branco e presa à maca por três correias. Recuo mentalmente quando o médico afasta com delicadeza os cabelos que me caem no rosto. Depois de atravessar a majestosa entrada do palácio, sou cuidadosamente colocada na ambulância. O médico se acomoda junto a mim para, mais uma vez, verificar minha pulsação, e somente então nota o bracelete.

— Bela joia, dra. Blake. Não havia reparado. Pena que não possa dizer de onde é. Talvez não lhe permitam ficar com ela, no lugar aonde vamos. De todo modo, receberá de volta quando encerrar a sua estada entre nós.

Quero gritar, mas movimento apenas os olhos. Logo os fachos de luz refletidos nas janelas indicam que o veículo está em movimento. É demais para mim.

***

Ouço sirenes, enquanto seguimos rumo ao hospital, e só Deus sabe a que mais. Isso me lembra de que sequer sei em que país estou. O que será mais estranho: estar amarrada a uma cadeira de rodas, sob uma burca, mas poder me mexer; ou ser transportada de maca, sob os efeitos de um relaxamento frustrante, incapaz de enviar uma mensagem a qualquer parte do corpo? Em meio a esses pensamentos, sou levada pelo que parece o corredor do hospital de uma cidade pequena. Procuro examinar o ambiente, ávida por uma informação visual indicativa do que acontecerá a seguir. Afinal, sou literalmente entregue em uma salinha, onde algumas enfermeiras soltam as correias, tiram minhas roupas e, com muita eficiência, vestem-me com uma horrível bata de hospital, aberta nas costas. Sei que essa é uma das minhas menores preocupações, mas...

As enfermeiras me lavam bem as pernas e substituem a bata por outra. O dr. Josef reaparece e faz a checagem costumeira. Como obviamente não pode fazer perguntas, verifica meus reflexos, que se revelam inexistentes. Ao fim do exame, parece satisfeito. Depois de observar algumas folhas presas à prancheta, ele pergunta:

– Continua confortável, dra. Blake?

Mexo os olhos para cima e para baixo, dizendo que "sim". Na medida do possível, é claro. E faminta.

– Vou instalar o soro. Quero garantir que receba os nutrientes necessários para um ou dois dias, já que vai ficar sem comer, depois do enema. Assim, estamos cuidando do seu bem-estar geral.

O médico faz parecer que estou em um spa, e não imobilizada, tendo apenas a mente em funcionamento acelerado.

Ele prossegue em suas atividades. Outra injeção. Desta vez, sinto alguma coisa fria me correr pelas veias. Dizem que devemos enfrentar os medos... Depois desta experiência, acho que vou perder o medo de agulhas!

– Quando este frasco esvaziar, vou aplicar-lhe mais uma injeção, que será a última pelo tempo que passar entre nós. Vai continuar sem controle muscular por uma hora, mais ou menos, sentindo-se, porém, extremamente relaxada. Talvez adormeça profundamente.

As informações do médico me deixam nervosa. Ele, no entanto, não parece notar, e continua falando.

– Logo será removida para outra parte do hospital, com o rosto coberto, para não ver o caminho. Nossa intenção é completar a transferência o mais depressa possível. Mesmo sem se mover, é importante que mantenha a calma. Não queremos que corra riscos desnecessários. Entendeu?

Se ele disser mais uma vez para eu manter a calma, vou gritar. Quer dizer, eu gritaria, se pudesse.

Mexo os olhos novamente. Claro, fique calma para não agravar os riscos. Entendi!

– Está se comportando muito bem, dra. Blake. Logo estará de volta ao seu estado normal.

Diabos, não há mais nada de normal no meu estado nem na minha vida! Fecho os olhos, para satisfazer a necessidade urgente de me desligar da realidade. "Talvez eu tenha mais a agradecer a Jeremy do que pensava", penso sarcasticamente. Não posso acreditar que deixei de perguntar se o nível de risco nos procedimentos era alto, médio ou baixo. Quem sabe isso levasse a uma discussão mais detalhada com Madame Jurilique, me fazendo desistir...

– Estamos quase prontos.

Começo a me sentir incrível e maravilhosamente relaxada. Sou obrigada a reconhecer que a sensação de estar aquecida e confortável é absolutamente deliciosa. Seja qual for o remédio que me aplicaram, é ótimo! Embora me sinta como um peso morto, estou também tranquila e satisfeita. Dias felizes. Sou transferida de volta para a maca.

– Vamos, dra. Blake, para o outro lado. Relaxe.

Relaxar é minha única opção. Ouço um zíper se fechar ao longo do meu corpo, até me cobrir a cabeça. Não vejo mais nada. Como disse o bom doutor, estamos em movimento. Podem fazer o que quiserem comigo. Eu me sinto tão bem, que não dou importância. Não tenho a menor ideia do que me trarão os próximos três dias... Então, o nada cobre a minha mente, tal como a espevitadeira apaga a chama da vela.

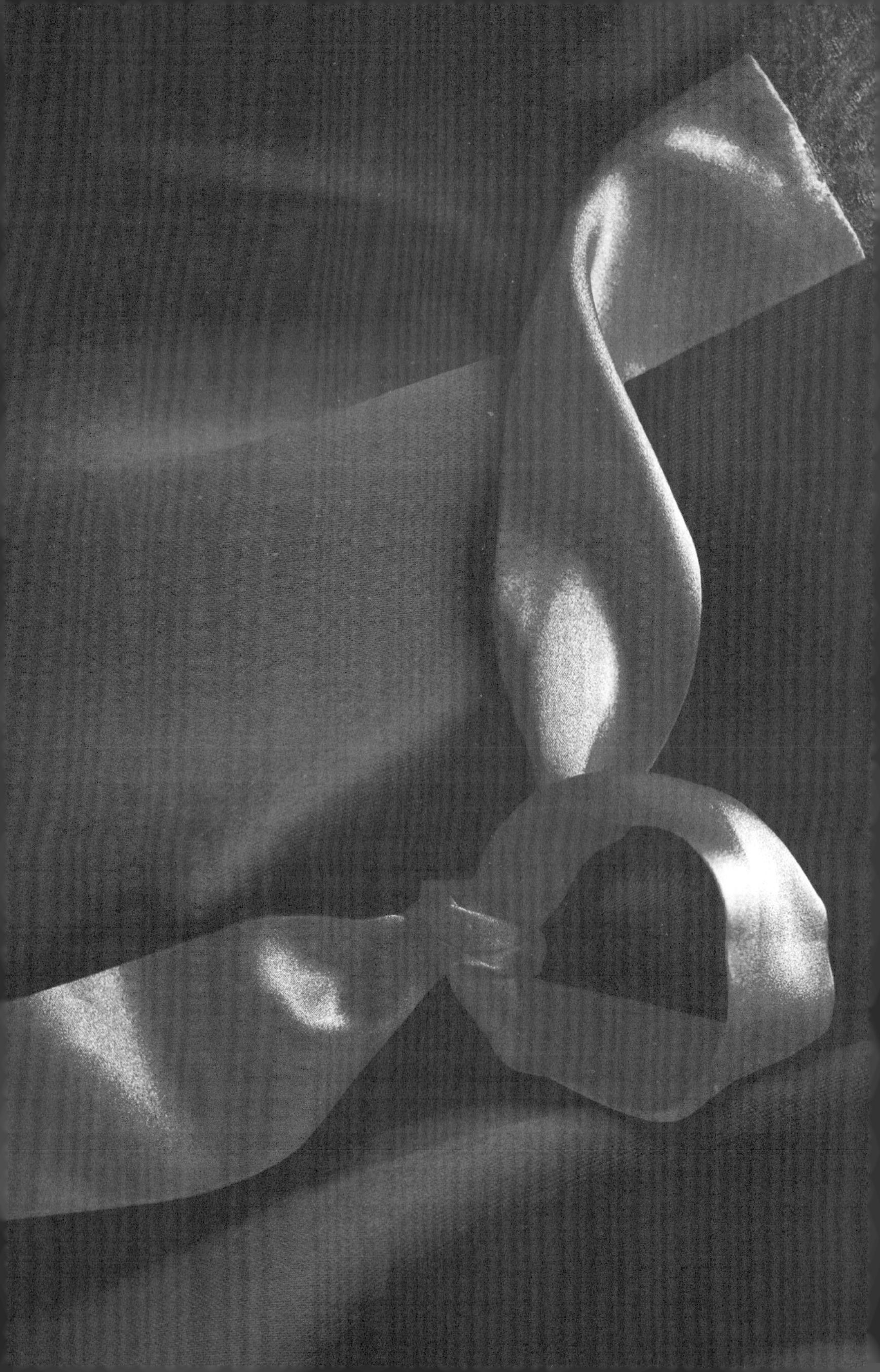

Parte 5

"Tristeza é a emoção lembrada com tranquilidade."

– Dorothy Parker

Jeremy

A queda pela encosta íngreme me faz perder todo o senso de direção. Na tentativa de proteger a cabeça e o rosto, deixo as pernas à mercê de pedras pontiagudas. Sinto que um joelho sofre um corte profundo, mas só paro ao bater com a coxa em uma rocha. Droga, como dói! Não tenho tempo de reclamar, porém. Não sei se o conteúdo da mochila, esmagada entre o chão e as minhas costas, resistiu ao impacto. Eu me levanto com esforço e sigo mancando em direção à cidade, desesperado para contar a Sam o que acabo de ver.

Ao chegar, abro com força a porta do quarto. Sam se levanta de um salto. A seu lado está uma mulher pouco mais jovem do que eu.

– Jeremy, que diabos aconteceu? Está todo sujo! E que sangue é este?

– Estou bem, não se preocupe. Eu caí. Precisamos descobrir onde fica o hospital que recebe as ambulâncias da cidade. Eles...

Faço uma pausa, em dúvida quanto a revelar detalhes diante da estranha. Além disso, preciso recuperar o fôlego.

Sam percebe a minha hesitação e faz as apresentações.

– Jeremy, esta é Salina, nossa guarda-costas.

– O quê? E o... Ah, não importa.

Não posso confessar que esperava "um" guarda-costas. Magra, de estatura mediana, cabelos escuros curtinhos emoldurando o rosto, a moça não impressiona, mas estou aprendendo na prática que as aparências enganam.

– Você veio por indicação de quem?

Depois do que passei, sinto a necessidade urgente de verificar tudo.

– Martin Smythe. Ele é responsável pelo grupo que está em Munique à espera de notícias nossas.

– Ótimo.

Ela pelo menos parece estar a par dos acontecimentos.

– Sou o dr. Jeremy Quinn. Prazer em conhecê-la.

Esfrego as mãos imundas na calça, em uma tentativa de limpeza, antes de apertar a mão da guarda-costas.

– Salina Malek. Igualmente.

Ela pelo menos age com profissionalismo.

– Então, Jeremy, conte o que aconteceu – Sam pede.

– Aqui não. Temos de ir andando. Uma ambulância pegou a estrada na direção noroeste, e Alexa vai dentro dela. O resto eu conto no carro.

– Devem estar a caminho de Bled. Há um pequeno hospital lá. Hospital grande, para casos mais sérios, só na cidade de Villach, em território austríaco. Eu dirijo. Onde estão as chaves?

Devo admitir que a resposta imediata e proativa de Salina me surpreende, e me agrada ver que ela conhece a região. Penso em dizer que prefiro dirigir, mas desisto; estou meio trêmulo, depois do tombo e da corrida até o hotel. No banco traseiro, vou ficar mais à vontade para me limpar um pouco e relatar o que vi. Atiro as chaves, que ela agarra no ar. Bom. Reflexos rápidos.

Salina pega a estrada, e sua habilidade ao volante me impressiona. Nada me deixa mais nervoso do que viajar com um mau motorista. Tenho a calça rasgada, e o sangue ainda escorre pela perna. Enquanto conto o que vi, rasgo a manga da camisa para amarrar no joelho. Parece que vai precisar de uns pontos.

– Bled fica a cerca de 20 quilômetros daqui. Tem certeza de que a ambulância tomou essa direção?

– Tenho.

– A sirene estava ligada?

– Na saída do castelo, as luzes giratórias de emergência estavam acesas. Só perto da cidade ligaram a sirene.

– Acho que devemos fazer uma busca no hospital de Bled. O prédio é pequeno; se nos dividirmos, não vai demorar. Vamos ver se a ambulância está lá e se foi usada há pouco tempo. Pelo aspecto do seu joelho, precisa de atendimento.

Salina diz isso olhando para trás. Prefiro que ela mantenha os olhos na estrada.

— Eu mesmo posso suturar, mas preciso do material deles.

— Como estava Alexandra quando a viu, J? — Sam pergunta.

Lembro o ar de tristeza de Alexa, ao olhar para os Alpes e, sem saber, para mim.

— Parecia bem. Talvez um pouco triste.

Minha voz falha nas últimas palavras. Preciso engolir em seco, antes de continuar.

— De repente, desapareceu. Fiquei por algum tempo no mesmo lugar, até que a chegada de um carro e da ambulância chamou a minha atenção. Em poucos minutos ela era retirada do castelo presa à maca, completamente imóvel. Então, pisei em falso e vim escorregando montanha abaixo.

Droga, o que terá acontecido? Um mal-estar, devido ao estresse? Alexa deve estar apavorada, depois de tudo que sofreu nos últimos dias. Talvez lhe tenham ministrado alguma droga... Remédios sempre têm sobre ela um efeito mais forte do que o esperado. Eu me lembro de como custou a se recuperar quando lhe dei um sedativo, antes de chegarmos a Avalon.

— Não pode ir mais rápido, Salina? Parece que não chegamos nunca!

O estresse faz minha voz soar mais ríspida do que eu desejaria.

— Faltam menos de cinco minutos, dr. Quinn.

Pelo velocímetro, vejo que não poderíamos ir mais depressa, nestas circunstâncias.

Salina continua, com seu jeito decidido.

— Vamos fazer o seguinte: vocês dois entram juntos e procuram atendimento; enquanto isso, eu inspeciono os quartos e o subsolo. Assim, o seu joelho vai ser tratado.

Ela olha para mim novamente. "Olhos na estrada", eu peço em silêncio.

— Samuel, você dá uma olhada na emergência, para ver se ela está lá. Quinn, não se afaste muito. Está desarmado, e aquelas pessoas são perigosas, obviamente.

Acostumado a dar as ordens, demoro a assimilar as instruções de Salina. Infelizmente não há muito a acrescentar, já que faz sentido o que ela diz. Então, permaneço calado até chegarmos ao pequeno hospital.

– A ambulância é aquela?

– Parece que sim.

– Ótimo. Tomara que ainda estejam aqui.

Ela pega o telefone. Martin está na discagem rápida.

– Martin? Malek. Quinn e Webster estão comigo no hospital de Bled. Blake foi vista sendo embarcada em uma ambulância nos arredores de Kranj, e acreditamos que ela esteja lá dentro. Vamos fazer uma varredura, e dou notícias logo que for possível.

Eficiente ao telefone, também.

– Prontos? – ela pergunta. – Lembre que está aqui como paciente, Quinn. A sua queda foi muito conveniente.

Não gosto de ser considerado paciente ou conveniente por alguém que mal conheço. Não estou em busca de simpatia nem acredito que Salina esteja disposta a me oferecer. Eu e Sam concordamos com um gesto, enquanto ela para na entrada do hospital. Assim que saltamos, ela se dirige para o estacionamento de visitantes. Chego mancando à recepção, tão forte é a dor no joelho e no quadril. Como demora a entender minha explicação sobre o ferimento, a enfermeira se aproxima para examinar. Enquanto isso, Salina escapa discretamente pelo corredor.

A moça me acompanha até uma salinha, indica uma cadeira e sai para chamar o médico. Isso dá a Sam a oportunidade de inspecionar os quartos no outro lado do hospital.

Um simpático e jovem médico indiano apresenta-se, falando bom inglês. Explico que estava caminhando, e posso eu mesmo cuidar da sutura do ferimento, desde que me forneça o material. Ele parece hesitante, mas ao ver meu cartão de identificação, abre um sorriso.

– Certo, doutor, muito bem. A enfermeira vai providenciar o que for necessário.

Ele se despede com um aperto de mão. Ainda bem que neste hospital, aparentemente de pouquíssimo movimento, os procedimentos não são tão rígidos quanto na Austrália ou nos Estados Unidos. A enfermeira traz o material, e começo a trabalhar. Ao ver, porém, o médico por perto, resolvo tentar descobrir alguma coisa.

— Trabalha muita gente em cada turno?

— Só eu e duas enfermeiras. Aqui nunca tem muito trabalho. Outro médico vem de Ljubljana dar plantão de vez em quando, e há um especialista que traz os pacientes dele, quando necessário. Afora isso, é muito tranquilo a maior parte do tempo.

— Chegou uma ambulância há pouco. Está tudo bem?

O médico parece concentrado em uma papelada.

— Ambulância? Ah, sim, é o especialista de quem falei. Trouxe um paciente. Parece coisa séria.

De susto, quase enfio a agulha no ferimento.

— O quê? Como assim, coisa séria?

Começo imediatamente transpirar e não consigo disfarçar a angústia na voz. Ele continua a examinar os papéis.

— Sabe como é, doutor. Ah, dr. Quinn. Não se pode ganhar sempre.

Que diabos ele disse? Está falando de Alexa? Ele se enganou, com certeza. Tento me concentrar, para terminar logo a maldita sutura.

— O que quer dizer com "não se pode ganhar sempre"? Foi acidente?

— Desculpe, mas não devo comentar a situação dos pacientes. Imagino que vá estar muito dolorido, daqui a algumas horas. Este tipo de ferimento dói mais ainda no dia seguinte. Isto vai ajudar.

O médico me entrega alguns comprimidos de analgésico e dá a conversa por encerrada. Sei que ele não pode falar mais do que já falou, mas a desinformação me mata.

Sam entra na sala aparentando despreocupação e balança levemente a cabeça.

— Obrigado.

A dor física e alguns machucados são a menor das minhas preocupações. Nada representam, comparados à dor de perder Alexa. Não quero nem pensar! Onde diabos se meteu Salina? Já deveria ter voltado.

Terminado o atendimento, Sam e eu agradecemos e nos encaminhamos devagar para o carro. Tenho esperança de obter informações concretas sobre o paradeiro de Alexa. Pelo menos através dos binóculos ela me pareceu fisicamente bem. Teria eu deixado de notar alguma coisa? Acho que nada poderia ter-lhe acontecido, entre aquele momento e este agora. Ou poderia? Se lhe fizerem algum mal, alguém vai pagar! Meu coração dispara, como que bombeando a raiva e o medo que me percorrem as veias. Ainda que impaciente, sou obrigado a esperar no carro.

Salina nem parece aquele modelo de eficiência, ao atravessar lentamente a porta do hospital, em direção ao carro. Sinto um aperto no coração e no estômago. Alguma coisa está muito, muito errada. Minha mente se perde em horror quando ela se joga no assento do motorista e fecha a porta, dizendo:

– Más notícias.

– O que aconteceu?

Ela balança a cabeça, antes de responder.

– Blake foi trazida ao hospital para um procedimento simples, mas algo não deu certo, e ela está no necrotério.

As palavras não fazem sentido, em meio à barulheira nos meus ouvidos.

– O quê? Impossível! Que merda de procedimento simples? É mentira deles, ela não pode estar no necrotério!

Salina passa a mão pelos cabelos, parecendo perturbada. Sam está afundado no banco de trás, pálido.

Não aguento mais um segundo sequer. Não consigo respirar dentro do carro, preciso sair! Quando abro a porta, porém, Salina me agarra pelo braço.

– Espere, Quinn. É verdade, eu vi com meus próprios olhos.

– O que foi que você viu?

– Isto.

Ela me mostra a tela do telefone. Não acredito. A imagem que vejo marca minhas retinas.

– O que é, Jeremy? – Sam pergunta, ansioso. – Me dê a droga do telefone!

Salina toma o telefone da minha mão e entrega a Sam.

Não posso respirar. Não posso falar. Não posso me mexer. Tenho o cérebro e o coração congelados de medo.

Alexandra está morta.

Não pode ser verdade. Eu a vi no castelo, vivinha! Presa, talvez insegura, mas viva e respirando! Meu pior pesadelo virou realidade. Depois de tantos anos finalmente nos juntamos, nos entendemos, reconhecemos o amor que durante décadas, desde que nos vimos pela primeira vez, escondeu-se no nosso subconsciente. De jeito nenhum. Não pode ser, não vai ser, não vou deixar. Soco o painel do carro. Preciso socar alguma coisa. Meu coração parece partido ao meio, depois em quatro, em mil pedaços, a cada segundo.

Oh, céus, e as crianças, Elizabeth e Jordan? E Robert? Que merda eu fiz? Arruinei uma família! Uma família que começava a amar como se fosse minha! Sinto estar entrando em choque. É horrível, tanto quanto da morte de Michael. Ou pior. Desta vez a culpa é toda minha. Percebo vagamente que Sam sai do carro. Salina pega as chaves e vai atrás dele, em direção ao hospital. Tudo isso acontece em volta de mim, mas não me sinto parte do cenário. Correntes de angústia e remorso me prendem ao assento.

***

Não sei por quanto tempo fiquei sozinho no carro. Na minha nova realidade – a vida sem Alexa – o tempo não existe. A imagem dela, de um rosto que é só morte e escuridão, não me sai da mente. O saco preto guardando seu corpo, tão vivo há tão pouco tempo. Estou trêmulo. Não me importo com as lágrimas quentes que me escorrem pelo rosto e molham a camisa. É a reação física ao choque. Todo o amor que eu carregava no coração foi substituído pelo sofrimento extremo. Pensei que conhecesse e entendesse a dor da perda, mas esta é uma experiência totalmente diversa; é pura agonia. As emoções me sufocam, me impedem de respirar.

Aqueles degenerados assassinaram a mulher mais bela da face da Terra, minha melhor amiga, minha amante. Juro que vão pagar por isso! De repente, o ódio provoca uma descarga de adrenalina, e aquelas emoções traiçoeiras desaparecem. Preciso de todo o controle para não socar ainda mais e quebrar os vidros do carro; a dor dos cortes nada seria, comparada à angústia do meu coração. Salto do carro e saio correndo para o hospital, apesar de os pontos no joelho me dificultarem as passadas. Abro a porta com força, dobro à direita junto à recepção e desço a escada, que acredito levar ao necrotério. Preciso vê-la, tocar seu rosto, sua pele, e fechar delicadamente suas pálpebras sobre os olhos assustados. Ao passar por uma porta dupla, vejo Sam e Salina, visivelmente nervosos, falando com uma enfermeira. O ambiente está carregado.

– O que está acontecendo aqui? Cadê o corpo de Alexandra? – eu grito.

Percorro a sala vazia e tento abrir uma das gavetas, à procura do saco preto que vi na foto.

– Onde está ela?

De tão descontrolado, seria capaz de sacudir a enfermeira, para fazê-la responder. Ainda bem que a voz de Samuel me desvia a atenção a tempo.

– Ela não está aqui, Jeremy. Salina viu o corpo dela, mas parece que foi removido.

Eu me volto para Salina.

– Ela estava aqui. Eu vi, juro.

Ela nem conheceu Alexa, e mesmo assim parece tão perturbada quanto Sam.

– Eu sei, eu sei. A foto é uma prova mais que definitiva.

Sem disfarçar a raiva e o desespero, pergunto à enfermeira:

– Para onde ela foi levada? Precisamos saber agora. AGORA!

A enfermeira sai apavorada.

– O que está havendo aqui? Isso não faz sentido!

Tento mais uma vez abrir as gavetas onde ficam os corpos, mas estão todas trancadas.

O jovem médico que fala inglês vem ao nosso encontro.

– Vocês não deveriam estar aqui. Este local é restrito aos funcionários do hospital.

– Não dou a mínima para as suas regras e procedimentos, doutor. Havia uma mulher aqui, a dra. Alexandra Blake.

Minha voz falha ao pronunciar o nome dela.

– Nós sabemos que ela estava aqui. O corpo estava, e agora sumiu no ar. Precisamos saber o que aconteceu.

– Vamos sair, por favor. Vocês vão me meter em encrenca.

Os olhos do médico praticamente imploram para seguirmos o caminho que ele indica com o braço.

– Saiam em silêncio. Prometo esclarecer o que puder.

Embora relutantes, obedecemos ao médico: passamos pela porta de vaivém, cruzamos o corredor e chegamos a uma salinha.

– Vocês não deveriam ter ido lá; é proibido.

– Não me interessa o que é ou não permitido. Onde está o corpo?

– Foi transferido.

Com a paciência esgotada, fervendo de raiva, agarro o médico pelo colarinho e encosto à parede.

– Para onde?

Salina interfere e me afasta. Frustrado, dou um soco na parede, embora saiba que meu comportamento é inútil e extraordinariamente brutal. O que me alivia um pouco é ver que, apesar de certa fragilidade aparente, ela mantém o médico encostado à parede. Sua voz, porém, sai calma e controlada.

– É indispensável que o senhor nos diga para onde o corpo foi levado. A dra. Blake é cidadã australiana, foi sequestrada recentemente e, ao que parece, assassinada no seu país. Temos reforços a caminho, e se não quiser passar as próximas 24 horas sob custódia, sendo interrogado, sugiro que nos revele já o destino do corpo.

Ela espertamente levanta a aba do *blazer*, de modo que o médico veja o coldre com a arma que carrega. A estratégia se mostra efetiva.

– Foi levado para o necrotério do hospital de Villach, além da fronteira. Lá o dr. Votrubec vai fazer uma autópsia preliminar, para confirmar a causa da morte. Aqui não temos recursos. É só o que sei – o médico conclui nervosamente.

– Obrigada, doutor, agradecemos pela sua colaboração.

Com toda a calma, Salina solta o homem e ajeita o *blazer*, voltando a esconder a arma. Em seguida, fala com autoridade, dirigindo-se a Sam e a mim:

– Fora daqui, vocês dois. Eles não podem estar longe.

Ela pega o telefone e liga para Martin. Depois de relatar os últimos acontecimentos, combina um encontro com ele e dois outros agentes.

Embora aliviado por ter algo de concreto a fazer, sinto um aperto no estômago. Não quero ver o corpo de Alexa, mas sei que, se não fizer isso, a morte dela não será real. Além disso, a viagem até Villach vai adiar os telefonemas que temo ser obrigado a dar.

Em menos de uma hora cruzamos a fronteira da Áustria e localizamos o hospital. A cidade de Villach é bem maior que Bled, e a mudança de país faz muita diferença. Salina insiste em que esperemos por Martin, mas não suporto a ideia de ficar sentado. Como Sam parece mental e fisicamente exausto, eles decidem aguardar em um café, em frente à entrada do hospital. Já é fim de tarde, e comemos pouco durante o dia.

– Vou dar uma volta.

– Não faça bobagem, Quinn. Smythe não demora.

O que Salina pensa de mim? Depois de lançar-lhe um olhar de pura frustração, saio do café. Preciso conhecer o destino de Alexa. Em um lampejo, passa-me pela cabeça a ideia de que Salina nunca se apaixonou, ou que foi treinada a esconder todo e qualquer sinal de emoção. Vou direto ao hospital, mas não passo da recepção. Vejo-me na embaraçosa situação de ser escoltado pela segurança para fora do prédio, sem descobrir se o corpo de Alexa chegou, e muito menos se está lá ou não. Volto ao café "com o rabinho entre as pernas", convencido afinal de que as habilidades de Martin e Salina superam em muito o meu conhecimento na área. Ainda bem que nenhum dos dois se dá ao trabalho de me censurar. Cumprimento Martin rapidamente, pego uma cadeira na outra mesa e sento-me ao lado de Sam, preparado para participar da discussão.

– Sabemos que eles a querem viva e que o sinal do GPS cessou em Bled. Concordo que o corpo no saco é um indício convincente, mas pode ter sido usado para nos despistar.

Salina e eu olhamos espantados para Martin, que ergue a mão pedindo licença para continuar.

– Conseguimos descobrir que o dr. Votrubec não tem ligação alguma com o hospital de Villach nem com a travessia de fronteiras para o traslado de corpos, o que é mais significativo. Portanto, o corpo de Blake deve estar ainda na Eslovênia.

Martin fala da maneira mais profissional possível, o que não impede que me sinta um perfeito idiota, enganado tão facilmente. Não admira terem, momentos antes, no hospital em frente, pensado que sou maluco!

– Descobrimos também que Votrubec é contratado da Xsade e conhecido do pessoal do escritório da Eslovênia.

– Tem uma lista de nomes e contatos dos executivos da Xsade?

Lembro de repente que Moira vai me mandar a movimentação dos telefones de todos os membros do fórum. É pouco provável, mas quem sabe surge alguma ligação?

– Sim, vou enviar agora para você por *e-mail*.

Martin pressiona algumas teclas e diz:

– Pronto.

Faço um gesto de agradecimento, enquanto todos se concentram nele.

– Vamos voltar à Eslovênia esta noite. Lá nos dividimos, para vigiar o castelo e o hospital de Bled.

Ele se dirige a dois homens sentados atrás de nós. Como imagino que devam permanecer incógnitos, não os cumprimento.

– Salina, você fica com Quinn e Webster. Mantenha o telefone ligado o tempo todo. Temos acomodações reservadas a poucos quarteirões daqui.

Depois de entregar a ela um documento com todos os detalhes da operação, Martin olha diretamente para Sam e para mim.

– Vocês tiveram um longo dia e terão uma longa noite. Sei que é difícil, mas precisam descansar, se quiserem ser úteis.

Ele tem um ar solene, ao continuar.

– A situação é perigosa. Não deixem os quartos sem avisar a Salina. Fui claro?

Acho que não recebia ordens nesse tom desde os tempos de residência médica. É tarde, e sou obrigado a admitir que o dia foi terrivelmente longo. Martin está certo, precisamos de descanso. Exaustos, nos despedimos em seguida. Ele me puxa de lado, antes de nos separarmos.

– Não perca a esperança, Quinn. Isto ainda não acabou.

Desolado, agradeço com um gesto. Se eu ao menos pudesse acreditar...

O hotel onde nos hospedamos, limpo e arrumado, é perfeito por uma noite. Para mim tanto faz. Sinto-me desesperado, em todos os sentidos da palavra. Como sei que preciso me alimentar, peço uma refeição ao serviço de quarto, mas meu estômago só aceita o purê de batatas. Pela primeira vez na vida tomo um remédio para esquecer a dor e dormir. Somente assim fico fora de combate.

De algum modo os campos verdejantes por onde caminho indicam que estou na Irlanda do Norte. Vejo as ondas bravias açoitarem os rochedos íngremes. O ar frio que respiro profundamente me renova. Ando por muito tempo, sem cansar. De repente, nuvens escuras surgem no horizonte. Sombras negras e cinzentas se aproximam, até ficarem quase acima de mim. Começa a chover forte. Encharcado, e subitamente exausto, percebo que pesadas correntes me prendem os tornozelos e os pulsos a uma parede antiga. Deixo escapar um grito agudo, logo abafado pelo uivar dos ventos que jogam meu corpo nu contra a superfície áspera da parede. Uma neblina densa e escura avança, como que disposta a me engolir. Apavorado, tento me libertar. Impossível. De olhos fechados, espero a neblina gelada passar.

Ao abrir os olhos novamente, vejo relativa calma e uma imagem vermelha borrada a flutuar na névoa que sobrou. Depois de forçar a vista, identifico uma figura vestindo um manto vermelho com capuz. A figura se aproxima, e seu calor penetra nos meus ossos gelados. O calor se intensifica quando a figura vermelha retira o capuz. Incrédulo, reconheço os lindos olhos verde-esmeralda de Alexa. Avanço para abraçá-la, mas só consigo arrastar as correntes. Então, espero que ela me abrace. Seus braços, porém, estão sob o manto. A roupa revela apenas o rosto, que brilha. Sem uma palavra, ela se ajoelha diante de mim e me toma em sua boca. Começa devagar, mas a paixão logo cresce, e ela chupa com força e rapidez meu pênis rígido. Atormentado por não poder tocá-la, eu grito. Seu rosto mostra uma intensidade que nunca vi – uma confiança sensual. Alguma coisa mudou.

Tento decifrar o que acontece, mas meu cérebro não funciona sob o ataque da boca de Alexa. Ela parece querer sugar a essência da minha alma. Só para quando gozo, e ela engole até a última gota – o que também nunca fez antes. Quando Alexa se volta para mim, ainda de joelhos, seus olhos são de um vermelho intenso, a mesma cor do manto, e seus lábios se contorcem em um sorriso malicioso. Ela recoloca o capuz e continua ajoelhada, de cabeça baixa, até que duas outras figuras, estas com mantos negros, saem da neblina pairando silenciosamente e posicionam-se, uma à esquerda e outra à direita, para erguê-la. O capuz lhe encobre o rosto. Desesperado, grito seu nome. Meu corpo treme violentamente contra as correntes. O medo que sinto por ela, por nós, golpeia minha alma. Fraco, exaurido, observo as três figuras se afastarem em direção a um pântano envolto em neblina. Aos gritos, imploro que Alexa se volte, que me olhe mais uma vez. Preso e impotente, sinto o coração ser arrancado do meu corpo enfraquecido.

– Jeremy, Jeremy, acorde, você teve um pesadelo! Foi sonho!

Desorientado, vejo que Sam me acordou e ainda me sacode com força. Os lençóis estão ensopados de suor. Que lugar é este?

– Oh, Sam, tudo bem... Desculpe... Um sonho ruim, claro.

Minha voz sai tão rouca, que preciso limpar a garganta.

– Você gritou tanto, que ouvi do quarto ao lado e achei melhor verificar. Salina tem uma chave reserva.

– É mesmo? Desculpem. Estou bem. Vou só tomar um copo d'água.

Salina também veio ver se está tudo bem e espera junto à porta.

– Eu pego. Fique aqui.

A força do sonho permanece na minha mente. Acordei confuso, e a dor no meu peito também acordou. A realidade é a mesma. Alexa morreu.

– Alguma novidade?

Minha voz não traz um traço sequer de esperança. Sam responde no mesmo tom:

– Nenhuma. Não conseguimos acessar o sinal do bracelete de Alexa.

– Estranho. Será que foi destruído?

– Bem, não... Aí é que está. Se fosse destruído ou retirado, o programa avisaria. É a temperatura do corpo que habilita o sinal.

Olho fixamente para Sam, pensando se ele sabe o significado do que acaba de dizer.

– Oh... Essa não caiu bem... De todo modo, não há sinal desde o hospital em Bled.

– Exatamente onde Salina viu o corpo.

A conclusão me atinge em cheio, e eu caio sobre a cama, soluçando. O fardo é pesado demais para que eu me preocupe em manter as aparências. Sam tenta me confortar, mas não estou pronto para receber solidariedade, e o afasto com a maior delicadeza possível. Ele entende e sai do quarto.

Um pouco mais controlado, pego uma xícara de café. Sei que o próximo telefonema tem de ser para Robert. Que estranha sucessão de eventos conspirou para me fazer entrar novamente na vida de Alexa e me ligou a Robert meses atrás... Tudo começou com uma conversa descompromissada com Leo, em sua casa na ilha de Martha's Vineyard. Estávamos filosofando a respeito do amor e da vida, e comentávamos a graça de sermos dois solteiros que aproveitam a companhia um do outro, sem mulheres por perto. O estilo de vida de Leo resulta de uma escolha; ele não acredita em ter uma só parceira pela vida toda. O meu era mais uma questão de estar casado com o trabalho, enquanto Alexa vivia com outro.

Leo, que sempre me chamou pelas iniciais JAQ, de Jeremy Alexander Quinn, disse:

– Na minha opinião, JAQ, quando eu cruzo o caminho de alguém é porque era para ser. Se o encontro é significativo, e sinto que tinha de ser, eu me envolvo enquanto for bom para os dois. Se não, nos separamos como amigos que se respeitam e valorizam o tempo que passaram juntos. As boas lembranças permanecem, e seguimos em frente, enriquecidos pelo relacionamento.

– E sempre deu certo?

– Quase sempre. Veja o caso do meu irmão, Adam. Ele pensa de maneira semelhante à minha, mas anos atrás conheceu um sujeito da Austrália, em uma conferência sobre ecossistemas. Foi um relacionamento curto, mas intenso para ambos, e Adam realmente acreditou que aquele encontro no fosse simples coincidência. O problema é que o sujeito, Robert, é casado e tem filhos. Embora eles mantenham contato, Robert não vê como deixar a vida atual e não quer magoar a família.

Uma luzinha acendeu na minha cabeça.

– O seu irmão é gay, não é? – perguntei.

– Sempre foi, desde que se entende por gente.

– E o tal Robert, o que ele faz?

– Acho que trabalha como botânico na Tasmânia, mas é inglês. Se não me engano, a mulher dele é australiana.

Fiquei paralisado, enquanto ele continuava.

– De todo modo, Adam não consegue deixar de pensar nele nem engatar outro relacionamento. Vivo dizendo a ele para sair dessa, mas...

– Você está se referindo a Robert Blake? – interrompi.

– *Acho que é esse o nome dele. Conhece?*
– *Não acredito!*
– *Em quê?*
– *Alexa Blake é a mulher dele!*
– *A sua AB?*
– *Sim!*

Pensei que meu coração fosse parar de bater. Leo ficou surpreso, mas logo deu de ombros e sorriu.

– *Exatamente o que eu estava dizendo: as coisas acontecem quando têm de acontecer, e não antes. Não é estranho nunca termos conversado sobre isso? Realmente não falo muito a respeito do meu irmão, mas esta noite pensei nele, e... Que descoberta! Quem diria que a sua Alexandra é casada com o Robert que meu irmão ama?*

Eu me lembro de ter ficado por algum tempo imóvel diante de Leo. Ele entendeu que eu estava mergulhado em pensamentos e esperou calado. Até que, sem uma palavra, me deu um tapinha no ombro e foi dormir. Ele é assim, surpreendente. Sabia que meu cérebro trabalhava furiosamente para encontrar um meio de trazer Alexandra de volta à minha vida.

Havia algumas informações de que eu precisava desesperadamente.

Se Alexa amava Robert.
Se Robert amava Alexa.
Se Alexa ainda me amava.

Eu ia descobrir. Uma conversa aparentemente banal com Leo mudou por completo a minha vida, enchendo-me de esperança. Tive vontade de beijá-lo. Minha vida passou a girar em torno dos planos para trazê-la de volta. No entanto, mesmo naquele momento, no fundo da minha mente passou a ideia de que, com Leo, nada acontece por acaso...

Enterro a cabeça nas mãos, pensando em como tanta esperança

pode ter-se transformado em tristeza e desespero. Como as coisas desandaram assim? Sem ela, minha vida não faz sentido. Não é certo eu estar vivo, e ela estar morta. Como vou viver, sabendo que minha pesquisa, uma pesquisa que nem precisava acontecer, deixou filhos sem mãe? Uma mãe tão valente, terna e generosa?

Além disso, uma amante receptiva, divinamente sensual, intelectual e emocionalmente conectada, e incrivelmente disposta a explorar o "desconhecido psicológico". Foi esse aspecto de pioneirismo que eu quis experimentar durante nosso fim de semana juntos – um aspecto que nem ela sabia ser parte fundamental de sua psique. Diferentemente de muitas outras mulheres, Alexa possuía um desejo inato de desvendar as complexidades do mundo, de pesquisar e compreender as discrepâncias intelectuais. Ela me concedeu o privilégio de revelar o cerne de sua sexualidade, que experimentava com o entusiasmo causador da transformação e da renovação. Seu desejo de enfrentar e superar os medos nos permitiu quebrar convenções médicas e científicas antes não identificadas... Descobertas que jamais poderei discutir com ela, e que, agora, eu preferia não ter feito.

Enquanto me preparo para telefonar, a tensão aperta minha garganta. Procuro o número de Robert, pressiono a tecla de chamada e prendo a respiração. A ligação cai na caixa postal. Com um suspiro de alívio, confirmo que não estou preparado para a conversa que preciso ter com ele. Como esse não é o tipo de mensagem que se deixe gravada, o telefonema vai ter de esperar.

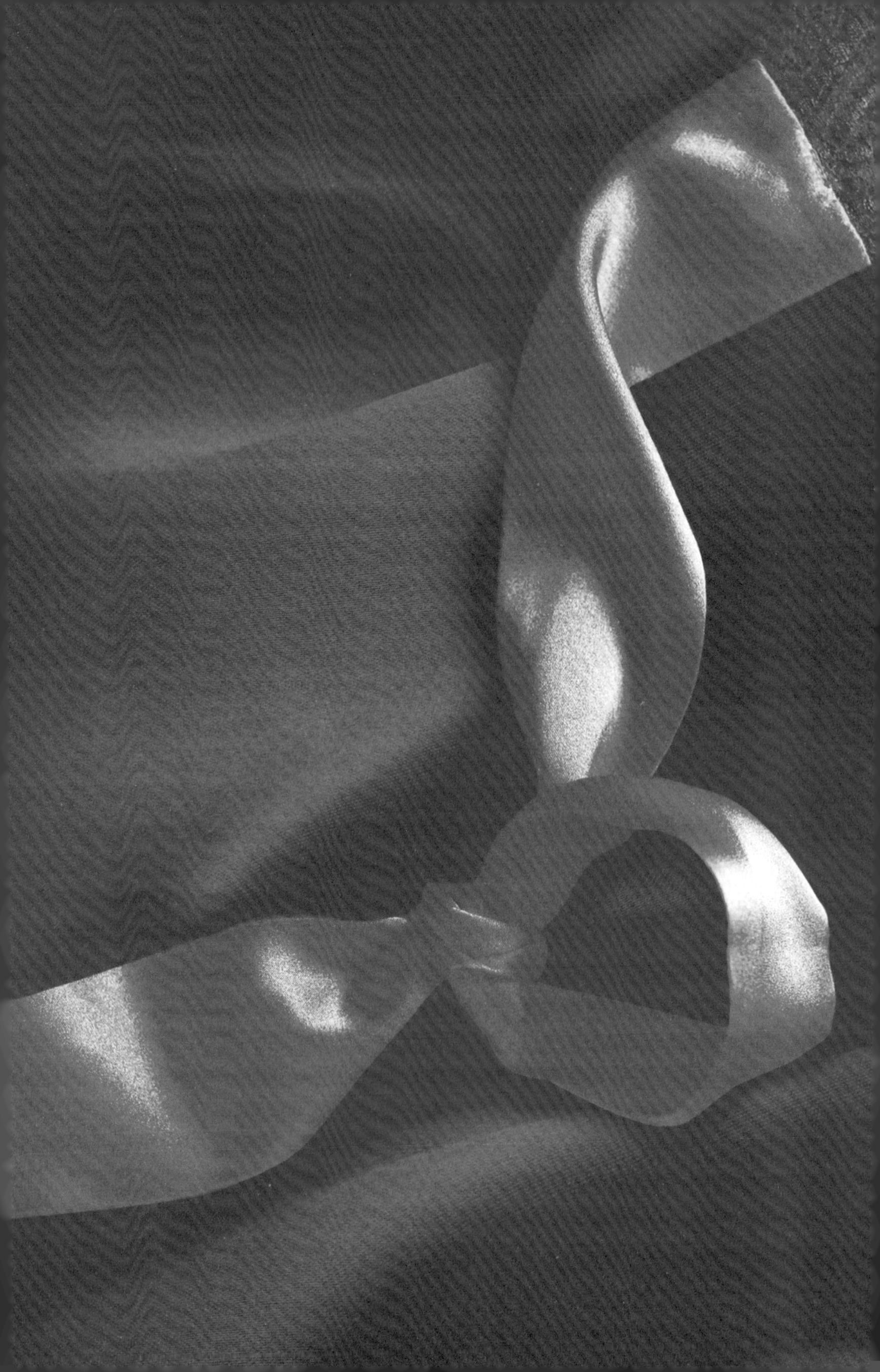

Parte 6

"Na vida não há o que temer, mas o que entender.
É hora de entender mais e temer menos."

– Marie Curie

Alexa

Quando dou conta de mim, meu cérebro tenta processar a emoção de extremo medo. Impossível. Lembro-me de Josef dizendo umas 50 vezes para eu manter a calma. Por incrível que pareça, a lembrança das palavras dele me faz relaxar. Estou muito bem, tal como ele disse que estaria. Ainda presa à maca, mas com o rosto descoberto, sou colocada em um dispositivo que é levado em uma esteira transportadora com tanta rapidez, que meus olhos não conseguem identificar coisa alguma. Sinto apenas o movimento. Felizmente tenho o estômago e os intestinos vazios, ou pelo menos acredito que seja assim. A "montanha russa horizontal", que parece descer a um subsolo, vai reduzindo a velocidade, até parar completamente. É um lugar difícil de ser encontrado. De imediato, alguém me cobre com uma espécie de edredom muito confortável e quentinho, e eu mergulho em um sono tranquilo.

– Bem-vinda, dra. Blake. Meu nome é Françoise. Como se sente?

Ao abrir os olhos, dou com uma mulher de cerca de 30 anos, vestida com um jaleco branco, de expressão amigável, os cabelos louros presos em um coque apertado. Ela me observa atentamente, anota alguma coisa na prancheta e abre um sorriso, à espera da minha resposta.

Sento-me para examinar melhor o lugar onde estou. Existem pessoas de jaleco, impecavelmente arrumadas, sem um fio dos cabelos fora do lugar, e outras com um traje prateado que só deixa o rosto de fora. Reparo que estou vestida de maneira semelhante a esse último grupo. Mexo os dedos das mãos e dos pés, e apalpo o alto da cabeça; em tudo encontro o mesmo tipo de material macio, fino e prateado, um pouco menos brilhante do que aqueles protetores que se colocam nos para-brisas dos carros, de modo que o painel não seja afetado pelo sol ou calor. Muito estranho.

– Dra. Blake?

– Eu me sinto bem.

"Surpreendentemente bem", acrescento em silêncio. Revigorada, nem um pouco sonolenta. Sou obrigada a admitir que havia anos não me sentia assim.

– Ótima notícia. Exatamente o que esperávamos. Como a sua estada entre nós será breve, espero que não se importe de começarmos o questionário.

Sempre sorrindo, ela ergue as sobrancelhas.

– Questionário. Tudo bem.

Ao ver que olho o copo d'água sobre a mesinha, ela diz:

– Claro, sirva-se.

Depois de esperar pacientemente que eu acabe de beber, convida.

– Pode me acompanhar até o local das entrevistas?

Somente quando deixamos a sala envidraçada e começo a andar, percebo que o estranho traje se adapta perfeitamente aos contornos do corpo, quase como uma segunda pele. No corredor, pessoas de roupas brancas ou prateadas nos dirigem cumprimentos. Afinal, chegamos a uma salinha simples e colorida, que seria ótima para colegas de trabalho se encontrarem e tomarem um cafezinho. Imagino que toda aquela gente tenha frequentado uma escola de etiqueta europeia. Eu me sinto tão distante da realidade, que tenho a impressão de haver acordado no meio de um sonho incompreensível. Tudo parece surreal. No entanto, o que se poderia esperar de um laboratório farmacêutico que está prestes a promover o lançamento mundial de uma versão feminina do Viagra? Estou absolutamente fascinada.

Durante as horas seguintes Françoise "confidencialmente" me pergunta tudo sobra a minha sexualidade. De início, acho o questionário embaraçoso e invasivo.

Descreva a sua primeira lembrança de desejo sexual.

Filmes eróticos/românticos despertam o seu desejo?

A inteligência aumenta o seu desejo?

O senso de humor aumenta o seu desejo?

Você se considera "boa de cama"?

Você atende aos seus desejos sexuais?

Descreva as suas fantasias sexuais.

Certos cheiros intensificam o seu desejo?

Certas vozes intensificam o seu desejo?

Em que momentos você mais pensa em sexo?

Você pratica sexo anal?

O modo como você se veste afeta o seu desejo sexual?

O contato visual é importante para você?

Alguma coisa em especial interfere no seu desejo sexual?

Você se masturba? Há quanto tempo? Com que frequência?

Considera importante a variedade sexual?

Nos seus relacionamentos sexuais, qual o nível de importância da confiança?

Exercer um papel de submissão intensifica ou reduz o seu desejo sexual?

Exercer um papel de dominação intensifica ou reduz o seu desejo sexual?

***

A longa lista segue com perguntas sobre preferências por estilos e posições, dar e receber... Depois de certa timidez inicial, eu mesma me surpreendo por ficar tão à vontade. Obviamente treinada para não emitir julgamentos, ela agora talvez saiba mais sobre mim do que eu mesma, e a experiência se revela esclarecedora, em especial porque estou acostumada a perguntar. (Pelo menos era assim, até recentemente!) Algumas respostas me surpreendem, pelo fato de serem *minhas!* Quem poderia imaginar que a visão de Penélope Charmosa impotente e amarrada, em um dos episódios da *Corrida Maluca* – um desenho apresentado na televisão – contribuiria para o desenvolvimento de futuras preferências sexuais, na cama ou fora dela? E as inocentes brincadeiras infantis nas quais eu gostava de ser a chefe, mas desejava que alguém mais esperto ou mais forte me pegasse? Embora Isso raramente acontecesse, a emoção da caçada parece firmemente estabelecida como parte da minha psique em desenvolvimento. E os filmes? Uma simples pergunta desperta memórias de décadas antes, quando *Nove Semanas e Meia de Amor* obviamente exerceu forte impacto sobre minhas fantasias e desejos. Em vez de repudiar a dominação sexual de John sobre Elizabeth, eu me senti atraída por ele.

A combinação de todos esses sentimentos e experiências que despertaram excitação e inquietude durante a infância e a adolescência criou um perfil sexual que eu desconhecia. Talvez eu goste mais dos comportamentos de submissão/dominação do que imaginava, embora troque de posição com frequência. É surpreendente e um pouco embaraçoso que eu nunca tenha chegado a essa conclusão, tendo em vista a profissão que exerço. Até minha tese original adotou uma perspectiva dissociada e concluiu que tais comportamentos nada representam, além de experiências do amadurecimento. No entanto, essas visões apontam o surgimento da preferência por determinado estilo de vida ou a constituição de uma parte da psique como um todo?

Quando me casei com Robert, obviamente bloqueei ou, pelo menos, enterrei esses pensamentos em algum lugar. Segurança e maternidade superaram todas as outras prioridades psicológicas. Existem muitas coisas em que eu nunca havia pensado. Por exemplo: como e por que eu gosto mais de certos aspectos do sexo? Ainda mais intrigante – e, devo admitir, assustador – é a quantidade desses aspectos que Jeremy me proporciona com perfeição. Para ele, devo ter sido como um carneirinho no abatedouro. Abatida alegremente, é bom que se diga. Não, ainda não posso pensar assim. Uma cebola habilidosamente dividida em camadas é uma imagem mais apropriada. A reflexão sobre as minhas respostas ao questionário reforça como nunca a ideia de que Jeremy sempre entendeu a minha sexualidade melhor do que eu. Deixei que ele explorasse os meus limites porque, no fundo, queria que ele assim o fizesse e gostava disso, e isso aconteceu por uma única razão: ele sabia exatamente quais limites explorar. Sinto dissipar-se a raiva que comecei a sentir dele quando estava no castelo. Reconheço que preciso, pelo menos, dar-lhe tempo para se explicar. Antes de fazer um julgamento tão severo, devo ouvir o que ele tem a dizer. Eu estava emocionalmente confusa, precisando culpar alguém pelo meu sequestro, e o escolhi como alvo. Jeremy certamente tem explicações a dar, e não vou perdoar tão facilmente. Mas por que ele não vem me salvar? E, o mais importante: eu quero que ele venha me salvar agora?

O dr. Kinsey causou uma reviravolta nos Estados Unidos e em muitas partes do mundo, no fim da década de 1940 e início da década de 1950, com seus estudos sobre o comportamento sexual de homens e mulheres. É incrível como uma parte significativa da nossa vida diária é capaz de criar tais divisões nas relações sociais. Mudou muita coisa desde então? Sinto-me transportada para um Instituto Kinsey futurista, altamente tecnológico. Devo confessar que o fato de tomar parte nisto me causa uma estranha excitação. Demoro a acreditar que vim parar neste lugar inovador e que tenho a oportunidade (estou realmente usando esta palavra?) de explorar amplamente a minha sexualidade em termos que estabeleci. E mais: cheguei aqui sem a influência de Jeremy e sua natureza sedutora, que sempre me leva a lhe conferir poder sobre mim.

Graças ao questionário, descobri que três fatores me despertam um forte desejo: inteligência (que Jeremy claramente possui), bom humor (ele é mestre nessa arte) e estado de submissão a alguém em quem confio (sempre com ele). Isso sem mencionar que o considero incrivelmente sensual. Que esperança me restava? Ele teve décadas para aperfeiçoar sua habilidade sexual com uma parceira como eu. Nosso recente fim de semana juntos representou a combinação definitiva desses fatores. Inacreditável! Essa conclusão deixa alvoroçadas as borboletas que guardo no estômago, embora minha mente me lembre de que preciso continuar um pouco brava com ele, por não me haver informado sobre os resultados. Talvez Madame Jurilique seja mais sensata do que eu pensava. Talvez tudo fique mais divertido se eu me permitir. O que virá em seguida?

Agora que a Xsade sabe quase tanto quanto eu – se não souber mais – acerca da minha história e do meu comportamento sexual, sou conduzida pela encantadora e delicada Françoise a outra sala de aspecto comum.

– Dra. Blake, gostaríamos de lhe mostrar um documentário com informações sobre o desenvolvimento da nossa pílula cor-de-rosa para mulheres. O documentário vai explicar também os experimentos aos quais gostaríamos que se submetesse. Acomode-se. A projeção já vai começar.

– Está bem. Obrigada.

Como que por mágica, minhas maneiras se ajustam à atmosfera estranhamente profissional. Em segundos, reduzem-se as luzes do que parece uma pequena sala de cinema particular, dando início a uma aula sobre a combinação de saúde sexual feminina e desejo. De maneira interessante, o filme aborda muitos estímulos preliminares ao orgasmo e questões relativas à verificação científica da ejaculação feminina. A equipe de pesquisadores de elite chefiada por Sam discutia exatamente esse assunto, quando nos encontramos para o almoço, antes da minha palestra em Sydney. Parece que isso aconteceu há uma eternidade. O documentário mostra também as dificuldades enfrentadas por cientistas e médicos para separar em categorias e padronizar o orgasmo feminino. Parece que a Xsade alcançou sucesso superior ao de outras organizações, ao reunir um bom número de voluntárias dispostas a comparecer às instalações clínicas para se submeterem a testes. Neste momento, estou em uma dessas clínicas, com certeza. Lembro a perturbadora imagem mental em que mulheres vestidas com batas brancas ficavam alinhadas, de pernas abertas. Chego a me remexer na cadeira, ao perceber que talvez não estivesse muito longe da verdade, mas quem poderia imaginar trajes como o que estou usando, semelhante a uma bala de prata?

Em essência, o documentário destaca o orgulho da Xsade pelo desenvolvimento de soluções para combater a desordem do desejo sexual feminino. A principal preocupação é conseguir que o Federal Drug

Administration – órgão do governo americano que controla a liberação de remédios – aprove a pílula cor-de-rosa, pois muitos países seguiriam os Estados Unidos, em um efeito cascata que levaria à supremacia definitiva no mercado. O interessante é que sempre acreditei piamente em razões mais psicológicas que físicas para a falta de desejo das mulheres, pelo menos na maior parte dos casos. O substancial sucesso de Viagra, em nível mundial – ou do citrato de sildenafila, para usar o nome apropriado – deve-se ao resultado final, que é aumentar o fluxo de sangue nos genitais. Assim, proporciona uma solução física para um problema físico.

As soluções da Xsade para melhorar a função sexual das mulheres incluem numerosos produtos – cremes de uso tópico e pílulas à base das mais variadas substâncias, entre elas hormônios masculinos produzidos pela glândula suprarrenal, extratos de casca de árvore que estimulam o sistema nervoso e suplementos de testosterona. Como descobriram essas coisas? Com o emprego de diversas combinações e da terapia sensorial, algumas mulheres relataram orgasmos até 70% mais intensos, em relação às que receberam placebo. O que é isso?

Finalmente começo a entender que Madame Jurilique me mandou a uma fábrica de orgasmos. Não consigo conter um sorriso, ao pensar que algumas amigas – muitas, na verdade – pagariam para viver uma experiência como esta, em vez de receber dinheiro. Somos assim tão diferentes das mulheres que, tempos atrás, visitavam os médicos em busca da cura de uma suposta "histeria"? Com a invenção do vibrador, a tecnologia resolveu aquela disfunção feminina, e vamos reconhecer que tem sido um sucesso! Agora precisamos de uma pílula cor-de-rosa para acabar com as desordens do desejo, uma condição frequente na população feminina, segundo a Xsade. Por uma perspectiva psicológica e profissional, tudo isso me intriga. Meu sequestro demonstra a que ponto pelo menos um laboratório farmacêutico foi capaz de chegar, para garantir lucros e uma futura fatia do mercado. Agora, no entanto, sinto-me estranhamente comprometida em testar e julgar pessoalmente o que foi desenvolvido.

Assim que termina o documentário, Françoise vem me buscar. Vou conhecer a médica responsável pelo meu teste sensorial. Com a minha bagagem, como eu poderia me recusar? Deixamos a sala de projeção, e sou conduzida ao que parece um consultório médico luxuoso.

– Dra. Blake, meu nome é dra. Edwina Muir. Prazer em conhecê-la. Seja bem-vinda ao nosso centro de pesquisa.

Ela também traz os cabelos presos, não usa maquiagem e não parece ameaçadora.

– Como vai?

Aperto a mão da médica com meus dedos enluvados, sem saber se estou nervosa ou ansiosa quanto ao que pode acontecer em seguida.

– Sente-se confortável?

– Tão confortável quanto possível, nestas circunstâncias, suponho.

Sob a ótica científica, estou admirada com este lugar, mas devo lembrar que não cheguei aqui por vontade própria. Reparo que não sinto fome, sede nem vontade de usar o banheiro; minhas necessidades fisiológicas básicas, conforme listadas na Pirâmide de Maslow, devem estar satisfeitas. Sou tomada por uma estranha sensação de bem-estar.

– Ótimo. Se me acompanhar até a sala ao lado, podemos começar.

Ela abre uma porta pesada, e eu entro cautelosamente. No centro da sala há uma instalação que parece uma combinação de aparelhagem de optometria e cadeira de dentista. A lembrança do gás hilariante é ao mesmo tempo apropriada e assustadora.

– A maior parte do teste sensorial é feita neste equipamento. Como Françoise deve ter explicado, queremos estabelecer uma base das suas preferências, antes de passar a outros estímulos. Alguma pergunta, dra. Blake?

Perguntas? Parecem congeladas no meu cérebro.

– Por enquanto, não.

Isso é raro para mim.

– Certo. Acomode-se, por favor.

Com cuidado, eu me ajeito na "cadeira de dentista", que é surpreendentemente confortável, e sustenta minhas pernas, costas e cabeça.

— Vou explicar com mais detalhes a roupa que está usando. O tecido foi projetado para monitorar a sua temperatura, os pontos de pulsação mais intensa e qualquer aumento no fluxo de sangue, em particular na região genital.

Ela é prática. Se os registros já começaram, com certeza mostram meu pulso em rápida aceleração.

A dra. Muir continua.

— Monitoramos também as vias sensoriais e neurais do seu cérebro. Não vai sentir desconforto algum.

É um alívio saber disso, mas meu nível de ansiedade continua a subir.

— Como o equipamento utilizado é altamente sensível, vamos restringir os seus movimentos, para assegurar a integridade dos resultados. Nosso objetivo é garantir-lhe o máximo de conforto durante o experimento.

Que mudança drástica minha vida sofreu, agora que estou prestes a, mais uma vez, ocupar o lado oposto da experimentação... Preciso pensar melhor no assunto mais tarde. De repente, uma pergunta me ocorre.

— Vai haver mais alguém na sala, durante o processo?

Lembranças do experimento conduzido por Jeremy me invadem a mente, quando eu não sabia quem estava por perto e, para falar a verdade, preferia não saber.

— Somente Françoise e eu. Algum problema?

— Não, tudo bem.

Por alguma razão é tranquilizador saber que ficarão apenas as duas mulheres, já que antes houvera orientação masculina. Além disso, concentro-me mais no aspecto clínico do que no aspecto sexual.

— Pronta para começar, dra. Blake?

Eles sempre se dirigem a mim usando meu título profissional.

— Sim, mas duvido que isso facilite alguma coisa. Espere, tenho mais uma pergunta.

— Pois não.

– Alguma de vocês passou por este teste?

As duas mulheres trocam uma olhada rápida.

– Sim, nós duas – a dra. Muir responde com um sorriso. – Aqui no laboratório, qualquer um que conduza um teste pode participar do processo de experimentação. Neste caso, todas fizemos questão de nos oferecer como voluntárias.

– Ah...

A informação me deixa um pouco menos preocupada.

– Mais alguma coisa?

– Por enquanto, acho que é só.

– Então, vamos prosseguir. Relaxe, por favor.

Claro, é o que sempre pedem. Só posso dizer que falar é fácil. Respiro fundo e me ajeito na cadeira. Ainda bem que estou coberta da cabeça aos pés. Não pode ser tão ruim...

Assim que me posiciono, a cadeira se reclina um pouco, fazendo com que minhas nádegas fiquem abaixo das pernas, e os joelhos, acima. Sinto-me confortável.

– Por favor, dra. Blake, afaste um pouco mais os braços e as pernas, de modo que não toquem parte alguma do corpo.

Eu obedeço.

– Obrigada.

Tanta delicadeza... Tenho então a estranha sensação de ser puxada para baixo quase magneticamente, com tal força, que não consigo mover braços e pernas ou a cabeça. Assim, estou pronta para o que quiserem fazer comigo.

– Tudo bem, dra. Blake? – a dra. Muir pergunta.

– Acho que sim.

Apesar de apreensiva, não quero interromper o procedimento.

– Em um minuto vamos começar, e só voltaremos a nos falar quando o experimento tiver terminado. A duração será de aproximadamente 30 minutos, com estímulos envolvendo imagens, cheiros e sons. Precisa apenas manter-se calma, imóvel e de olhos abertos.

Ouço uma porta se fechar atrás de mim, e concluo que estou sozinha. Calma: difícil, mas não impossível; imóvel: não posso me mover, mesmo; de olhos abertos: muito diferente da versão de Jeremy. Uma voz gerada por um computador faz a contagem regressiva a partir de dez. Ainda tento mexer a cabeça e os dedos, mas me sinto presa, pela roupa e pela cadeira. *Cinco, quatro* – tomara que eu esteja fazendo a coisa certa – *três, dois* – tarde demais – *um* – lá vamos nós!

Parte do complexo maquinário aproxima-se do meu rosto – a única parte exposta do corpo – sem que eu possa fazer alguma coisa para evitar a potencial colisão. Concluo que o objetivo seja estabelecer minha base sensorial de imagens visuais. Enquanto tento controlar a respiração, tenho a mente invadida por fotografias dos mais variados locais belos e exóticos: praias tropicais, desfiladeiros e vales majestosos, florestas e cachoeiras exuberantes. As imagens me acalmam e me despertam curiosidade. Ao mesmo tempo me dou conta de que, neste laboratório, não há uma janela sequer, o que impede influências externas. No tenho tempo de pensar nisso, porém; as imagens e o ritmo mudam. Agora vejo gente alegre, triste, animada, aflita... A velocidade aumenta novamente, e surgem imagens de guerra e pobreza. Penso nas crianças de países do Terceiro Mundo que ajudamos, uma para cada membro da família. O que estarão fazendo Elizabeth e Jordan? Sinto-me a milhões de quilômetros de distância deles. A progressão das imagens, desta vez terríveis, força-me a prestar atenção. Instintivamente tento virar a cabeça, mas é impossível.

Então, fecho os olhos por alguns segundos. No entanto, quando volto a abrir, vejo exatamente a mesma cena de tortura. O fluxo e o ritmo de projeção das imagens respondem à posição das minhas pupilas. Ver um ser humano tratar outro ser humano dessa maneira me causa enjoo e tremor, contido apenas pela cadeira. Finalmente o horror da guerra desaparece, substituído por casais felizes e bebês caminhando pela praia. Sinto de imediato a tensão ceder, e suspiro aliviada. Outras mudanças: tarefas domésticas – estranho – casais gays, casais heterossexuais, dominação. Centenas de imagens desfilam diante dos meus olhos em rápida sucessão, algumas atraentes e instigantes, outras francamente repulsivas.

Em seguida, vejo imagens de masturbação, cunilíngua, sexo oral e outras que parecem ilustrar os sete pecados capitais – ira, avareza, preguiça, soberba, luxúria, inveja e gula – sob uma ótica antiga e moderna. A rápida sucessão de imagens me deixa meio tonta, embora eu conheça este processo de associação por uma perspectiva psicológica. Se estiverem monitorando minhas respostas com tal rapidez, é sinal de que contam com um nível de sofisticação tecnológica que eu nem sabia existir. Incrível! Então, subitamente, as carinhas angelicais dos meus filhos aparecem diante de mim, e tenho a nítida impressão de que meu coração para de bater e salta para a garganta. Trata-se da fotografia que eles me enviaram pelo telefone, que não vejo há dias. Tento soltar-me da cama – com certeza uma tarefa impossível. Lágrimas me escorrem pelo rosto. A falta que sinto deles se traduz em sofrimento físico. Chego a gritar, quando a imagem desaparece como uma miragem. Quando penso que não suporto mais emoções, vejo imagens de significado religioso: Buda, Cristo, Maomé, Madre Teresa, símbolos sagrados, símbolos antigos, pirâmides, Stonehenge, Ilha de Páscoa... Duvido que meu cérebro seja capaz de assimilar uma sucessão tão rápida. Penso em fechar os olhos, para descansar, quando me vejo de vestido vermelho e venda, naquele fim de semana com Jeremy. Fico paralisada, com respostas, sentimentos e respiração em suspenso.

A imagem desaparece, substituída por um *close-up* de meus pulsos algemados e, em seguida, por uma foto em que Jeremy aparece em cima de mim. O embaraço me faz corar. Como tiveram acesso a essas fotos pessoais? E, mais preocupante: quem mais possui as fotos, além da Xsade? Isso pode representar a minha ruína profissional. Sinto a temperatura subir, e ouço o tipo de música clássica que torna ainda mais encantadores e memoráveis os momentos especiais ao lado da pessoa amada. Aparecem imagens da nossa dança naquele fim de semana, algumas desconhecidas para mim. Quase derreto, ao ver a expressão protetora de Jeremy. Neste momento, sinto um cheiro diferente, um perfume almiscarado, de frescor masculino. Oh, céus, o que estão fazendo comigo? Meu corpo reage imediatamente. A visão das mãos dele no meu corpo, na fotografia, foi difícil de absorver, mas essa combinação é uma sobrecarga sensorial. Sinto os dedos dele me tocando no ritmo da música, estimulando as secreções contidas em mim. O cheiro cria a impressão de que Jeremy está ao meu lado. De olhos fechados, entendo a falta que sinto de seu toque e choro em silêncio, imaginando e desejando o impossível. Minhas mãos por instinto tentam dirigir-se aos seios e ao sexo, e só me resta suspirar, frustrada por estar completamente imobilizada.

Então tudo cessa. Música. Cheiro. Fotografias. Aderência à cadeira. Parece que me livrei de um encantamento.

– Excelente, dra. Blake. Acho que já temos tudo de que precisamos para a nossa base.

O quê? Demoro a me recompor.

– Talvez esteja um pouco cansada. Muitas das nossas clientes se sentem assim. Françoise vai acompanhá-la. Aproveite para descansar.

A voz fria da dra. Muir me traz à realidade.

Não me lembro de ter sido dispensada tão categoricamente. Ainda sob as emoções causadas pelas imagens, não sei o que responder, mas me ocorre uma pergunta:

– Como conseguiram aquelas últimas fotos?

– O seu contrato determina que os resultados dos experimentos feitos aqui lhe sejam transmitidos. É só isso.

Finalmente um tom de frieza sob a polidez superficial com que me tratam desde a chegada.

– Obrigada, dra. Blake. Aguardo com interesse a próxima sessão.

Não imagino o que pode vir daí, embora suspeite de que esta seja somente a ponta do *iceberg*.

Françoise me leva a um cômodo bem decorado, para descansar. Com um suspiro de alívio por estar finalmente sozinha, penso em tirar a roupa para ir ao banheiro. Depois de alguns minutos de puxões e sacudidelas, descubro ser impossível. Ainda bem que estou sozinha, porque a situação, sem dúvida, é ridícula! Somente ao desistir descubro uma conveniente aba móvel, que me permite urinar.

Deitada no centro da cama de colchão firme, sinto-me de repente exausta, como se obedecesse a um comando. Antes de adormecer, apalpo o bracelete sob o traje prateado. Ainda bem que continua lá, preso ao meu pulso, embora eu não possa vê-lo. Teria alguém tentado retirá-lo? Incapaz de manter os olhos abertos, mergulho de uma vez em um sono sem sonhos.

***

Ao acordar, admiro no espelho por algum tempo minha silhueta prateada. É estranho ver um rosto sem cabelos e um corpo sem curvas. O uso alternado de esponjas quentes e frias, dispostas em recipientes separados, devolve instantaneamente o frescor da minha pele e me faz lembrar as águas termais que experimentei com Jeremy.

Uma batidinha na porta me assusta, e Françoise, minha gentil cuidadora, entra no quarto.

– Espero que tenha descansado, dra. Blake.

De repente, sou tomada por teorias conspiratórias. Com certeza há câmeras ocultas no quarto, e não me surpreenderia se uma canalização enchesse o espaço com alguma espécie de gás sonífero. Afinal, como já verifiquei, eles têm acesso a essas coisas. Seja como for, acordei bem mais calma e menos sentimental.

– Pode me acompanhar à próxima sessão?

Ela me espera junto à porta. Obviamente não há tempo a perder. Sua delicadeza soa ainda mais estranha, tendo eu lhe revelado tanto dos meus desejos e da minha história sexual.

Mais uma vez nos reunimos à já familiar dra. Muir.

– Bem-vinda de volta, dra. Blake. Acomode-se, por favor.

Ela indica uma cadeira semelhante àquela em que me sentei anteriormente, embora sem o pesado equipamento suspenso. À primeira vista, esta parece um pouco menos complicada. Eu me sento.

– Este é outro dos nossos laboratórios sensoriais, projetado especificamente para estudar o toque. É agora que vamos analisar o líquido produzido no seu orgasmo.

A dra. Muir parece certa de que haverá um orgasmo. Vamos ver se consigo, neste ambiente. Pelo menos por enquanto não estou nem um pouco "no clima", mas o que pretendo é cumprir mais esta parte com o máximo de eficiência. Depois de ajustar alguns controles, ela se dirige a mim.

– Alguma pergunta?
– Só uma. Quantas mulheres foram testadas neste procedimento?
– Globalmente foram 2.358.
– Ah...

Bem mais do que eu esperava. Eu me sinto um rato de laboratório!
– Mais alguma coisa, doutora?
– Não.

Não consigo retribuir a cortesia formal.
– Ótimo. Vamos prosseguir. Estarei na sala ao lado – ela diz, retirando-se imediatamente.

Mais uma vez sinto a cadeira me puxar magneticamente por baixo, deixando-me na posição conveniente, agora com as pernas abertas, como se eu estivesse em uma cama de parto com estribos. Não é a posição mais elegante. Françoise, que continua ao lado, entra no meu campo de visão para encaixar uma bandeja em forma de rim entre meu queixo e o peito, impedindo que eu veja o que se passa lá embaixo. Tanta privacidade... Pelo ar frio que sinto envolver meu sexo, concluo que ela acaba de levantar a aba que a roupa prateada tem entre as pernas. Por instinto, eu juntaria as coxas, se pudesse. Sinto-me em preparação para um exame ginecológico e resolvo adotar essa postura. Mulheres fazem esse tipo de exame a toda hora; vai sair tudo bem. Françoise repete o procedimento nos seios, onde eu nem havia reparado haver também aberturas. Assim, estou completamente coberta, a não ser pelos seios e genitais. Não sei se esta roupa me deixa mais exposta ou menos exposta.

Em meio ao silêncio absoluto da sala, a mais leve vibração do instrumento na mão de Françoise parece produzir eco. As lâmpadas no teto tornam o ambiente ainda mais semelhante a um hospital. Em uma situação completamente nova, aguardo o meu destino. Nunca diga nunca! O único estímulo são as vibrações lentas e metódicas em torno dos seios, evitando cuidadosamente as aréolas. Primeiro o seio direito, depois o esquerdo. Minha respiração se estabiliza, e relaxo um pouco. A sensação é muito agradável. Ao fim da massagem, a ponta do vibrador toca muito levemente os meus mamilos, o que me provoca um arrepio pelo corpo inteiro. Françoise então repete todo o processo. Eu poderia ficar aqui o resto da vida. De repente, tudo cessa. Droga!

Sinto as vibrações chegarem suavemente à vulva. Respiro tranquila, adaptada à sensação. A ponta do vibrador estimula o início da vagina, entrando e saindo, o suficiente apenas para eu sentir o ritmo e a pressão. Em seguida, o vibrador desliza por toda a extensão da vulva, e meu clitóris responde imediatamente ao estímulo. Embora entregue à sensação maravilhosa, não deixo de pensar se atingirei o orgasmo sob tais condições. Estou relaxada, sem dúvida, mas para mim trata-se de fatores puramente físicos – tudo ciência, e nada de psicologia. A pressão e o ritmo das vibrações se intensificam bastante quando o vibrador desliza e penetra, alternadamente. Ela com certeza aumenta a graduação, enquanto outro instrumento se concentra especificamente no clitóris. Meus mamilos endurecem, e chego a gemer. A respiração encurta. De olhos fixos no teto, procuro manter o foco. Neste momento, ventosas mornas de silicone cobrem e começam a sugar meus seios, massageando-os metodicamente. A intervalos regulares, alguma coisa belisca e torce os mamilos, em um estímulo tão intenso, que solto um gritinho toda vez que isso acontece. Não há outro ruído, afora a discreta vibração dos instrumentos – então aparentemente mais numerosos – que Françoise aplica no meu corpo. Já nem sei como ou em que me concentrar, nesta estranha sala de máquinas sexuais.

Com relutância, noto que vou ficando inegavelmente mais solta, como resultado da intensificação das sensações. Obrigado a ficar imóvel, meu corpo nada pode fazer, exceto absorver o que o atinge. Tudo é intenso, muito intenso. Agradeço secretamente o fato de ter sido submetida ao enema, embora não saiba se isso afeta minhas reações. Da antessala, a dra. Muir monitora a situação. Esforço-me ao máximo para isolar na mente as sensações, para desviar a atenção do calor que me toma as zonas erógenas e prolongar o que concluo ser inevitável. Eu detestaria ser considerada fácil! Sinto uma penetração prazerosa até o fundo da vagina, não muito diferente do ovo cor-de-rosa que Jeremy usou em mim anos atrás. Oh, céus, não posso pensar nele, senão vou gozar em segundos! Meus seios são contínua, metódica e lentamente massageados, além da mordidinha aleatória. Perco o foco, e devo admitir que meu clitóris está enlouquecendo. A estimulação perfeita do ponto G deixa minha respiração rápida e irregular, além de reduzir o vibrador que tenho em casa a uma imitação barata. Como vou me conformar com alguma coisa obviamente inferior, depois de passar por isto? O nada parece tão perto... Meu corpo aceita, simplesmente. Quem não aguenta mais sou eu.

Procuro desesperadamente não alterar o silêncio ambiente, mas é impossível conter um suspiro, um gemido. Afinal aceito a sensação e... gozo! Trêmula, tensiono os músculos em torno do instrumento que me causa tanto prazer. Impossibilitada de mover qualquer outra parte do corpo, sinto apenas os inconfundíveis espasmos dos meus músculos sexuais. Fecho os olhos e espero me recompor.

Com eficiência, os instrumentos são retirados do meu corpo, deixando uma sensação de frio, até as abas da roupa prateada serem devolvidas à posição original, bem mais discreta. Com a visão periférica percebo Françoise etiquetar cuidadosamente algum material, que leva à dra. Muir. Quando as duas se aproximam, a barreira visual é removida, e a cadeira perde a "força magnética". A dra. Muir me oferece um copo d'água com hidrólitos.

– Muito bem, dra. Blake – ela diz. – Não foi tão ruim, foi?

O sorrisinho que a dra. Muir traz no canto da boca sugere que ela talvez não tenha ouvido muitas reclamações.

– Eu sobrevivi.

Estou um pouco embaraçada pelos barulhos que fiz, mas duvido que recusasse, caso por alguma razão me pedissem para repetir o procedimento. O que está havendo comigo? É realmente difícil dizer "não" a um orgasmo sensacional, em particular quando tensão e hormônios são liberados, deixando uma sensação fabulosa. Quem não gostaria? Talvez eles estejam mesmo prestes a conseguir a pílula cor-de-rosa. Ou, como alternativa, certamente seriam bem sucedidos, se entrassem em um mercado imune à recessão: o de produtos eróticos de alta tecnologia.

– Agora, poderia ter a gentileza de nos ceder uma gota do seu sangue?

Havia me esquecido do sangue.

– Claro.

Uma luva é removida, meu dedo indicador recebe uma rápida picada, e uma gota de sangue vai para a placa de Petri. Bem melhor do que uma agulha na veia.

– Isso conclui nosso teste de base, dra. Blake.

– O restante da testagem vai ser na mesma linha?

– Não. As duas próximas sessões medirão o seu desejo sexual conforme várias configurações de fatores, de acordo com as informações que forneceu a Françoise durante o questionário, no experimento de base visual e, é claro, nos resultados do seu recente orgasmo.

– Este traje lhe permite continuar a monitorar essas variáveis?

– Exatamente, doutora. O desenvolvimento dessas roupas foi muito útil para garantir precisão e consistência aos resultados.

– Posso fazer mais algumas perguntas?

Minha usual curiosidade parece despertar.

– Claro.

– Quantas pessoas são testadas aqui, de cada vez?

– Mulheres?

– Não são só mulheres?

– Há homens e crianças em testes para outras drogas que estamos desenvolvendo. Este departamento pode acomodar até 50 mulheres de cada vez. Atualmente temos 20, e são esperadas outras 30 para o fim de semana.

– É mesmo? De onde vêm elas?

Não pensei que o lugar fosse tão amplo. Chego a imaginar as pessoas recrutadas nas ruas para testes de orgasmo organizadas em fila, como se fossem comprar refresco, por exemplo.

– Contamos com voluntários remunerados, dra. Blake. Pagamos bem por sua disponibilidade e pelo compromisso com nosso laboratório. Há um alto índice de desemprego no Leste Europeu, bem como um grande número de refugiados querendo viver no Ocidente.

– Ah...

Ela parece acreditar que trabalha para uma sociedade beneficente.

– Tudo isso visando à pílula cor-de-rosa?

– Não. Nosso negócio é o desenvolvimento de drogas, dra. Blake. É o que fazemos. A pílula cor-de-rosa representa só um item da nossa linha de produtos. Se me der licença, preciso fazer testes em outra sala. Descanse um pouco, antes da próxima sessão. Françoise vai acompanhá-la.

Mais uma vez sinto-me claramente dispensada e tento acalmar um sentimento perturbador em relação ao projeto. Tudo parece perfeitamente correto, inclusive no contexto das discussões da dra. Muir, mas não consigo livrar-me da sensação de que existem segredos terríveis embaixo de tanta polidez e tanto profissionalismo. Meus pensamentos são interrompidos pela presença sempre solícita de Françoise, esperando para me levar ao quarto. Só Deus sabe o que pode acontecer em seguida. A resposta elaborada, porém vaga, da dra. Muir nada esclareceu. Não sinto medo exatamente, mas a natureza contraditória destas instalações me deixa cada vez mais em alerta. Aqui vou eu, rumo ao desconhecido... Pelo menos posso ver e perguntar. Já deveria estar acostumada!

* * *

Tal como antes, chego ao quarto em segurança. Meu rosto emoldurado em prata, que vejo reflctido no espelho, guarda o brilho pós-orgasmo. Será esse brilho perceptível por quem não me conhece? Jeremy perceberia de imediato, sem dúvida. O que ele pensaria de tudo isso? Parece estranho, mas a ideia não me perturba. Eu adoraria contar a ele, e ele adoraria ouvir. Meu coração se aperta. Por que ele não cumpriu a promessa de me salvar? Estou tão bem escondida, que o bracelete não funciona?

Françoise para junto à porta e me dirige um sorriso.

– Tem algum pedido ou alguma pergunta, antes que eu a deixe descansar um pouco, dra. Blake?

Claro que tenho.

– Vou estar sozinha na próxima sessão, tal como nas anteriores?

– Não. Esta será uma sessão em grupo, com outras voluntárias remuneradas.

Teriam as outras voluntárias sido transportadas de Heathrow? Passam-me pela mente visões do filme *Busca Implacável*, em que duas garotas são traficadas como escravas sexuais para a Europa. Penso em Elizabeth e imagino o horror que seria, caso algo assim ocorresse a ela. Um verdadeiro inferno, para qualquer pai ou mãe. Será que Robert e as crianças sabem o que me aconteceu? Espero que não. E espero também que isto acabe logo. Eles talvez nunca fiquem sabendo, e voltaremos à vida normal.

– Mais alguma coisa, doutora?

A pergunta interrompe meus pensamentos perturbadores.

– Não, Françoise, está tudo bem, obrigada.

Ela sai e fecha a porta.

Alguns folhetos deixados sobre uma bancada me chamam a atenção. Com uma rápida leitura, sou informada sobre os produtos atualmente testados pela Xsade, e descubro surpresa que alguns já estão no mercado. Cremes para aumento do fluxo sanguíneo, ressecamento, intensificação do orgasmo feminino. Dependendo da potência ou da dosagem, talvez haja necessidade de receita, mas com certeza estão disponíveis nas prateleiras da maioria dos países com regulamentação deficiente. Lembro minha amiga australiana que viaja regularmente à Tailândia para adquirir "remédios caseiros" muito mais baratos. Honestamente, estamos tão desesperados por sensações mais fortes, que nos dispomos a aplicar substâncias químicas ou hormônios industrializados na nossa pele ou nas partes íntimas? Existe alguma diferença em relação aos chineses que, durante séculos, acreditaram nas qualidades afrodisíacas da sopa de barbatana de tubarão e do pênis de veado, para aumentar a potência sexual? Devemos adotar produtos manufaturados artificialmente, para que os animais deixem de sofrer? Balanço a cabeça. Sinto-me um pouco cansada e não vou resolver agora nenhuma dessas questões globais. Como não há no quarto mais nada que me distraia, deito-me na cama, para um cochilo antes da próxima experiência.

Decorrido algum tempo, Françoise vem me buscar. Desta vez, vamos na direção oposta, novamente cruzando com gente que parece satisfeita por estar nestas instalações bizarras. Já não me sinto nem um pouco estranha na minha roupa colante prateada. Considerando-se o tempo que estou aqui, a adaptação ao ambiente foi rápida. Françoise me acompanha até uma grande sala redonda e me encosta à parede, de pernas e braços abertos, de modo que parte alguma do corpo toque em outra. Cinco mulheres vestidas de prateado já estão na sala, todas estrategicamente posicionadas por suas cuidadoras, e uma chega depois de mim. As cuidadoras se preocupam em nos deixar na mesma posição, mas sem nos tocarmos. Com um aceno silencioso de cabeça, elas deixam a sala, ao mesmo tempo em que é acionada a conexão magnética entre nossas roupas e a parede emborrachada. Ao que parece, ficaremos nesta posição por algum tempo. Automaticamente, cada uma de nós olha todas as outras voluntárias, para verificar se estão bem. Como não nos conhecemos, porém, fica difícil descobrir. Algumas parecem ansiosas, outras, muito excitadas – e nada aconteceu ainda. Uma parece entediada, e outra, exausta. O interessante é que ninguém fala.

O que elas estarão achando de mim? Da minha parte, sinto-me curiosa e animada para ver o que vai acontecer. Não é preciso esperar muito; logo entram um homem e uma mulher nus. Ouve-se um breve murmúrio coletivo, e todos os olhares convergem para o centro da sala. Música erudita suave sai dos alto falantes, enquanto o casal se mantém de pé, frente a frente, ignorando por completo a presença de outras pessoas. Quando uma delicada voz de soprano se une aos instrumentos, eles se beijam e se acariciam devagar, como dois apaixonados. A soprano é substituída por um tenor, e a paixão parece tornar-se mais intensa, com mãos e línguas explorando deliberadamente a nudez. Em pouco tempo, ele pressiona o pênis ereto contra a barriga da moça, que responde pressionando os seios rígidos contra o peito trabalhado dele. Estamos suficientemente perto, para sentir as mudanças na fisiologia do casal, acompanhando a intensidade da música. Tenho a impressão de assistir furtivamente a uma ópera erótica particular. A curiosidade me leva a olhar em volta. A mulher prateada em frente a mim acompanha o ritmo da respiração dos amantes, como se quisesse participar. Fascinante. A mulher que está ao lado dela revira os olhos, e a seguinte, muito corada, parece esforçar-se desesperadamente para livrar-se. Outra tem os olhos fechados, como que concentrada na música.

Duas outras figuras despidas chamam a minha atenção de volta ao centro da sala. A música é interrompida, indicando que algo importante vai acontecer. O casal de amantes parece apanhado de surpresa, mas logo abre os braços para os recém-chegados – um homem e uma mulher. Com a aceleração do ritmo, pernas e braços dos dois casais se entrelaçam em meio a beijos e carícias, como se formassem uma só criatura. Já vi mulheres nuas, mas nunca em um ambiente assim carregado de sensualidade, e com certeza jamais reparei nos seios subindo e descendo a cada respiração. Impossível ignorar a cena. Chego a pensar que acrescentaram feromônios ao ar pesado da sala. Apesar do som alto, ouço os gemidos de prazer, com a intensificação das carícias. Os quatro corpos brilham de suor e desejo. Sinto-me na plateia de alguma coisa secreta, proibida, mas nem por isso errada. Caberia talvez algum tipo de tela, para filtrar as imagens. Assistimos sem barreira alguma a uma cena da vida real. Sem ter por onde escapar, a sensualidade vibra na sala redonda. Uma das mulheres prateadas geme e suspira, como se não aguentasse mais. Tal como as outras, porém, não tem escolha, a não ser absorver a atmosfera sexualmente carregada. Sinto a já conhecida queimação no baixo ventre. Todos os pares de mamilos da sala estão em estado de alerta, inclusive da mulher de olhos fechados, confirmando que nossas reações não dependem só de estimulação visual. A uma nova mudança na música, que se torna mais áspera, sombria, os corpos desfazem o ninho sexual que haviam criado. Tiras de tecido preto caem do teto. Os recém-chegados habilidosamente envolvem com o tecido os pulsos do primeiro casal, erguendo-lhes os braços. A atmosfera é de pura excitação. A música fica mais melodiosa enquanto o segundo casal aprecia sua obra, tocando de leve o homem e a mulher, como que antecipando as próximas carícias. Sinto-me um pouco embaraçada pela força do desejo que me invade, mas não desvio o olhar nem tomo conhecimento das outras mulheres de roupas prateadas, presas à parede. A intensidade das minhas sensações está inexplicavelmente ligada aos seres amarrados no centro da sala. Apenas o homem é vendado, e sua ereção imediatamente se intensifica. A mulher observa, visivelmente excitada, tal como eu. Meu coração dispara. O corpo do homem se contrai sob as carícias do casal. Depois de preliminares tão ardentes, o orgasmo não demora. Seu corpo estremece. No último momento, a venda é retirada, revelando seu rosto tenso. Ele solta um grito de euforia, enquanto a mulher, de joelhos, recebe o sêmen na boca – algo que nunca tive coragem de fazer. Ela lambe os lábios, como se não quisesse desperdiçar uma só gota de um elixir milagroso. Talvez um dia eu experimente. Para mim, trata-se de uma imagem nova e poderosa. A mulher que permanece de braços amarrados parece acompanhar as sensações e querer livrar-se. O homem se recompõe um pouco e repara nela. Agora, é ela quem recebe a venda nos olhos, para concentrar-se nos toques. As lembranças me fazem suspirar. Eu, que já fui observada, agora observo. Quisera não estar presa à parede... Meu corpo se aquece e pulsa no ritmo da música, em sintonia perfeita com o corpo da mulher, ao ver que sugam seus seios, que dedos e línguas buscam seu sexo, pelo caminho mordiscando a parte interna das coxas. Fiquei receosa do que os outros estariam vendo, quando da minha experiência; agora, porém, estou maravilhada com a beleza do ato sexual entre adultos que se desejam. Não pensei que olhar fosse tão impactante. Nunca havia assistido a um orgasmo feminino ao vivo – nem meu, diante do espelho. Estou tão fascinada, que não consigo desviar os olhos de um ato que sempre considerei íntimo, pessoal. O que Jeremy vê em meu rosto, quando me leva a tais extremos? Desejo em silêncio que retirem a venda dos olhos da mulher, assim como fizeram com o homem. Seus gemidos de prazer ficam ainda mais intensos e ecoam pela sala, quando a outra mulher lhe separa as coxas, abrindo caminho para o homem, que continua a tocá-la e a beijar-lhe os seios. A extrema rigidez de seu pênis me faz imaginar uma penetração imediata. Já não sei o que é real e o que é meu desejo, e perco o fôlego. Os dedos dele desaparecem no sexo da mulher. A venda é retirada, e ela chega ao orgasmo. Acho que nunca observei tão atentamente o rosto de uma pessoa, como se estudasse uma obra de arte do quilate da *Mona Lisa*, de Leonardo Da Vinci.

Como que paralisada por uma força pura de prazer, a mulher se mantém imóvel. A música fica mais suave. Todos na sala parecem deixar de respirar, e sinto-me voar ao lado dela. Finalmente seu corpo estremece e, com um grito intenso, ela parece voltar à vida, à realidade. A música acompanha seu clímax num crescendo, e vai sumindo enquanto as secreções do orgasmo lhe descem literalmente pelas pernas. Ouço, então, outro grito de prazer e volto-me naquela direção. Foi a mulher prateada em frente a mim. Absolutamente extraordinário. Como isso acontece? A lubrificação do meu sexo e a irregularidade da minha respiração respondem por si. O olhar de todas as mulheres é de puro desejo, e, se a pressão que sinto no clitóris serve de medida, deve acontecer o mesmo comigo. Que experiência! Sinto-me exausta, embora tenha ficado o tempo todo encostada à parede. Ninguém tocou em ninguém; assistimos, apenas. Estas roupas devem ter fornecido à Xsade resultados surpreendentes.

***

De volta ao quarto, encontro minha mala com todas as roupas. A bolsa infelizmente ainda não apareceu. Françoise me aconselha a descansar um pouco antes da sessão final, quando não será preciso vestir roupas específicas. Ótimo. Ela me ajuda, já que não alcanço o fecho. Em seguida, me entrega um robe, enquanto dobra e guarda cuidadosamente o traje prateado em uma embalagem especial. Apesar de confortável, estou aliviada por me livrar dele. É muito estranho não poder tocar a própria pele. Gostaria de conhecer o laboratório de testes, mas minhas prioridades são banho e sono. Se estou cansada, como se sentirão os dois casais que se apresentaram para nós? Ou será que já se acostumaram?

Estou cochilando, quando uma voz, que não sei de onde vem, interrompe meu descanso e diz que eu esteja pronta, com a mala arrumada, para a sessão final em dez minutos. Falta pouco. As 72 horas devem estar acabando. Desde que cheguei aqui, perdi a noção de tempo. Fecho a mala e forço-me a esperar com paciência, sentada na beira da cama, a última batida de Françoise na porta. Devo admitir que estou ansiosa quanto a esta última sessão. Bobagem. Cheguei até aqui sã e salva. O que de ruim pode acontecer?

Sou conduzida a uma sala diferente das outras, onde a iluminação faz a pele parecer macia e sensual. Cria-se assim uma atmosfera romântica, como se estivéssemos à luz de velas. Claro que se trata de ilusão, mas muito agradável. Corro os dedos pelo estofamento aveludado de um pufe preto, grande e mole, estranhamente convidativo. Sobre as paredes escurecidas caem panos de seda em lilás rosado elaboradamente arrumados, como se fossem riachos sinuosos, em um efeito simples, elegante e engenhoso. De tão macio e fino, mal consigo sentir o tecido. Em um canto, sobre uma mesinha, vejo um copo d'água e, ao lado, a tão falada pílula cor-de-rosa. Em outro canto, para minha surpresa, uma garrafa de champanhe Dom Pérignon descansa em um balde de prata cheio de gelo, rodeado por três taças de cristal. Parece que vou ter companhia. Não sei se devo abrir a garrafa ou esperar. Segundo me disseram, as coisas só vão acontecer nesta sala depois que eu tomar a pílula cor-de-rosa. Caso eu desista, serei levada de volta ao quarto, e, depois de uma "entrevista final", meus compromissos contratuais estarão encerrados, a não ser por uma última picada no dedo. Então, liberdade! Mal acredito na satisfação que me invade. Estou em êxtase! Depois do susto inicial, fui muito bem tratada. O tempo que passei aqui foi maravilhoso, até demais. Aprendi sobre mim mesma, sobre sexualidade, libido feminina e o esforço dos laboratórios farmacêuticos para encontrar a cura de desordens sexuais femininas – e, é claro, ganhar rios de dinheiro. Impossível ignorar a realidade capitalista de tais produtos.

A ideia de que falta pouco para estar com meus filhos e rever Jeremy – onde quer que ele esteja – me faz comemorar antecipadamente. Assim, engulo decidida a pílula cor-de-rosa "quase aprovada", antes que eu comece a costumeira conversa interior. Pronto.

A decisão tomada me dá segurança e tranquilidade. Ou talvez eu me sinta mais confortável nos meus sapatos confortáveis e no vestidinho preto e branco do que coberta dos pés à cabeça com um estranho traje prateado. Seja qual for a razão, decido abrir o champanhe. Enquanto me sirvo e brindo por haver conseguido superar o suposto "sacrifício", uma música oriental cheia de sensualidade ecoa pela sala. Ficou confirmado que não sofro de desordens sexuais, o que não me surpreende, depois das recentes mudanças na minha vida. Se houvesse passado por uma análise parecida antes do reaparecimento teatral de Jeremy, os resultados teriam sido diferentes? Seria eu a "cobaia" perfeita para esta droga?

Ao que parece, a sessão final foi planejada de acordo com uma possível fantasia minha não realizada, integrando o desconhecido a elementos de prazer e desejo. Honestamente, não faço a menor ideia do que seja. Se eu não sei, como eles podem saber? Pensei que tivesse feito de tudo com Jeremy, mas se deixar a mente viajar à vontade, posso pensar em algumas coisas a explorar quando nos reencontrarmos...

As ideias me fazem corar, e tomo outro gole de champanhe, para voltar à realidade. Minha última missão na clínica de experimentação sexual. Se não trouxer outros resultados, será esclarecedora. O bom é que, se eu quiser parar, basta sair. Nada a reclamar, portanto. Tomo mais alguns goles. Fazia tempo que não bebia! Por enquanto, nenhum efeito da pílula. Pelo menos é o que penso.

***

A porta se abre, e uma mulher linda entra devagar. Tem a pele escura e usa calça branca de cintura baixa e fendas laterais, que cairia bem nas mulheres de um harém. No peito, traz um lenço de seda amarrado como frente única, que revela a silhueta de seus seios. Tem a barriga lisinha, e o tom escuro de sua pele contrasta com a brancura do tecido. Os cabelos muito negros e naturais desafiam a força da gravidade. Como se não me notasse, ela caminha sedutoramente, ao ritmo da música, até a garrafa de Dom Pérignon e serve-se de uma taça. Fascinada pela cena, mal respiro. Seus braços torneados e musculosos movem-se como seda líquida. Ela finalmente ergue os olhos e a taça na minha direção, em um brinde silencioso, e toma um longo gole, com os lábios mais cheios e sensuais que já vi. Estou impressionada. Sem uma palavra, ela enche a terceira taça. Embora estática, sinto um calorzinho na barriga e nos quadris. Chego a me assustar com a lubrificação que se segue. Será efeito da pílula? A presença da mulher enche o silêncio da sala, enquanto ela se mantém confiantemente de pé, com uma taça de champanhe em cada mão.

A porta se abre mais uma vez, e uma mulher de traços orientais, pele clara, olhos grandes e nariz de linhas perfeitas caminha para juntar-se a nós. Veste a versão em preto da roupa da outra mulher e traz na cintura uma correntinha que passa por dentro do *piercing* do umbigo. Também tem cabelos negros, mas de um brilho extraordinário e preso em trança, que lhe desce pelas costas e chega à bunda bem feita. Branco sobre negro e negro sobre branco, elas ficam maravilhosas juntas. A recém-chegada sorri e aceita o champanhe.

As duas tomam longos goles em silêncio, lambendo os lábios para sentir o gosto delicioso das borbulhas. Meu corpo abandona a imobilidade, e também levo a taça aos lábios. Nossos olhos se encontram, e somente o meu olhar talvez transmita alguma ansiedade em relação ao que acontecerá em seguida. Continuamos assim até a bebida terminar.

A senhorita África (como a apelidei mentalmente) toma a taça da minha mão e me conduz ao centro da sala. O ritmo sedutor da música fica um pouco mais acelerado, tal como o meu coração. É esta a minha fantasia? Oh não, outra mulher? Não pode ser. Devo admitir, no entanto, que ambas parecem bem sedutoras... Ah, céus! Jeremy daria tudo para ver isto. Reparo na lâmpada de segurança posicionada com discrição no centro do teto, provavelmente gravando tudo. Se ele tivesse acesso... De algum modo a ideia me anima. O que virá agora? Culpa da pílula!

A oriental desliza as unhas lentamente pelos meus ombros e desce até a bainha do vestido. Respiro fundo quando ela passa sobre os meus seios. Atrás de mim, a senhorita África abre o zíper do meu vestido, de modo que caia ao chão, em um movimento fluido. Meus sapatos são retirados, um de cada vez. Como única forma de comunicação, temos a música e o toque. O nervosismo e a excitação me fazem corar, mas nenhum pedacinho do meu ser pede para interromper. A atmosfera de tensão sexual se intensifica e faz subir a temperatura do corpo inteiro. Quando o sutiã é retirado, a pulsação acelerada reflete-se na rigidez dos seios. Permaneço imóvel no centro do cômodo, deixando que me tirem a calcinha, embora misteriosamente ligada nos movimentos, à espera do próximo toque. As duas mulheres giram em torno de mim, roçando os seios contra os meus através do tecido, me fazendo inspirar com força. É inebriante.

Como se me livrassem de um encantamento, elas se afastam para arrumar cuidadosamente meus sapatos e roupas sob a mesa. Com gestos teatrais, como hábeis dançarinas, arrancam os panos das paredes, prendendo-os em nova disposição, de modo que alguns caiam delicadamente sobre o meu corpo. Entre movimentos ao ritmo da música, elas me tocam de modo provocante, até eu sentir o desejo se espalhar por todas as minhas zonas erógenas. Os panos de seda ora me acariciam os seios, ora deslizam para a parte interna das coxas. Meu clitóris pulsa.

Percebo uma ligeira mudança na música: o baixo fica mais suave, e o som da guitarra corta o ar, enquanto as duas mulheres envolvem meu corpo em tecido. Elas começam pelos pés e tornozelos, enrolando delicadamente um de cada vez, e sobem pelas pernas, em direção às coxas. Quando chegam ao sexo, não contenho um suspiro, que elas tomam como deixa para graciosamente trocar de lado e continuar a tarefa, sempre no ritmo da música: nádegas, barriga, seios, colo. Os braços são envolvidos com perícia, das pontas dos dedos aos ombros. Eu me imagino fazendo parte de um harém secreto, e sinto o corpo pulsar de desejo. Nunca tive intimidade com outra mulher, nem pensei como seria tocar e explorar um corpo feminino... Será que vou ter coragem?

Chego a perder o fôlego, enquanto elas me enrolam delicadamente a suavidade do tecido no pescoço, cobrindo em seguida os lábios, o nariz e a testa, arrematando com um nó preso no rabo de cavalo. O penteado foi a única exigência de Françoise, para esta sessão – agora entendo por quê. Sinto o ar quente da minha respiração encurtada entrar e sair, atravessando o tecido fino e sensual. Agora, sou como uma múmia que tudo vê através de uma névoa rosada. Meus sentidos estão aguçados. O tesão chega ao máximo quando as duas mulheres se afastam para observar a obra-prima que acabam de criar. A exótica cerimônia sexual me provoca uma lubrificação intensa, a ponto de molhar a região entre as pernas. Sinto-me até meio tonta.

Cada uma me pega por um braço, e sou conduzida ao pufe de veludo, onde fico bem acomodada, de frente para elas. Estou sonhando? Será que vou acordar assustada, julgando possuir tendências bissexuais até então desconhecidas? Terei que alterar minha posição na escala de graduação homossexual-heterossexual, depois desta experiência? Talvez eu não me conheça, mesmo...

A sensação provocada por duas bocas me chupando os seios interrompe a viagem da minha mente. Oh, céus! Engulo em seco, para em seguida soltar um gemido, quando maos, lábios e línguas massageiam e apalpam coxas, barriga e braços, sempre através da cobertura sedosa. Quando dedos me contornam delicadamente os lábios, meu suspiro de prazer é interrompido por uma língua que penetra em minha boca, embora não muito fundo, por causa do tecido. Elas me viram de costas no pufe e continuam as carícias: nas costas, no traseiro, embaixo dos braços, nas solas dos pés... É como se quisessem despertar todas as minhas terminações nervosas. Eu poderia gritar, com o toque suave naquele ponto especialmente sensível, perto do cóccix, que desce pelo espaço entre as nádegas, enquanto a parte interna das coxas recebe delicadas mordidas. Por incrível que pareça, as sensações ficam mais intensas por causa da camada adicional que minha pele recebeu. Não há pressa nem força; apenas o perfeito ritmo sensual do toque. Tenho a impressão de que posso gozar a qualquer momento, se a pressão for um pouco mais forte.

A sensibilidade do meu corpo assume o comando – pensei que só Jeremy conseguisse isso. São sensações tão exóticas, rítmicas e intensas, que toda a sala parece carregada da nossa feminilidade natural. Os três corpos se entrelaçam, formando uma indescritível mistura de cores. Não posso mais exercer um papel passivo. Preciso fazer com elas o que fazem comigo. Minha mão coberta de seda encontra um seio e é beijada delicadamente antes de ser afastada, para que eu me sente outra vez de costas. Desta vez, minhas pernas são posicionadas mais alto que o tronco.

A oriental se coloca entre as minhas pernas e apoia as mãos com firmeza, uma de cada lado do meu corpo. Vejo seu malicioso sorriso perfeito, e nossos olhos se encontram, antes que seu rosto se esconda em minhas coxas. Isto está acontecendo mesmo? Atiro a cabeça para trás, e meu corpo estremece ao sentir a delicadeza de sua respiração chegar à minha vulva, através do tecido. Era para ser assim tão bom, ou é efeito da pílula? Acontece que elas são ótimas. Talvez qualquer mulher tivesse dificuldade em resistir a tanta habilidade, seja qual for sua preferência sexual.

A senhorita África vem por trás e se debruça sobre o meu corpo, até seus lábios alcançarem meus seios. Sinto-me à beira de uma morte prazerosa, quando seus seios fartos roçam meu rosto. As duas mulheres mantêm o mesmo ritmo, enquanto controlam meu visível tesão, em perfeita sincronicidade. A respiração, as línguas, chupadas e mordidas me levam tantas vezes às nuvens, que já nem lembro meu nome. A habilidade com que elas usam o tecido para puxar, esfregar e apertar cria um prazer inimaginável.

Minha respiração está rápida e curta, e a sala começa a rodar. A pulsação cada vez mais acelerada parece prestes a implodir todas as partes sexuais do meu corpo. Louca para gozar, eu grito. As moças, no entanto, são *experts*; quando estou quase lá, interrompem o fluxo, alteram o ritmo, criam um tormento de intenso prazer – uma sensação que me desvia momentaneamente do destino irremediável. Meu corpo é tão exigido, que não tenho alternativa a não ser me entregar e ceder o controle. Elas estabeleceram com firmeza o domínio sobre mim: por várias vezes levam-me à beira do orgasmo que tanto desejo e recuam. Criam um prazer deliciosamente traiçoeiro. Perco o fôlego e o senso. E nossos corpos não se tocaram diretamente uma só vez, durante a experiência!

Uma ideia atravessa minha mente: será esse o problema? A falta de contato direto? O pensamento me traz de volta à realidade e ao tormento. Oh, céus, não aguento mais!

O rodopiar das línguas e a sucção através do tecido continuam, nos seios e no clitóris, transformando um tremendo prazer em verdadeiro martírio sexual. As mulheres me querem enlouquecida, desesperadamente cheia de tesão. No entanto, mais uma vez tudo cessa, deixando-me ofegante. Não resisto quando elas dobram meus joelhos e abrem ao máximo minhas pernas, deixando-as em posição. A camada de seda que cobre minha abertura é cuidadosamente separada, deixando que o ar frio da sala chegue à vulva e atinja em cheio o clitóris superaquecido. Em uma explosão, eu gozo afinal. Meu corpo estremece por inteiro, e tenho a impressão de ir ao teto e voltar.

Satisfeita, perco a noção de tempo e já nem sei quem sou. Ao lado dessas mulheres exóticas, ainda tenho o corpo coberto, exceto pela abertura ainda quente, molhada e pulsando. Lentamente, o tecido é retirado da cabeça, dos braços e pernas, e do tronco. Quando me recupero um pouco, recebo um robe para cobrir o corpo nu. O tecido de algodão, embora macio, irrita os seios; as mulheres deixaram marcas na minha pele sensível. Não entendo como tive um orgasmo tão intenso sem que houvesse penetração. Incrível! Ainda assim, daria tudo para ter o pênis grosso e duro de Jeremy agora dentro de mim. A simples ideia me faz gemer. Sou obrigada a reconhecer que a Xsade é um sucesso, com sua pílula cor-de-rosa.

Uma pancadinha na porta anuncia o dr. Josef, que entra, com a maleta preta e o estetoscópio característicos, e rapidamente dispensa as duas mulheres. Acho estranho não nos despedirmos, depois da experiência que tivemos juntas. Não trocamos uma só palavra o tempo todo, embora os meus sons – suspiros, gemidos e gritinhos – tenham sido bastante amplificados, com certeza. Com um aceno, elas deixam a sala em silêncio. Ainda deitada sobre o pufe, tentando absorver o que aconteceu, amarro o cinto do robe, consciente de que, por baixo dele, estou nua.

Josef se aproxima e abre a maleta. "De novo", penso vagamente. Ele, então, sussurra bem perto do meu ouvido:

– Não diga nada. Preciso de você fora daqui, esta noite.

Exatamente quando vou responder com um "O quê?", ele fura o meu dedo médio. Ai! Isso certamente abafa a minha recente euforia. Aborrecida, olho nos olhos dele, e vejo urgência.

– Não podemos demorar aqui nesta sala, senão podem pensar que há alguma coisa errada.

Josef põe o sangue na lâmina e oferece ajuda para que eu me levante.

– Aquelas são as suas roupas?

– São.

– Ótimo. Vista-se depressa e venha comigo.

– Posso me vestir no quarto. Preciso de um banho.

– Dra. Blake, está em perigo iminente. Tem apenas uma chance de escapar daqui, conforme os termos do contrato, e é comigo.

Ele me pega pelo cotovelo, me leva até o canto onde estão as roupas e, para minha aflição, tenta me vestir.

– Calma, calma, deixe comigo!

Tomo das mãos dele o sutiã e a calcinha, e visto rapidamente.

– O que está havendo?

– Fale baixo, por favor, e aja normalmente. Aqui tudo é monitorado. Eu já imaginava.

– Sim, mas me conte o que está acontecendo! – digo, enquanto enfio o vestido pela cabeça.

– Os seus resultados apresentam certas características interessantes, e eles estão se preparando para tirar até 1 litro do seu sangue esta noite, enquanto você estiver dormindo. Somente depois será liberada.

– O quê? Eles não podem! Fizemos um acordo, o contrato estipula...

– Eu sei, eu sei. Por isso estou aqui. Para ajudá-la a escapar. Ainda que não houvesse outro motivo, dra. Blake, sou um homem de palavra. Os médicos encarregados da pesquisa planejam ignorar o que foi combinado entre você e Madame Jurilique. Não sei se ela sabe disso ou não, mas não posso correr o risco. É preciso que siga religiosamente as minhas instruções, para sairmos daqui em segurança.

Agarro o médico pelo jaleco e pergunto:

– E como vou saber se posso confiar em você?

Dá para sentir o perfume dele. Epa, a pílula deve ter afetado os meus hormônios. Sem graça, eu o largo imediatamente.

– Desculpe, eu...

Ainda bem que o médico parece ignorar o meu destempero.

– A decisão é sua, dra. Blake, mas precisa decidir nos próximos cinco segundos.

Ainda chocada pelo que acabo de ouvir, levo um soco no estômago, quando a porta se abre, dando passagem a Françoise e à dra. Muir. O susto e a dor me fazem dobrar o corpo e perder o fôlego. "Por que isso, agora?"

– Dr. Votrubec, que surpresa encontrá-lo aqui! – a dra. Muir diz. – Já colheu a amostra de sangue?

Apesar da posição desconfortável, com os braços sobre o estômago, olho rapidamente para os dois e noto um quase imperceptível aceno de cabeça do médico na minha direção.

– A dra. Blake está sentindo ondas de calor, o que leva a alterações na temperatura corporal e nos batimentos cardíacos. Por isso fui chamado aqui. Afinal, a responsabilidade é minha. Ela relatou também enjoo, como se fosse vomitar. Vou deixá-la em observação na clínica, até que os sintomas desapareçam.

– Lamento, dra. Blake. Os sintomas estão se manifestando neste momento?

Percebo uma ponta de ceticismo na voz dela, quando se volta para mim.

Depois de uma olhada rápida para os dois, eu me decido pelo médico. Então, em vez de responder, respiro com dificuldade e faço ânsias de vômito, dobrando ainda mais o corpo.

– Já vi. Ela vai mesmo precisar de tratamento. Que falta de sorte!

O dr. Josef passa o braço pelo meu ombro e sai literalmente correndo comigo da sala.

– Quando ela estiver melhor, eu a levo de volta para o quarto, Edwina.

– Está bem.

Ela balança a cabeça, parecendo perplexa, ao passarmos. Então, dirige-se a Françoise.

– A náusea ainda ocorre esporadicamente nos testes clínicos. Precisamos resolver antes de...

O fim da frase se perde, pois Josef me puxa. Não sei que horas são, mas não vejo o costumeiro vaivém de jalecos e "cobaias" prateadas. Em silêncio, a passos firmes, ele me segura pelo ombro, percorrendo o labirinto de corredores. De repente, rápido como um raio, me empurra por uma porta, e desaparecemos.

– Siga-me – ele sussurra. – Rápido e em silêncio.

Embora sem entender, percebo o estado de tensão do médico e obedeço. Depois de descer dois lances de escada, chegamos à saída de emergência. Acompanho os passos rápidos dele, e atravessamos mais um longo corredor. À esquerda, há uma sólida parede de concreto; à direita, um janelão de vidraça escurecida. Ao chegar mais perto, vejo o que parecem centenas de rostos de pessoas – homens e mulheres – agrupadas em filas. Algumas parecem cansadas, outras aborrecidas. E há também crianças de olhinhos assustados. Eu paro de repente, tentando entender a cena. O dr. Josef, alguns passos adiante, sente a minha falta e recua, para me puxar pelo cotovelo.

– Por favor, dra. Blake, não há tempo a perder!

– O que é isto? Quem são estas pessoas?

– Vamos, agora não dá tempo de explicar. Ninguém pode nos ver aqui!

– Elas nos veem?

– Não. Explico quando estivermos em lugar seguro. Depressa, estamos correndo um sério perigo!

Dou uma última olhada naquela gente atrás do vidro, que parece vinda de outro mundo, com malas ou apenas uma trouxa nas costas. Chego a estremecer, ao pensar nos judeus transportados como gado, durante a Segunda Guerra Mundial, e balanço a cabeça com força, para apagar a imagem. Haveria alguma semelhança entre as situações? Dr. Josef me força a avançar até o fim do corredor. Lá, remexe em alguns cartões magnéticos, acha o certo e passa em um quadro de segurança, onde digita um código. A porta se abre, e me vejo diante de uma escada em espiral. Do outro lado, ele repete o processo e espera que a porta se feche, para começarmos a subida. Depois de voltas e mais voltas, estou exausta. Minhas pernas não eram tão exigidas desde uma terrível aula de step na academia de ginástica, há uns três anos.

– Dr. Josef, falta muito?

Embora arquejante, procuro fazer o mínimo de barulho. Pela primeira vez meu estômago dá sinais de que há bastante tempo não recebe alimento. Sinto-me tonta e cansada.

– Um pouquinho – ele responde gentilmente, estendendo a mão. – Aqui.

Para cima e em círculo, para cima e em círculo, lá vamos nós. Até quando? Tenho a impressão de haver chegado ao topo de um arranha-céu. Finalmente, sem fôlego, eu me sento no último degrau. Mais uma vez ele usa o cartão magnético, e a porta se abre. Uma lufada de ar fresco me faz lembrar que estive presa por um bom tempo. Os pulmões agradecem, mas o corpo sem agasalho sente frio. Dou um passo. Oh, não, de novo não! Onde estou, desta vez?

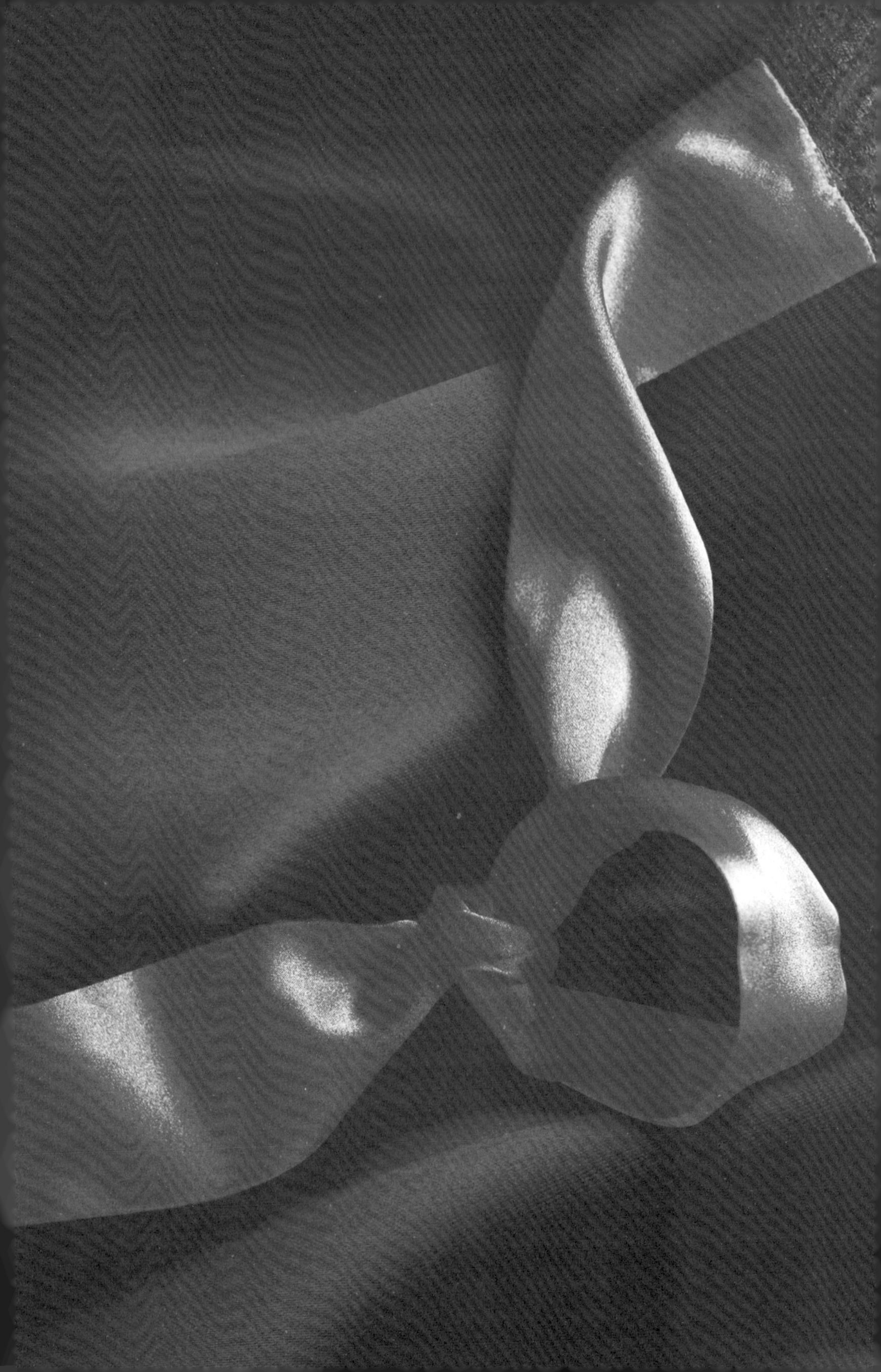

Parte 7

"A vida é uma série de mudanças espontâneas. Não resista a elas. A resistência só provoca sofrimento. Deixe que a realidade seja real. Deixe as coisas fluírem naturalmente, na direção que quiserem."

– Lao Tzu

Alexa

Apesar da relativa escuridão, vejo água em volta de nós e terra, não muito longe.
– Vamos ter de nadar? Depois dos acontecimentos das últimas horas... dos últimos dias... acho que não tenho energia suficiente. "Ora, pare de pensar".

Josef se abaixa para soltar um pequeno bote preso a um pilar. Ainda bem.

– Pule aqui e ponha isto – ele diz, e me passa o jaleco.

Penso que só falta o estetoscópio, para completar o "personagem". Estou nervosíssima, claro, e agradeço em silêncio o fato de não haver outro par de remos como o que Josef começa a manejar vigorosamente. Ao olhar em volta, vejo atrás de nós um pitoresco farol, de onde saímos, vindos das profundezas do laboratório. De repente, reconheço o local.

– Ei, este é o lago Bled? – pergunto, surpresa.

– Já esteve aqui?

– Andei de bicicleta em volta do lago, anos atrás. Muitos turistas que vêm à Eslovênia fazem isso. O laboratório da Xsade fica lá embaixo?

– Sim, mas são instalações secretas que promovem uma ligação conveniente entre o Leste e o Oeste da Europa. Pouca gente sabe delas, e quase ninguém conhece esta passagem de emergência pelo farol.

Incrível! Uma das mais belas paisagens da Eslovênia, se não de toda a Europa! Fico imaginando qual será o fim da minha história, e se realmente conseguirei escapar da extensa rede de influência de Madame Jurilique. Pelo menos, Josef está me ajudando. Dá apenas para ver ao fundo a silhueta indistinta dos Alpes Julianos, que se estendem do Nordeste da Itália à Eslovênia. Se não me falha a memória, diz-se que, antes da construção da igreja, a ilha de Bled abrigava o templo de Ziva, a deusa eslava do amor e da fertilidade. Poderia a minha vida ter tomado rumo mais imprevisto? Balanço a cabeça e prometo nunca repetir essa pergunta. Melhor guardar a curiosidade para quando desembarcarmos. É difícil para mim, mas Josef provavelmente prefere remar em silêncio.

***

Com o barco atracado, atravessamos a pé um vilarejo e chegamos à casa de um tio de Josef. Pelo entusiasmo com que somos recebidos, dá para perceber como o homem se orgulha do sobrinho. Seu olhar indagador na minha direção é desencorajado, porém, por um aceno de cabeça de Josef. O dono da casa, um baixinho atarracado, de bigode cheio e grisalho, e roupas surradas, parece acostumado a não fazer perguntas. Na casa pequena e arrumada, o fogo aceso na sala acolhedora, que cheira a comida, me aquece de dentro para fora. Josef me guia até um quarto pequeno.

– Assim, em cima da hora, não consegui muita coisa, mas fiquem à vontade – o tio de Josef diz, indicando roupas dobradas sobre a cama, toalhas, sabonete e pasta de dentes.

Satisfeita, eu substituo o jaleco por um casaco de caxemira.

– Obrigada, Josef, nem sei o que dizer. Acho que ainda não me recuperei da súbita mudança nos acontecimentos. Pensei que já estivesse acostumada! Posso pedir um favor?

– Claro.

– Pode me emprestar rapidamente o seu telefone, para eu falar com os meus filhos? Faz dias... Bem...

Com a voz presa na garganta, sou tomada pela emoção.

– Desculpe... – consigo balbuciar.

Com um olhar compassivo, Josef atravessa o cômodo e me abraça. Pouco acostumada a demonstrações de afeto vindas de pessoas com quem não tenho intimidade, eu me retraio imediatamente. Ao perceber minha ansiedade, ele se afasta um pouco e me entrega um lenço. Josef parece um homem bondoso e sensível, incapaz de fazer mal a alguém.

– Obrigada. Preciso saber se estão bem, e quero tranquilizá-los. Faz tempo que não têm notícias da mãe.

Com visível tristeza nos olhos, ele responde:

– Entendo. Mas seja breve, por favor; talvez estejam rastreando minhas ligações. Na verdade, o mais seguro é usar o telefone do tio Serg.

Quando Josef se volta para sair do quarto, ouve-se uma batida forte na porta da frente. Com gestos frenéticos, ele indica que devemos nos esconder atrás da porta do quarto e leva o dedo indicador aos lábios, para garantir que eu fique calada. O que será agora?

Ouço vozes em um idioma que não entendo – imagino que seja esloveno – enquanto Josef espia por uma fresta, mas, ao perceber que o tio eleva a voz ao responder às perguntas, fecha a porta e encosta-se às ripas de madeira. Em seguida, fecha os olhos, como se quisesse me poupar de ver neles o medo e a ansiedade. No entanto, seu corpo em alerta diz tudo. Chego a temer que ele ouça as batidas do meu coração. De repente, eu me lembro de Anne Frank. Quantas emoções deve ter vivido no dia a dia, ao enfrentar a possibilidade de consequências terríveis, caso fosse encontrada... A ideia de ser descoberta me dá náuseas. Alguém me levaria de volta à clínica? Ou roubaria meu sangue, tão desesperadamente cobiçado? Oh, céus, agora que saí de lá, não quero voltar! Preciso falar com meus filhos. Honestamente, acho que meu coração não aguenta mais.

As vozes desaparecem, e escuto a porta da frente da casa se fechar. Eu e Josef suspiramos, aliviados. Ele põe as mãos nos meus ombros e me olha diretamente nos olhos.

– Estão perguntando de casa em casa se alguém viu uma mulher pedindo ajuda. Descreveram você: magra, cabelos castanhos ondulados de comprimento pouco abaixo dos ombros, olhos verdes, falando inglês. Obviamente já notaram a sua falta. Vai dar tudo certo, mas não podemos demorar aqui. Coma alguma coisa, para se fortalecer, e partimos. Vou pegar o telefone.

Insegura quanto à firmeza das minhas pernas, eu me sento na beira da cama. Visivelmente ansioso, Josef me entrega o telefone.

– Não demore. Temos pouco tempo, e não quero que localizem a ligação.

Em seguida, acrescenta com simpatia, antes de sair e fechar a porta.

– Vou deixá-la à vontade.

Meus dedos tremem. Afinal recupero o acesso à tecnologia. Digito rapidamente o número de casa e, com um suspiro profundo, espero que alguém atenda.

– Alô?

– Oi, Robert, sou eu. Acordei você?

– Olá, Alex... É um bocado cedo...

– Ah, as crianças estão dormindo? – pergunto, desapontada.

– Claro. A escola só abre depois que o sol nasce.

Quase vejo o sorriso sonolento dele, ao emendar:

– Como vão as coisas?

– Bem. Só queria dar um alô. Você sabe...

– Devo acordar os dois? Eles receberam as suas mensagens de texto. Parece que tem andado bastante ocupada.

– É, acho que sim.

Mensagens? Que conveniente!

– Tudo bem mesmo? Você está estranha...

As lágrimas me escorrem pelo rosto, enquanto respondo:

– Estou bem. Só muito cansada. E vocês?

– Tudo certo. Jordan começou um novo projeto de grupo; por isso temos recebido alguns colegas. Elizabeth tem ensaiando para o concerto na escola. Está levando a sério o estudo!

A normalidade das notícias me acalma o coração. Eu ficaria o resto da vida ouvindo o que Robert diz. Uma batida na porta indica que o meu tempo acabou.

– Desculpe, Robert, preciso desligar. Tenho... uma reunião agora. Lamento não podermos conversar mais. Assim que Jordan e Elizabeth acordarem, diga que eu os amo muito, dê um beijo e um abraço neles por mim.

– Claro. Vai tudo bem mesmo? Não está me enganando?

Endireito os ombros, para me convencer da resposta que vou dar, em especial porque as crianças estão sãs e salvas, em suas caminhas. Josef se põe ao meu lado.

– Só me sinto um pouco cansada. Amo vocês todos. Ligo de novo em breve. Beijo.

Embora com relutância, encerro a ligação e devolvo o aparelho a Josef, tentando enxugar rapidamente as lágrimas que me escorrem pelo rosto. Queria falar com Jeremy, mas de repente me ocorre que não sei de cor o número do telefone dele. Sempre usei a agenda. De qualquer forma, percebo que não é hora de fazer outra ligação. Os visitantes deixaram Josef preocupado.

– Obrigada, Josef.

Reconheço o risco que ele correu, para garantir minha segurança e paz de espírito. Ele me toma pela mão, e vamos à cozinha, comer um *goulash* delicioso – a primeira refeição substanciosa que faço em vários dias. Com a fome saciada, eu me sinto subitamente exausta, sob o peso de tudo que me aconteceu desde que desembarquei do avião em Londres.

Depois de um momento de descanso, Josef me conduz de volta ao carro, levando água, frutas e pão oferecidos pelo tio. Imagino que a viagem seja longa. Agradeço pela hospitalidade, desejando que ele não sofra represálias, por nos oferecer abrigo. Ele me abraça como se eu fosse também uma sobrinha e me entrega um cobertor, para que não sinta frio no caminho. Apesar de pouco falar a minha língua, transmite bondade e simpatia. Quando esfrego a barriga, para demonstrar que gostei da comida, o homem responde com um largo sorriso. Acho que há pelo menos uma semana eu não via um sorriso sincero. Josef me apressa, e nos acomodamos no carro. Tenho perguntas a fazer, mas depois de ajustar o cinto e me agasalhar com o cobertor, sou vencida pelo cansaço e pela barriga cheia. Josef segue, concentrado e silencioso, rumo ao desconhecido que a escuridão da noite guarda.

Jeremy

Embora não chegue há dias um só sinal do bracelete de Alexa, não tenho coragem de deixar esta parte da Europa. Minha mente racional compreende que ela deve estar... morta – mesmo em pensamento é difícil empregar a palavra – mas o instinto diz que não estou vendo alguma coisa bem embaixo do meu nariz. Como um corpo desaparece? Como se destrói uma família? Como dizer a duas crianças que nunca mais vão ver a mãe, porque ela morreu? Essa ideia me perseguiu nos últimos dois dias. Com a chegada de Martin, finalmente convenci Sam a entrar em contato com os outros membros do grupo, para buscar informações. Ao que parece, a dra. Lauren Bertrand assumiu outros compromissos assim que o fórum foi adiado. Como o professor Schindler, da Alemanha, fazia questão de conversar com Sam sobre seus mais recentes trabalhos, eles decidiram encontrar-se informalmente em Londres, com mais dois colegas do Reino Unido. Tenho a impressão de que foi quase um alívio para ele voltar ao seu mundo e, é claro, ocupar a mente em alguma coisa que não seja a enrascada na qual nos metemos.

Salina tem me ajudado pacientemente a analisar nossos passos desde que chegamos a Ljubljana. Ou será que Martin designou Salina como minha acompanhante para impedir que eu cause maiores problemas? Só sei que há alguma coisa fundamentalmente errada. Um dos homens de Martin, postado no castelo desde que voltamos para cá, disse que o prédio parece abandonado. Atendendo à minha insistência, examinamos os jardins e espiamos através das janelas, e cheguei a escalar uma grade junto ao muro, para olhar o andar de cima, mas não vi sinal de vida. E mais: quase caí, para horror de Salina e Martin. Duvido que me deixem participar de outra ação. Os cômodos davam a impressão de terem sido deixados às pressas – a mesma intuição que tive no hospital, em Lake Bled. O hospital continuava em funcionamento, mas não encontrei ninguém que estivesse de plantão na noite em que foi descoberto o corpo de Alexandra. Era como se os funcionários tivessem sumido no ar ou fossem protegidos por uma lei do silêncio. Todos os caminhos que tentávamos percorrer estavam bloqueados ou eliminados. Martin se sentia tão frustrado quanto eu.

A única ligação que estabelecemos foi entre Lauren Bertrand, membro do nosso fórum, e Madame Jurilique, diretora-administrativa da Xsade para a Europa. Quando adolescentes, elas frequentaram a mesma escola na Suíça, e trocaram vários telefonemas nos últimos meses. Como não conseguiu descobrir se mantêm um relacionamento próximo, Martin designou um de seus homens para monitorar cada uma delas, e assim colher mais informações. Ao que parece, a missão se mostrou mais difícil do que se pensava, e nenhuma resposta surgiu até agora.

Não sei bem o que fazer, mas não vou desistir, enquanto meu coração pulsar.

***

Eu, Martin e Salina estamos em uma cafeteria na cidade de Ljubljana. Embora todas as pistas sejam investigadas, fico mais desanimado a cada hora. Enquanto eles examinam documentos que acabaram de chegar, eu saio; quero telefonar a Lionel McKinnon – o presidente do fórum – para avisar que Alexandra se afastou de todas as atividades. Só não conto o que aconteceu. Ainda dói muito, e me parece, de certo modo, uma atitude prematura. Não consigo aceitar.

Meio entorpecido, caminho sobre as pedras do calçamento, sem reparar nos últimos raios de sol filtrados pelas nuvens. Os pensamentos não cessam. Ainda que Alexa estivesse viva, eu, em hipótese alguma, permitiria que participasse de outros experimentos. Sempre a achei excepcional, mas os resultados dos procedimentos de que participou a meu pedido me surpreenderam. Nosso fim de semana juntos deflagrou uma rara sucessão de eventos altamente estimulantes do sistema nervoso, o que fez suas células neuroendócrinas produzirem espontaneamente descargas de adrenalina. Essa situação, combinada à secreção de hormônios pituitários na corrente sanguínea, aparentemente elevou os níveis de seratonina e ocitocina, ao mesmo tempo em que suas vias neurais demonstravam atividade acentuada. Essas descobertas irregulares e extraordinárias representam um bom prognóstico para nosso trabalho sobre depressão; o mais importante, porém, são os resultados dos testes no sangue colhido em Avalon. Os antígenos encontrados nos glóbulos vermelhos de Alexa, originados de um alelo – essencialmente uma forma alternativa de gene com código genético distinto que pode ser passado de geração em geração – demonstraram características peculiares. Nem em um milhão de anos eu pensaria que o sangue dela pudesse revelar um inédito agente de cura. Sempre desconfiei, mas agora ficou provado que Alexa é um enigma.

De uma hora para outra, o estudo extrapolou a cura da depressão. Na pior das hipóteses, trata-se de um tipo de sangue quase único; na melhor das hipóteses, de um sangue que pode ser usado para combater células cancerosas. Infelizmente a hipótese mais favorável à humanidade inclui Alexa na mais alta categoria de risco pessoal. Quando nossos computadores foram invadidos, precisei criar uma história para fazer as pessoas acreditarem que todo sangue do tipo AB apresenta as mesmas características descobertas no sangue de Alexa, sem entrar em detalhes. Se a verdade fosse descoberta... Bem, pode ser que tenha sido... Por isso eles estão com ela, e eu não.

Pretendia explicar tudo a Alexa pessoalmente. Antes, porém, quis falar com Ed Applegate, meu parceiro na pesquisa, e passei muito tempo analisando os detalhes de resultados tão peculiares. Quanto mais eu descobria, maior o perigo de tratar do caso por telefone ou por *e-mail*, em especial depois das invasões dos hackers. Eu não podia arriscar. Decidi apresentar alguns resultados em Zurique, para que outros cientistas e pesquisadores não se concentrassem no envolvimento direto de Alexa. Além disso, queria alcançar visibilidade, o que facilitaria a ampliação do programa, para incluir voluntárias com sangue tipo AB. A estratégia foi bem sucedida – ou, pelo menos, eu pensei assim, na época. No entanto, agora está claro que pelo menos um laboratório acessou ilegalmente os nossos resultados e resolveu ir direto à fonte: Alexa.

Se, em vez de levar em consideração aquela carta anônima, eu tivesse seguido o primeiro impulso, não estaríamos nesta confusão. Agora, sou tomado pelo remorso. Não deveria ter entrado novamente na vida de Alexa; não deveria ter interrompido seu convívio feliz com os filhos; não deveria tê-la envolvido nos recentes horrores. Tento me distrair, para ver se descubro que tudo não passa de um pesadelo, mas não esqueço que preciso fazer uma ligação para Robert, que venho adiando. Se é difícil aceitar o que aconteceu, como será relatar a situação em voz alta? Como sei que não posso evitar o inevitável, contenho a emoção e, com um suspiro, aguardo que alguém atenda o telefone na casa de Alexa.

– Robert? É Jeremy – começo, procurando manter um tom neutro.

– Jeremy! Que surpresa! Parece que hoje todo mundo resolveu telefonar.

– Todo mundo? O que quer dizer com "todo mundo"?

– Primeiro foi Alexa; e agora, você.

Levo alguns momentos para registrar o que ele diz.

– Sério? Falou com ela? Como, quando...

– Calma, Jeremy! Tudo bem aí? Alexa parecia um pouco estranha, e você está meio esquisito. O que está havendo?

– Tem 100% de certeza de que falou com Alexa?

– Claro, eu...

Com o coração aos pulos, eu interrompo.

– Pode me dizer exatamente quando foi isso?

Há uma pausa, com vozes infantis ao fundo. Parece que as crianças estão falando com ele. Contenho com dificuldade a impaciência.

– Por favor, Robert, não sabe como é importante.

– Você não está com ela?

– É uma longa história que não posso contar agora. Ela não está comigo. Quanto tempo faz?

– Uma hora, mais ou menos.

– E ela estava bem? Tem certeza de que era ela?

– Quem mais poderia ser? Claro que era ela!

Robert deixa transparecer um pouco de irritação, compreensivelmente.

— Perguntou pelas crianças. Só parecia um pouco cansada.

Esperança, alívio e amor tomam meu corpo.

— Não sabe como lhe agradeço, Robert. Preciso desligar agora. Desculpe. Ligo novamente assim que puder.

Chego correndo à cafeteria e interrompo a conversa entre Martin e Salina.

— Martin, algum sinal do bracelete de Alexa?

— Por quê? O que aconteceu?

Ele sente minha aflição e volta-se para a tela do *laptop*, antes de responder:

— Você sabe que há dias não temos sinal algum.

— Talvez tenha agora. Robert falou com ela há uma hora!

Excitação e esperança transparecem na minha voz.

— Não sei se ela ainda usa o bracelete; só sei que está muito viva!

Ando impaciente de um lado para outro. Depois do que me parece uma eternidade, o sistema finalmente entra no ar.

— Tem razão, Jeremy, aí está ela...

Eu e Martin, paralisados, olhamos incrédulos para a tela. Salina suspira. Em um gesto espontâneo de liberação do estresse dos últimos dias, nós três nos abraçamos. Meus pulmões voltam a respirar, meu coração volta a bater. Na tela, o sinal se concentra em uma localização específica. Alexa está na Croácia, perto da cidade de Split. Concentrado no mapa, eu me assusto com o toque do telefone.

— Quinn falando.

— Dr. Quinn? Dr. Jeremy Quinn? — pergunta uma voz masculina com leve sotaque estrangeiro.

— Eu mesmo. Quem fala?

— Meu nome é dr. Josef Votrubec.

Em uma fração de segundo, assim que reconheço o nome que ouvi no hospital de Bled, sou tomado pela desconfiança.

— Você está com Alexa?

– É por isso que estou ligando. Eu a ajudei a escapar...

– Ela está bem? Quando posso vê-la?

A surpresa me deixa trêmulo. O alívio parece entrar por todos os meus poros. Como Martin insiste, entrego os pontos e passo-lhe o telefone, para que ele combine os detalhes. Só posso esperar que o dr. Votrubec esteja falando a verdade, e Alexa esteja sã e salva. A última coisa de que precisamos agora é outra perseguição inútil, e, pelo tom sério de Martin, ele não vai correr riscos.

Alexa

Quando acordo ainda está escuro, mas vê-se que o Sol não demora a raiar. Embora visivelmente cansado, Josef parece tranquilo.

– Aonde vamos, Josef? Já está dirigindo há um bocado de tempo.

Tento me esticar ao máximo no assento.

– É verdade. Preferi pegar a estrada litorânea, para ter certeza de que ninguém nos seguiria. Estamos indo para Dubrovnik, mas vou parar um pouco.

– Alguma notícia?

– Procuraram por você a noite toda. Não podem dar o alarme, por causa da peculiaridade da sua chegada ao castelo e à clínica.

Ele me entrega uma garrafa de água e continua.

– Já devem ter concluído que eu a ajudei a escapar.

– E agora, o que vai lhe acontecer?

– Bem, acho que tenho de procurar outro emprego – ele responde, com um risinho nervoso.

Bebo um gole e olho para ele, pensativa.

– Por que fez isso? Como foi arriscar tudo por mim?

– Existem muitas pessoas más na Xsade. Há muita gente boa, também. No entanto, as más parecem mais poderosas, no momento, e estão dispostas a tudo, para fazer as coisas a seu modo. Não posso trabalhar para uma organização na qual não confio, ou para pessoas que não se importam de colocar em perigo vidas alheias. Sei que você assinou um contrato que deveria cumprir, mas, quando os resultados surgiram, os cientistas decidiram fazer novos testes, não autorizados. Isso vai totalmente contra os meus valores. Foi o fim. Eu poderia simplesmente pedir demissão, e pronto. Só que a minha consciência não me permitiu deixar você lá. Ainda bem que confiou em mim.

Por alguns instantes fico calada, tentando absorver as palavras de Josef e avaliar os riscos que ele correu. A vista impressionante do litoral fica mais nítida, com o clarear do dia.

– Obrigada, Josef. Não sei como pagar o que fez por mim.

– Depois de tudo por que passou, Alexandra, nem pense nisso. Melhor seria se você não estivesse envolvida nesta situação.

– Quem eram aquelas pessoas que vimos na saída? – pergunto cautelosamente.

Não sei se ele pode responder, embora estejamos a sós.

– Vêm do Leste Europeu, dispostas a testar medicamentos da Xsade em troca de dinheiro.

– É seguro?

– Alguns testes mais do que outros. Arriscam o corpo, em busca de uma melhor qualidade de vida, para elas e para os filhos. A Xsade oferece dinheiro e acomodação. Em determinado estágio, as drogas precisam ser testadas em seres humanos. Senão, como chegariam ao mercado?

Penso na descoberta de drogas contra o vírus HIV, em substâncias empregadas na quimioterapia... E em produtos especiais para mulheres, como a pílula anticoncepcional, o dispositivo intrauterino, os implantes hormonais, entre outros. Com que facilidade aceitamos soluções químicas para manipular os ciclos naturais dos nossos hormônios! Alguém tem de testar esses artigos. E muita gente faz isso. Agora, sou uma dessas cobaias. Fico pensando: para o sucesso da pílula cor-de-rosa da Xsade, vai ser preciso que mulheres se disponham a alterar sua constituição química, em nome de algumas horas – ou alguns dias

— de prazer sexual? Suponho ter feito exatamente isso. Estremeço, para espantar o pensamento.

— As pessoas que você viu estavam sendo separadas conforme o grupo sanguíneo. Como os húngaros possuem a mais alta porcentagem de sangue tipo AB no mundo, foram convocados, em uma espécie de "plano B", quando você se recusou a fornecer sangue à Xsade.

— Entendo.

Preocupante. Como não me sinto à vontade com o rumo da conversa, decido mudar de assunto.

— O que pretende fazer, Josef?

— Primeiro, garantir a sua segurança. Depois, encontrar minha mulher. Não nos vemos há dias.

— É casado? Eu não sabia. Desculpe, deveria ter perguntado.

Sinto-me desconfortável. Estive tão envolvida pela situação, que nem por um momento pensei no indivíduo que existia atrás do título de médico.

— Tem filhos?

— Não, infelizmente não fomos abençoados com filhos. Minha mulher teve uma gravidez tubária, e o prognóstico não é bom. Mas não perdemos a esperança. Afinal, nunca se sabe o que os cientistas vão inventar.

As últimas palavras são acompanhadas de um sorriso vazio, em uma tentativa de disfarçar a emoção.

— Sinto muito, Josef. Mas, como você diz, nunca se sabe o que vai acontecer. O mundo avança tão rapidamente!

Penso no meu intenso desejo de ser mãe, anos antes, e lamento por ele. Continuamos a viagem em silêncio, cada um mergulhado nos próprios pensamentos.

Eu me surpreendo quando Josef vai reduzindo a velocidade, até parar junto a uma pequena marina bem abrigada, protegida por uma formação rochosa. Em um cenário deslumbrante, cerca de 30 embarcações estão atracadas. Ele dá a volta no carro, e me ajuda a esticar as pernas e sair. É bom sentir a salinidade do ar, enquanto a luminosidade do sol nascente me faz apertar os olhos.

Josef me conduz por um longo píer, em direção a uma lancha reluzente, onde há duas pessoas. Em uma breve oração, peço que ele esteja realmente do meu lado, e não me levando para uma armadilha. Calma, eu não poderia ter-me enganado tanto, ao julgar seu caráter. Meus olhos ainda tentam ajustar-se ao contraste entre luz e sombra, quando uma das figuras – um homem de camisa azul-marinho e calça cargo de cor creme – salta da lancha e caminha em nossa direção. É Jeremy, que vem de braços abertos, como que saído de uma miragem.

Depois de um ou dois passos hesitantes, disparo rumo a seus braços, que me apertam com toda a força contra o peito. Nossas lágrimas se misturam. Meu coração parece a ponto de explodir de amor e alívio, enquanto enterro a cabeça no calor do corpo de Jeremy. Quando afinal me volto para seus lindos olhos verdes, ele me beija cuidadosa e delicadamente; parece respeitar minha possível fragilidade. Em segundos, porém, sua boca sente fome da minha. Ele toma meu rosto nas mãos, e nos beijamos apaixonadamente, como se fosse a última vez. Tenho a impressão de que ele quer confirmar se sou real ou fruto de sua imaginação. Nunca senti tanta necessidade de um ser humano, e, pela atitude dele, a sensação é recíproca. Só espero não estar sonhando.

Quando finalmente interrompemos a demonstração pública de afeto, estou meio tonta. Jeremy me segura pelos ombros, e dá a impressão de não querer afastar-se nunca mais. Com um largo sorriso, eu me volto para Josef, que espera pacientemente.

– Parece feliz, Alexandra.

– Você não me contou, Josef!

Ele dá de ombros, com ar inocente, enquanto continuo.

– Jeremy, este é Josef. Claro que não preciso fazer apresentações.

Os dois homens trocam apertos de mão.

– Não tenho como agradecer. Você não imagina o que isto significa para mim – Jeremy diz, com a palma da mão livre sobre o coração e os olhos novamente cheios de lágrimas.

– Acho que tive um pressentimento – Josef responde, com um sorriso. – Lamento que tenham passado por tudo isso.

Ele beija delicadamente as minhas mãos, e continua.

– Sejam felizes.

Com certa relutância, Jeremy me solta, para que eu possa dar em Josef um bom abraço de despedida.

– Mais uma vez obrigada por tudo, Josef. Serei eternamente grata.

Jeremy e Josef trocam um aperto de mão tipicamente masculino: cheio de significado, mas a alguma distância.

– Não fique aqui com ela por muito tempo, dr. Quinn. Para que correr riscos desnecessários?

– Ela não sai de perto de mim. Manteremos contato.

Assim que trocamos as últimas palavras, ouve-se um cantar de pneus. É um carro que, depois de uma curva fechada, segue a toda velocidade em direção à marina.

– Jeremy, traga Alexa para cá agora! – o homem da lancha grita.

Em seguida, o motor é ligado, e Jeremy me empurra até a borda do píer, me faz saltar para a lancha e pula também. A força da arrancada me joga contra o assento almofadado. Resta para mim a lembrança da expressão de terror no rosto de Josef, de braços erguidos, ao ver dois homens correrem de armas em punho em sua direção. A embarcação em que estou contorna rapidamente uma formação rochosa, impedindo-me de ver o que acontece depois.

Jeremy me abraça, e permanecemos em silêncio até termos a certeza de que ninguém nos persegue. Somente quando somos a única embarcação visível no oceano, o piloto reduz a velocidade.

– Oh, Alexa, nem quero imaginar o que você deve ter passado. Votrubec está certo, precisamos desaparecer daqui. Vamos, Martin!

As últimas palavras são dirigidas ao piloto, que faz um sinal de positivo. Alterado o curso, acompanhamos o desenho de uma impressionante formação rochosa. Os acontecimentos dos últimos dez minutos ainda me deixam em choque, e como o ruído do motor impede a conversa, fico em silêncio, colada ao corpo quente de Jeremy. A certa altura, a velocidade diminui, e somos habilidosamente posicionados ao lado de um luxuoso iate ancorado em uma enseada bem protegida.

– Como vou me esconder em uma embarcação deste tamanho? Você nunca faz nada pela metade, hein, Jeremy?

Ele me pega pela mão, para subir a rampa.

– Não quando se trata de você, querida.

Jeremy parece tenso. Sei que vou me sentir mais segura quando estivermos longe deste lugar e pudermos conversar sobre tudo que a vida nos impôs recentemente.

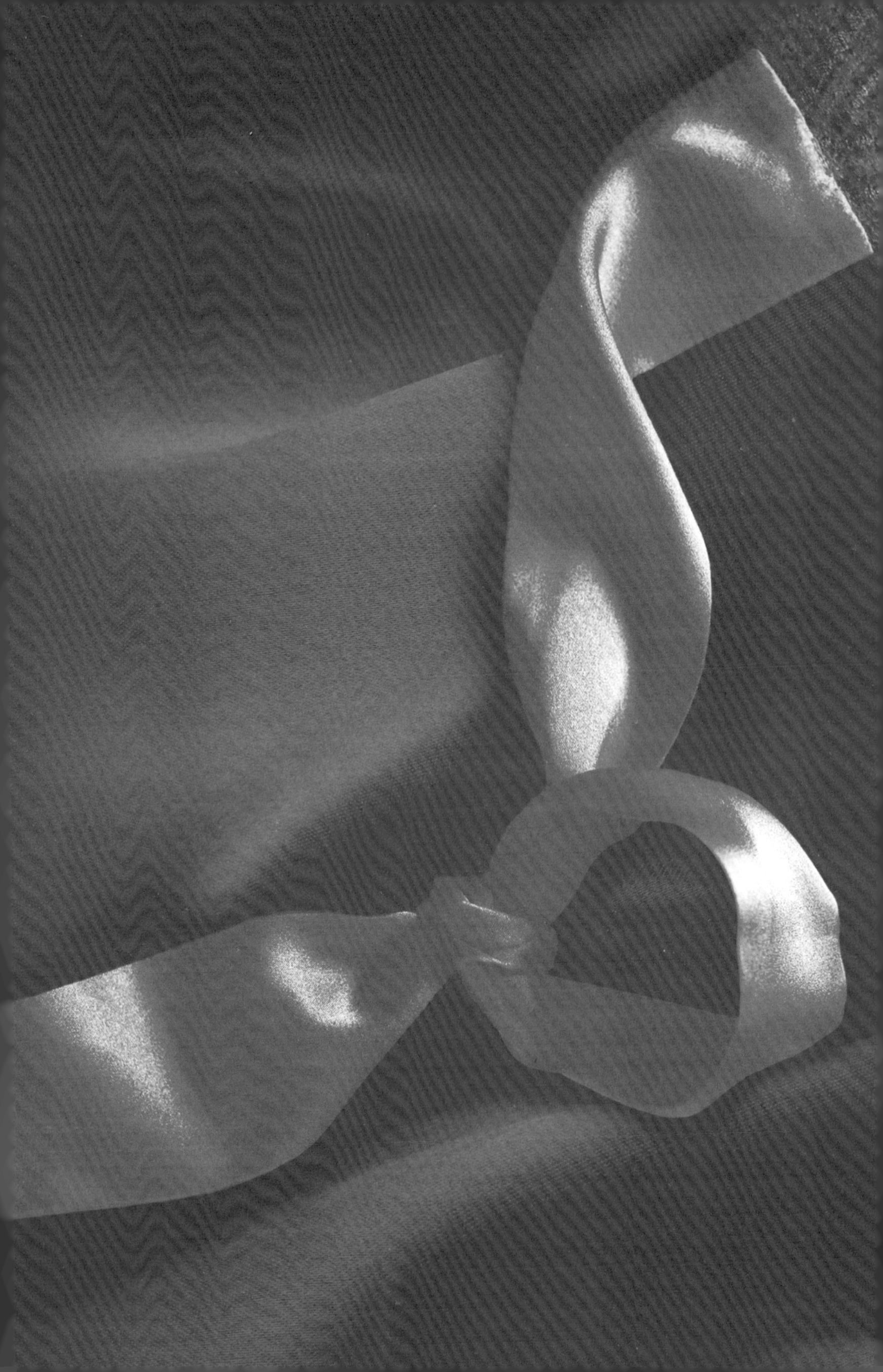

Parte 8

"Não deixamos de brincar porque envelhecemos.
Envelhecemos porque deixamos de brincar."

– Oliver Wendell Holmes

Meu mundo se transforma assim que subo a bordo da embarcação luxuosa. Nunca vi nada parecido. Belos deques de madeira; ambientes internos e externos; hidromassagem no deque de estibordo. A lancha em que viemos está guardada: desapareceu milagrosamente, como que engolida pela embarcação maior.

Jeremy me apresenta a Martin, que cuidou da nossa segurança em Avalon. Pelo que entendi, ele vai nos acompanhar nos próximos dias, em tudo que disser respeito a Jeremy e Leo. Sou apresentada também à miúda Salina, que me parece decidida, esperta e eficiente o bastante para cuidar de Jeremy. Gosto dela de imediato. Então, conheço a tripulação, inclusive o chefe de cozinha, o capitão e alguns marinheiros, que executam todas as tarefas necessárias ao funcionamento da embarcação.

O braço de Jeremy não deixa meu ombro por um instante sequer, nem eu quero que deixe. Para ser honesta, é muita novidade para absorver. Sinto-me em uma montanha-russa no escuro.

– Posso perguntar como conseguiu isto?

– O dono é amigo de Leo. Como só vai viajar no mês que vem, emprestou o barco e a tripulação por uma semana.

– Ah...

A caminho do interior da embarcação, corro os dedos por uma espreguiçadeira. Existe gente muito rica no mundo. Fico um pouco constrangida com a situação, comparada à expressão daquelas pessoas em fila, dispostas a permitir o uso de seus corpos para a experimentação de novas drogas.

– Tudo bem, Alexa? Quer deitar um pouco?

– Seria bom. Temos tanto a discutir, Jeremy. Sinceramente, não sei por onde começar.

Os acontecimentos da semana anterior me deixaram física e emocionalmente exausta. E agora, estou em um iate maravilhoso com Jeremy. É o mesmo que ser apanhada pelo furacão de Dorothy e cair no Reino de Oz.

– Sim, querida, também sinto isso. Pensei que você estivesse... Foram dias... Não sabia se...

As lágrimas impedem que ele continue. Com um abraço apertado, tento transmitir que, finalmente, estou aqui. Não quero nem pensar como seria, se a situação se invertesse; se eu não soubesse se ele estava vivo ou morto. Ninguém merece isso.

– Posso usar o seu telefone, Jeremy? Preciso falar com Elizabeth e Jordan. Eles devem estar em casa e acordados.

– Claro. Vou avisar à tripulação que estamos prontos para partir. Já volto.

Ele me olha amorosamente nos olhos, me dá um longo beijo e, com relutância, larga minha mão.

As vozinhas alegres dos meus filhos soam como um alívio e um choque. Finalmente desmancham-se os nós do meu estômago. Eles estão felizes, falantes, e nem desconfiam do que me aconteceu. Parece que as mensagens enviadas pela Xsade em meu nome foram indefinidas e superficiais. Ainda bem! Agradeço ao universo. Eles dizem que também sentiram a minha falta e que preparam uma grande surpresa. Meu coração se enche de amor. Robert confirma que tudo está em ordem: as crianças comeram bem, e minha mãe tem mandado refeições extras, para o caso de os afazeres o impedirem de cozinhar. Dou uma boa risada. Por nada no mundo abriria mão daquela rotina de cuidados. É tranquilizador e gratificante constatar que, enquanto as coisas aconteciam comigo, eles seguiam a vida normalmente.

Quando Jeremy volta, eu lhe devolvo o telefone. Aliviada, tenho um sorriso no rosto e amor no coração.

– Obrigada.

– Tudo em ordem com os pequenos?

– Tudo ótimo. Não fazem ideia do que ocorre aqui, e estão animadíssimos com uma surpresa que têm para mim.

– Estou louco para conhecê-los direito. Parecem tão bonzinhos...

– São maravilhosos. A gente percebe melhor a importância dos filhos quando fica longe deles.

Minha voz falha, e imediatamente os braços de Jeremy estão em volta de mim. Com lágrimas de alegria, enterro a cabeça no peito dele.

– O que mais me fez falta foi o beijinho de boa noite que sempre dou neles. Não existe privilégio maior, para um pai ou uma mãe, do que gasalhar o filho e dar-lhe um beijo antes de dormir. Quanta paz existe naquelas carinhas de anjo entregues a doces sonhos...

Enquanto colhe a última lágrima que me escorre pelo rosto, ele diz:

– Sinto muito, Alexa. Não tive a intenção de fazer isso acontecer nem de expor você ao perigo. Você me perdoa?

– Amo você, Jeremy, sempre amei. Passei por muita coisa, mas acabou. Falar com os meus filhos foi quase perfeito, apesar da falta que sinto deles. Estamos aqui, juntos. Nós vamos superar.

Na ponta dos pés, beijo-lhe os lábios, o queixo, o rosto, em uma tentativa de espantar o sofrimento que transparece em sua expressão. Insisto, até ele retribuir os beijos e nos perdermos no momento. Como senti falta dele...

– Quer que prepare um banho?

Ele faz a pergunta com os lábios pousados na minha nuca e as mãos em meus quadris, o que me faz pensar imediatamente no lugar onde eu queria que suas mãos e seus lábios estivessem.

– Boa ideia. Estou louca para me livrar destas roupas. Devem estar cheirando mal.

– O seu cheiro é surpreendentemente bom. Posso ajudar com a roupa?

Jeremy me tira o casaco e abre o zíper nas costas do vestido, deixando-o escorregar até o chão. Fico apenas com a calcinha e o sutiã pretos, que comprei especialmente para a viagem. Ele nota.

– Roupa nova?

– Só para os seus olhos – digo maliciosamente, encarando seu rosto refletido no espelho sobre a pia.

Então, lembro que essa não é a verdade. Outros olhos me viram assim antes dele. Ele abaixa uma alça e uma taça do meu sutiã, e de repente uma sombra encobre seu sorriso.

– O que foi? – pergunto, sentindo a mudança de comportamento.

Jeremy desliza os dedos, do meu seio à altura do estômago, e parece chocado com o que vê. No momento em que descubro o motivo da surpresa, ele me olha diretamente nos olhos. Nada semelhante nos havia acontecido. Permaneço em silêncio, enquanto ele me examina o corpo inteiro, em especial a parte interna das coxas.

– O que eles fizeram?

Não sei se fico embaraçada, aborrecida, orgulhosa ou comovida. Sinto-me como se tivesse acertado o prêmio máximo em um caça-níqueis. Jeremy parece passar por um processo semelhante, embora com outras emoções. Qual delas vai predominar? Para encurtar o assunto, decido responder.

– Muitas coisas, Jeremy. Algumas me assustaram um pouco, mas nenhuma me machucou.

Ao lembrar a incomum viagem até o castelo, continuo.

– Quando cheguei à clínica, tudo foi discutido e, para ser honesta, aprendi um bocado sobre mim mesma.

– Mas você tem marcas no corpo todo. Chego a pensar que podem ser mordidinhas carinhosas.

Não contenho um sorriso.

– E ainda acha graça? – ele pergunta, aborrecido.

– Um pouco. Você não? – respondo com o mesmo sorriso.

– Alexa, você foi sequestrada bem diante dos meus olhos, levada de um país para outro, desapareceu por três dias! Pensei que estivesse morta, e agora me aparece com marcas no corpo! Como consegue sorrir e dizer que não lhe fizeram mal?

Seu pensamento parece distante, quando ele me levanta o braço, para que eu veja as marcas na parte interna.

– Garanto, Jeremy, não me machucaram nem um pouquinho.

Fico esperando, para ver aonde seu processo de raciocínio analítico vai chegar.

– Você... Você gostou?

Ele está visivelmente atônito.

- Por incrível que pareça. Muito mais do que pensei.

– Com outros homens?

Eu hesito.

– Me diga a verdade, por favor. Eu preciso saber. Qual a causa destas marcas?

– Duas mulheres.

– Elas machucaram você?

– Muito pelo contrário.

De olhos bem abertos, espero a resposta. Ele sempre quis que eu explorasse "o outro lado" – com mulheres – e nunca tive coragem. Em algumas ocasiões, até providenciou tudo, mas desisti. Agora...

– Ah... Isso é diferente...

Observo que corpo e mente de Jeremy processam a informação. Dúvida e raiva dão lugar a curiosidade e fascínio.

– Você já me fez coisas piores, garanto... E melhores, também.

Desta vez, não posso deixar de rir abertamente. Vê-lo, pela primeira vez, inseguro das próprias emoções é estranhamente motivador.

– Jeremy, um banho seria ótimo, obrigada.

– Ah, sim, o banho. Claro.

Ainda pouco à vontade em relação à nossa conversa, ele vai preparar o banho. Assim, tenho oportunidade de observar melhor o meu corpo. Não está tão ruim, embora as marcas sejam mais numerosas do que eu imaginava.

– O seu comentário anterior foi correto, Alexa.

– O quê? – grito, para ser ouvida sobre o barulho da água corrente.

– Temos muito a discutir.

Vai ser interessante.

***

O banho faz um bem incrível ao meu corpo. Mergulho na água quente, e mais uma vez o aroma de lavanda e jasmim enche o ar. Meu corpo finalmente libera a tensão acumulada durante dias. Não me surpreendo quando Jeremy se despe e se junta a mim, na banheira. Não parece disposto a afastar-se por mais de alguns segundos, com medo de que eu desapareça. Sei que voltei ao meu lugar, mas também sei que temos muito a resolver, antes de seguirmos adiante. Ele prende meu corpo entre as pernas e passa os braços possessivamente pelos meus ombros. Com a cabeça em seu peito, sinto-me segura. Uma dúvida, porém, atravessa a minha mente, e decido perguntar:

– Estou em segurança agora, Jeremy? Há algum risco de me encontrarem?

– Boa pergunta, querida. Vou contar o que aconteceu depois que deixamos Avalon.

***

As 24 horas seguintes são de explicações. Jeremy diz que pretendia me contar tudo pessoalmente, quando nos encontrássemos em Londres. Seus planos, porém, foram interrompidos. Ao ouvir falar da carta anônima, minha cabeça gira. Lembro que estranhei seu senso de urgência e o medo latente, durante aquele fim de semana. Agora entendo o dilema enfrentado por ele. Às vezes, tomamos decisões para proteger as pessoas a quem amamos, para evitar que sofram. A incerteza quando à veracidade das ameaças e aos nossos sentimentos nos confundiram. Se houvesse entre nós confiança suficiente para uma conversa autêntica... Se soubesse que ele tinha conhecimento das tendências sexuais de Robert, enquanto eu permanecia em total inocência, talvez não ficasse tão hesitante ou nervosa. Tantas foram as situações inesperadas naquele fim de semana, que mal tive tempo de pensar. Fazia muito tempo que eu e Jeremy não nos encontrávamos, em termos de emoção, e muito menos de sexo. Não nos sentíamos muito seguros. Olhar para trás é bom, mas não altera o passado nem as decisões tomadas. Teria eu agido de modo diferente? Não sei. Como eu jamais arriscaria a vida dos meus filhos, talvez ele se tenha adiantado, tomando a decisão certa. Além disso, eu estaria mentindo, caso negasse o prazer que senti naquele fim de semana. Mais prazer do que em toda a minha vida adulta. Isso é irresponsabilidade?

Devo reconhecer que participei do experimento porque quis, e que aprendi muito. Sempre defendi a ideia de que não se deve viver com o arrependimento de ter desperdiçado uma oportunidade. O que me deixa intrigada é a "singularidade" dos meus glóbulos vermelhos. Sua potencial capacidade curativa, descrita por Jeremy, soa quase irreal. Pergunto a ele se essa condição pode ter passado para os meus filhos, mas ele não sabe nem pretende investigar, por enquanto. Agora que tomou conhecimentos dos riscos que corremos, tornou-se ainda mais protetor, e parece ter adotado a abordagem "quanto menos informação, melhor" – o que vai contra a natureza de sua carreira. O fato de acreditar agora, sem sombra de dúvida, que Jeremy me ama como jamais amou alguém faz de mim a mulher mais feliz da face da Terra. Abro um sorriso ao pensar nisso, esquecendo por um instante que meu sangue é raro, e querem roubá-lo. Um arrepio me percorre a espinha, e mais uma vez acaricio instintivamente o bracelete. Jeremy me garante que está sendo investigado um meio de modificá-lo, para que seja rastreado embaixo da terra ou da água, como é o caso das instalações da Xsade, sob o lago Bled, onde o sinal desapareceu. Espero que consigam. Não quero ficar perdida de novo!

***

Alguns dias no mar me renovam. O ar salinizado faz bem aos meus pulmões, e o Sol acrescenta um pouco de cor à minha pele. Como não sinto vontade de voltar a Londres, depois do que me aconteceu lá, decidimos seguir por mar até Barcelona, já que o iate continua à nossa disposição. Ainda bem que as marcas no meu corpo quase desapareceram; compreensivelmente, Jeremy não gosta de olhar para elas. Segundo ele, lembram tudo que me fez passar. Aproveitamos para fazer um amor excepcionalmente romântico, absorvidos pelo mistério da nossa intimidade, sem pensar no futuro que nos aguarda em terra firme.

Durante o último jantar no deque externo, Jeremy me pede para descrever em detalhes o que se passou nas instalações da Xsade. Quer conhecer minhas respostas ao questionário, meus sentimentos em cada etapa do processo, o que me surpreendeu ou assustou. De início, fico em dúvida sobre o que devo contar, mas ele me incentiva. Por horas escuta pacientemente cada palavra, observa cada expressão facial. Depois de algum tempo, perco a inibição, e falo sem parar. Percebo minha necessidade de relatar o medo e a ansiedade que me assaltaram, meus sentimentos quando Madame Jurilique me fez duvidar de seu amor, a raiva causada pela suposta traição.

A continuação do relato demonstra que Jeremy se preocupa mais com as minhas emoções do que com possíveis acusações. Essa é a terapia de que eu necessitava. Sua linguagem corporal muda quase imperceptivelmente quando ele faz perguntas cautelosas sobre minha experiência na "fábrica de orgasmos", como gosta de chamar. Acho que isso dá a ideia de que não fiquei encarcerada, tornando a situação mais leve e tolerável para nós dois. Seus olhos brilham, de tanta concentração, quando explico a dinâmica da experiência que observei e da qual participei. Ele não julga minhas atitudes ou respostas; apenas escuta, como quem faz questão de entender minha perspectiva. Sinto-me, de certo modo, purificada durante o processo. Saber de tudo que Jeremy sofreu, de seu empenho em garantir que faço parte da vida dele, lutando a todo custo para defender a mim e aos meus filhos, reforça a ligação que existe entre nós. Daqui por diante, nossas vidas seguirão juntas.

Jeremy

Estamos chegando a Barcelona, de onde voaremos para os Estados Unidos. É nossa última noite no iate. Alexa veste uma camisola preta e sensual, e eu uso um short. Enquanto conversamos, tenho o privilégio de admirar e tocar as suaves e sedutoras curvas de seu corpo. Suas reações ao meu toque são incrivelmente mais intensas do que na última vez em que nos encontramos. Ela acredita que vamos a Boston, para eu pegar algumas coisas e encontrar rapidamente o professor Applegate, antes de acompanhá-la de volta a casa. A lembrança do sequestro permanece viva em mim, e acho que vai levar algum tempo, até que eu a deixe viajar sozinha. Por intermédio de Moira, Leo insistiu em que Martin e Salina nos acompanhem sempre, enquanto não descobrirmos o paradeiro e as intenções de Madame Jurilique. Mais um motivo para eu ser eternamente grato ao fato de Leo fazer parte da minha vida. Tenho com ele uma dívida impagável.

Felizmente, eu e Robert conseguimos preparar uma surpresa para Alexa: ele vai viajar com as crianças, para nos encontrar em Orlando, na Flórida. Robert é mesmo um grande sujeito. Sou obrigado a admitir que Alexa tomou uma sábia decisão, quando o escolheu para pai de seus filhos. Desde a conversa séria que eles tiveram a respeito de seu casamento, Robert vem fazendo contatos regulares com Adam, irmão de Leo. As crianças vão ficar conosco, e eles se encontrarão afinal em Londres, depois de tanto tempo. Vai ser interessante ver como as coisas evoluem. Espero que dê tudo certo. Acho Disney World o lugar perfeito para eu ser apresentado a Elizabeth e Jordan, e distrair Alexa das lembranças dos recentes acontecimentos. Essa última intenção talvez nem fosse necessária, já que sua capacidade de recuperação é espantosa, e sua libido está em fogo. Contrariando as minhas expectativas, ela parece insaciável. Claro que não estou reclamando, mas sei que o encontro com os filhos deve ser prioridade, e, quanto mais cedo, melhor, para reorganizarmos nossas vidas, até então estabelecidas em diferentes lugares do mundo.

Estamos todos animados, e agradeço a Elizabeth e Jordan por terem guardado o segredo. Em algumas ocasiões, eles quase contaram, o que me fez rir muito. Alexa nem desconfia, mas parece feliz, e adoro vê-la assim. Pela primeira vez em semanas, acredito que tudo possa acabar bem para nós.

– Quer mesmo, Alexa? – pergunto, mexendo em seus cabelos.

– Quero.

– Você ficou mais segura dos seus desejos, depois da experiência na fábrica de orgasmos.

– Estou seguríssima do meu desejo por você e da sua capacidade de me excitar.

– Obrigado. É bom ouvir isso. Então, quer mesmo brincar?

– Mais do que você possa imaginar. Quero brincar agora. Quando estivermos com Jordan e Elizabeth, vai ser diferente. Nosso principal papel será de pais, e não de amantes. Eles serão meu foco. Este momento é só nosso, e não podemos desperdiçar.

Ela respira fundo, monta sobre o meu corpo e prende minhas mãos ao lado da cabeça, em uma posição na qual costumo deixá-la. Sua expressão gloriosa me faz sorrir. Os cabelos escuros, soltos, descem pelos ombros, sem chegar aos seios. Sei que Alexa não tem força para me prender nesta posição. Ela também sabe.

– Amantes, então.

Como que adivinhando meus pensamentos, ela diz:

– Por enquanto. É bom ficar por cima.

– Começo a me preocupar com o seu gosto por esta posição.

Ela ri.

– Não tanto quanto gosto das outras...

Alexa com certeza está mais brincalhona e mais... solta que durante nosso fim de semana. Uma dúvida atravessa minha mente. Ela, no entanto, parece feliz, confiante em seu corpo e em nosso relacionamento. Talvez a fábrica de pílulas cor-de-rosa tenha representado uma oportunidade de entender melhor sua identidade sexual. Meu corpo inteiro reconhece que ela está realmente sensacional! Bem, se o amor da minha vida quer brincar, quem sou eu para dizer "não"?

– Confia em mim? – pergunto.

– Confio. O que preciso fazer, para provar? Agora entendo por que o fim de semana que passamos juntos foi tão intenso. Havia tantas forças em ação! Hoje sei que, acima de tudo, você agiu por amor, porque me queria de volta à sua vida, e precisava proteger a mim e aos meus filhos.

Ela afaga meu rosto e continua.

– Está esquecendo que agora sei por que tudo aconteceu e, embora na época não soubesse, fiz uma escolha; escolhi você. O seu estímulo me levou além, e eu gostei. Poderia ter questionado, mas gostei. E aqui estou, cheia de vitalidade, embora um pouco marcada, convencida do meu amor por você e do seu amor por mim. Acredite, isso me inspira uma confiança que jamais pensei existir.

A fé que vejo nos olhos de Alexa seria suficiente para me convencer. Que discurso! Não esperava tanta eloquência, mas era isso exatamente que eu precisava ouvir.

– Sinceramente, você não para de me encantar.

Meu rosto recebe uma saraivada de beijinhos, disparados pelos lábios delicados de Alexa. Ainda montada sobre meu corpo, ela esfrega a bochecha contra a minha barba de três dias. Ela gosta disso, não sei por quê.

– Agora sabemos que estamos destinados a ficar juntos, e mal posso esperar pela nossa nova vida. Restam questões a discutir, mas por enquanto...

– Sim, dra. Blake?

Ela desliza sedutoramente a língua sobre meus lábios.

– Por enquanto é hora do recreio, dr. Quinn.

– Com certeza!

Em uma manobra rápida, inverto a posição, deixando-a embaixo de mim. A única diferença é que ela só escapa se eu deixar. Para começar, retribuo os beijinhos delicados, mas logo aumento a intensidade e devoro sua boca deliciosa. Alexa se contorce de prazer. Mantendo a posição, pego na gaveta da mesa de cabeceira duas tiras de couro preto, cada uma com um dispositivo de ligação, exatamente como os que usamos no nosso fim de semana. Observo atentamente sua expressão, ao ver de que se trata.

– Quer brincar assim, Alexa?

Eu jamais a forçaria a fazer algo que se recusasse, ainda que pensasse ser sua vontade. Aprendi a lição.

Ela faz que sim. Parecendo excitada, provavelmente umedecida, oferece um pulso e depois o outro. Nessas situações, sempre fica mais quieta, concentrada no que acontece.

Faço escorregar as alças de sua camisola sobre os ombros. Quando ela contou como se sentiu ao ver dois casais na sala circular, notei a viga redonda de madeira no cômodo, e fiquei esperando uma oportunidade de usar. Agora, ela parece mais que pronta.

Ao ouvir da boca sexy de Alexa o relato de sua reação ao ver, pela primeira vez, uma mulher gozar, fiquei muito excitado, mas não quis interromper. Precisava conhecer todos os detalhes, entender o que desperta seu tesão, para poder provar a ela e a mim mesmo que sou capaz de satisfazer suas necessidades sexuais. Quando a levo cuidadosamente até a viga, que não sei se ela havia notado, parece surpresa, embora deixe transparecer certo despudor. Estaria ela esperando por isso? Minhas intenções agora estão claras, e ela sorri, erguendo os braços acima da cabeça. Uau, Alexa está bem mais proativa! Depois de prender os dois conectores na parte de cima da viga, dou um passo atrás, para observar seu belo corpo nu.

– Está confortável?

Ela faz que sim. Fica bem esticada, na ponta dos pés, como se calçasse sapatos de salto. Seu corpo é maravilhoso, um banquete visual. Os seios redondos me chamam, mas ainda não é hora. Estou absolutamente atraído. Dou a volta em torno dela, admirando frente e costas, beijando-lhe os ombros delicadamente. Em seguida, tomo seu rosto nas mãos e concentro-me em seus olhos, como se quisesse chegar à alma, e beijo-a profundamente, até deixá-la sem fôlego. Quanta falta senti de Alexa! Ela é meu mundo, e me foi negada por tanto tempo! Finalmente sou dela, e ela é minha.

Quando me curvo para beijar-lhe a barriga, acabo por enfiar a língua em seu umbigo tentador, o centro do ser. A cada gemido, observo seu rosto, para monitorar as reações. Minhas mãos deslizam até o espaço entre as coxas e confirmam fisicamente o que vejo em seus olhos. As marcas no corpo desapareceram quase completamente, mas eu lembro sua exata localização e procuro repeti-las com minha boca. Pela primeira vez não sigo um processo metódico nem tenho um plano definido. Observo, ouço e toco o corpo de Alexa, para determinar onde devo chupar ou morder. Um impulso carnal parece orientar meu desejo de deixar-lhe marcas, de cobrir as impressões deixadas por outras bocas no corpo da minha mulher. Meus lábios, dentes e língua intensificam a busca de áreas mais sensíveis.

– Céus, Jeremy...

– Está gostando?

– Sim, mas...

Com a boca bem aberta, para caber mais, chupo seus seios delicadamente, pressionando os mamilos com a língua, enquanto acaricio as camadas internas da vulva.

– Oh, céus!

– O que é, querida?

Repito os movimentos no outro seio.

– Estou ouvindo.

Ela geme alto. Ainda bem que fechei a porta.

– Quer que eu pare?

Abro bem as pernas dela, para que minha boca tenha acesso à parte interna das coxas, onde continuo a chupar e mordiscar a pele rosada, sabendo que ficarão algumas marcas.

– Não, não pare...

As sensações aquecem o corpo de Alexa, e esse calor se reflete no brilho dos olhos. Reduzo a intensidade, porque não quero que ela goze agora. A brincadeira ainda não acabou. Dou um passo atrás, para admirá-la.

– Está maravilhosa, Alexandra. Transpira amor e tesão. Você me encanta. Juro que seria capaz de passar a noite inteira brincando assim. Por que nunca fizemos isso antes?

– Por favor, não olhe apenas. Toque em mim. Preciso sentir você.

– Um minutinho, querida. Está ficando quente demais.

Ela suspira, frustrada. Presa à viga, tem os olhos brilhantes de desejo.

Pego dois objetos na gaveta da mesinha e deixo sobre a cama. Alexa abre mais os olhos. Seu olhar vale por mil palavras quando, sem nada dizer, ela passa provocantemente a língua no lábio inferior.

De pernas cruzadas, apoio o queixo na mão, planejando o próximo movimento. Uma bebida cairia bem. Caminho até ela e, com um beijo delicado em seus lábios, aviso.

– Já volto.

– Jeremy, não me deixe assim!

– Ah, está falando novamente? Fale mais, querida. Preciso saber o que está sentindo a cada momento. Pense um pouquinho enquanto não chego.

Não resisto a dar-lhe um tapinha no traseiro, para garantir que preste atenção ao que digo. Pelo seu olhar, vejo que consegui.

Volto ao quarto com duas taças e uma garrafa de vinho francês Sancerre em um balde de gelo.

– Com sede?

Alexa faz que sim.

Deixo a garrafa gelada deslizar por seus braços erguidos e pelo contorno do corpo. Ela estremece.

– Desculpe, querida, não ouvi a resposta. Quer beber alguma coisa?

– Sim, por favor.

Abro a garrafa, despejo um pouco de vinho na taça e tomo um golinho, antes de oferecer a Alexa.

– Gostou?

– Perfeito.

– Tão perfeito quanto você.

Não resisto a uma chupada em seu seio. Ela geme.

– Calada, não sei se está gostando ou não.
– Você sabe que estou.
– Quer mais?
– Quero.
– Tome um gole bem grande. É muito bom. Pronta?
Ela engole. Pela risada seguinte, sei que gostou.
– Jeremy, não pode me deixar presa aqui!
– Posso, sim, literal e figurativamente presa.
– Mas sei que não vai deixar.
– Verdade.
Tomo um gole de vinho e devolvo a garrafa ao balde.
– Este quarto tem um bocado de brinquedos, não acha?
– É...
Uma única palavra cheia de desejo.

Pego uma pedra de gelo e passo em seus braços, nos seios e no umbigo, até chegar ao sexo, fechando-lhe as pernas sob o peso do meu corpo.

– Você está ficando quente demais. Um gelinho é bom para esfriar. Já fizemos isso, não é?

Sinto no meu rosto a respiração irregular de Alexa.
– Já.
– E você gostou?
– Gostei.
– Quanto?
– Muito.
– Com outro homem? Eu e outro ao mesmo tempo?
A pergunta deixa Alexa corada. Ou seriam as lembranças? Ou tudo?
– Gosto ainda mais de estar só com você.
– Gostou mais do que disto que estamos fazendo agora?
– Não. Isto é melhor.
– Bom saber. Aprecio a sua franqueza.

Volto para a cama e pego a venda que usamos no nosso fim de semana. Corro os dedos pelo tecido e pergunto:

– E quanto a isto, querida? Gostou disto também?

O corpo de Alexa se contrai, enquanto seu sexo parece brilhar entre as coxas. Ela só se mantém no lugar porque tem os braços presos acima da cabeça.

– Responda.

– Adorei.

Eu me aproximo e, delicadamente, faço o tecido de seda roçar em seu rosto, na boca e, afinal, sobre os olhos.

– Oh, Jeremy...

– O que isto significa para você?

– Significa tudo. Nós dois... Descoberta...

Eu a incentivo a continuar, para explorar as sensações e sentimentos que desperto.

– Continue, Alexa, preciso saber.

– Você acordou meu corpo sexualmente, como está fazendo agora. Você me despertou, Jeremy, me fez sentir o que nunca havia sentido.

Passo a venda entre as coxas dela, fazendo-a suspirar e meu pênis reagir imediatamente.

– Você seria a última pessoa a precisar ser convencida sobre o impacto do estímulo visual.

Deixo a venda sobre o ombro de Alexa. Jamais a privaria novamente do sentido da visão, a menos que ela me pedisse. Neste momento, quero que veja tudo.

– E quanto a isto? – pergunto, mostrando um chicote de cabo vermelho.

– Nunca vi.

A intensidade do desejo faz com que seus seios subam de desçam rapidamente, ao ritmo da respiração alterada. A cena é fascinante.

– Nunca viu, mas já sentiu, com certeza.

Como quem maneja com habilidade o arco de um violino, passo-lhe o chicote na barriga, abaixo dos seios, no meio da bunda e, finalmente, entre as coxas. Ela fecha os olhos e suspira. A energia sexual toma o quarto. A resposta é imediata. Preciso prender Alexa firmemente contra mim, enquanto seu corpo se agita em movimentos rítmicos. Nunca vi nada parecido!

Tudo acontece tão rapidamente, que preciso segurá-la nos braços, enquanto luto para soltar as tiras de couro que a prendem à viga.

– Meu Deus, Alexa, o que aconteceu? Está se sentindo bem?

Já na cama, pensando que ela possa ter sofrido algum tipo de convulsão, eu a seguro com firmeza, até cessarem os espasmos. Enquanto isso, afasto-lhe os cabelos da testa, ansioso por ver seus olhos.

– O que foi, querida? Dói alguma coisa?

Ela sorri e beija meu peito. Parece bem, graças a Deus.

– Me diga por favor, Alexa, o que aconteceu? O que foi aquilo?

– Uau, esse foi intenso, o mais intenso da minha vida.

– De que está falando? Vou buscar um copo d'água. Sente alguma dor?

– Dor não, só estou meio sem graça...

– Já tinha acontecido?

– Vem acontecendo desde o fim de semana que passamos juntos, mas o de hoje foi demais, talvez por ser a primeira vez que usamos a venda, o chicote, desde então... O simbolismo desses objetos... As lembranças, as sensações...

A fala de Alexa é arquejante, e ela bebe um copo d'água antes de continuar.

– Me dê um tempo. Esse foi forte de verdade.

Meu cérebro e meu pênis trabalham ativamente, agora que tenho certeza da saúde de Alexa. O pênis se alegra, quando ela me tira a cueca, e envolve meu corpo com seu corpo nu. O cérebro, porém, ainda hesita.

– Querida, precisa...

– Chega de conversa, Jeremy. Quero você dentro de mim, e não aceito "não" como resposta.

Os pensamentos coerentes desaparecem instantaneamente, e nossos corpos assumem o controle.

Alexa

Que surpresa! Não entendo como conseguiram fazer tudo sem que eu soubesse. Quando abracei Elizabeth e Jordan, acho que chorei por quase uma hora, o que os deixou confusos. Depois dos primeiros 15 minutos, eles começaram a perguntar o que havia de errado com a mamãe, e tive de explicar várias vezes que eram lágrimas de alegria. Os quatro dias seguintes foram fantásticos, perfeitos. Visitamos Magic Kingdom, Animal Kingdom, e hoje fomos a Epcot Center. Estou tentando adiar a visita ao parque aquático Typhoon Lagoon, no qual precisarei vestir roupa de banho, para quando meu corpo estiver mais respeitável, livre das marquinhas provocadas pelas mordidas de Jeremy na última noite que passamos no iate, deixando lembranças deliciosas. Provavelmente iremos amanhã. Estamos felizes e exaustos, e não paro de rir desde que nos reunimos.

À noite, verifico constantemente se as crianças estão cobertas e aproveito para dar-lhes um beijinho na testa. Agradeço por fazerem parte da minha vida, que enchem de paz e amor. Ao sair do quarto, fecho a porta o mais silenciosamente possível, para não perturbar seu sono. O sorriso que trago no rosto reflete diretamente como me sinto viva e feliz, em férias com minha nova família. Quase preciso me beliscar, para acreditar em tanta perfeição.

Jeremy tem sido maravilhoso com Jordan e Elizabeth. Conseguiu o quase impossível equilíbrio entre amizade e respeito. Até aqui, meus filhos o aceitaram de modo mais favorável do que eu poderia sonhar; tomara que continue assim. Ao que parece, a conversa que eu e Robert tivemos com eles, antes da minha viagem a Londres, representou uma preparação mais eficiente do que eu esperava, para a mudança na vida de seus pais. Engraçado como as crianças podem ser mais receptivas do que os adultos, em relação a esse tipo de transformação. Jordan e Elizabeth sabem que Robert e eu os amamos, e isso é o que importa.

Meu coração poderia explodir, de tanto amor que sinto pelas pessoas que ocupam este apartamento. Jeremy está na saleta, verificando sem pressa as mensagens no telefone celular. Quando ergue os olhos para mim, abre um sorriso. Não me lembro de ter vivido a sensação de ver a felicidade transbordar pelos poros. Seus braços me puxam para o aconchego de seu corpo, e ele pergunta:

– Como eles estão?

– Tudo perfeito. Completamente exaustos, depois de uma semana animada em Disney World. Acho que vão dormir profundamente.

– Você parece feliz.

– Mais feliz impossível. Custo a acreditar, depois de tudo que vivi. Acho que preciso me beliscar.

– Terei todo o prazer em ajudar.

Desconfiada, eu me adianto e dou-lhe um leve beliscão.

– São crianças ótimas, Alexa. Você e Robert fizeram um excelente trabalho. Podem se orgulhar.

– Sentimos orgulho, mas fico ainda mais satisfeita ao ver que aceitam você na minha vida.

– Que bom. Honestamente, não sei o que faria, caso perdesse você outra vez, querida. Não quero nem pensar.

Ao ver surgirem rugas em sua testa, enquanto brinca distraidamente com os cabelos da minha nuca e observa a tela do telefone celular, eu me preocupo.

– Alguma coisa errada, Jeremy? Recebeu mensagem?

– Nada ainda. Parece que Madame Jurilique sumiu no ar. Só vou me sentir melhor, quanto à situação, quando ela for localizada e, com certeza, não representar mais uma ameaça. Salina e outro agente continuam em operação, mas não conseguem descobrir o paradeiro dela. Recebi um *e-mail* de Sam, reafirmando nossa amizade. Ele vai para a Austrália, depois de encontrar-se com alguns membros do fórum.

– O que aconteceu ao fórum? Não sei como me esqueci de perguntar!

– Essa deve ser a última das suas preocupações, Alexa. O fórum foi suspenso por prazo indeterminado. Não quero que se envolva. Seria muito arriscado.

Não discuto. Apenas concordo, com um gesto, enquanto Jeremy

me abraça. Sei que ainda não estou pronta para participar de qualquer coisa relativa ao fórum. Primeiro, quero que tudo volte ao normal, se possível. Preciso de um tempo para exercer o papel de mãe e acostumar-me à minha nova condição: amor da vida de Jeremy. Quando sinto o coração prestes a explodir de felicidade, reparo na expressão dele, de ansiedade, quase raiva.

– Não acredito que Lauren Bertrand me traiu, nos traiu desse jeito. O perigo a que ela expôs você... É demais... Passar informações sobre o seu paradeiro, informar nossos resultados a Madame Jurilique, à Xsade, em troca de um pagamento aqui, um fim de semana grátis ali... Fico furioso de ver como as pessoas são egoístas, como não se preocupam com as consequências de seus atos sobre os outros. Se você não a tivesse encontrado em Cingapura, talvez as coisas não chegassem a este ponto.

– Pelo que conheço de Madame Áurea, ela me acharia, com ou sem a ajuda de Lauren. Tenho certeza de que não é o tipo de pessoa com quem vale a pena se relacionar.

– Depois de tudo que você passou, aquela fi...

– Por favor, Jeremy, não quero falar dela. Está atrapalhando minha felicidade.

– Eu sei, querida, desculpe. É que me dá raiva!

– Acabou tudo bem. Estamos juntos, como deve ser. As crianças continuam sãs e salvas. Robert e Adam se encontraram. Precisamos só resolver detalhes simples, como em que país vamos morar...

– Temos muito tempo para isso. Ainda nos restam alguns dias livres para visitar os parques temáticos, e quero que você finalmente conheça Leo, antes de voltarmos à Tasmânia.

– Está falando de Charlie? Depois de tantos anos, vou finalmente conhecer Leo?

– Só você não, querida, as crianças também. Ele quer passar algum tempo conosco, quando voltar da Amazônia. Conseguiu fazer contato com Moira.

– Uau, não acredito! Sempre quis conhecer o homem mais importante da sua vida! Devemos ser mesmo especiais...

Sinto-me absolutamente serena, como se todas as barreiras entre nós afinal fossem removidas, e formássemos uma verdadeira parceria.

– Você e os seus filhos são as pessoas mais importantes da minha vida, Alexandra. Vou amar e proteger vocês até o último dos meus dias.

Palavras absolutamente perfeitas. Estou cada vez mais apaixonada. Que maravilha!

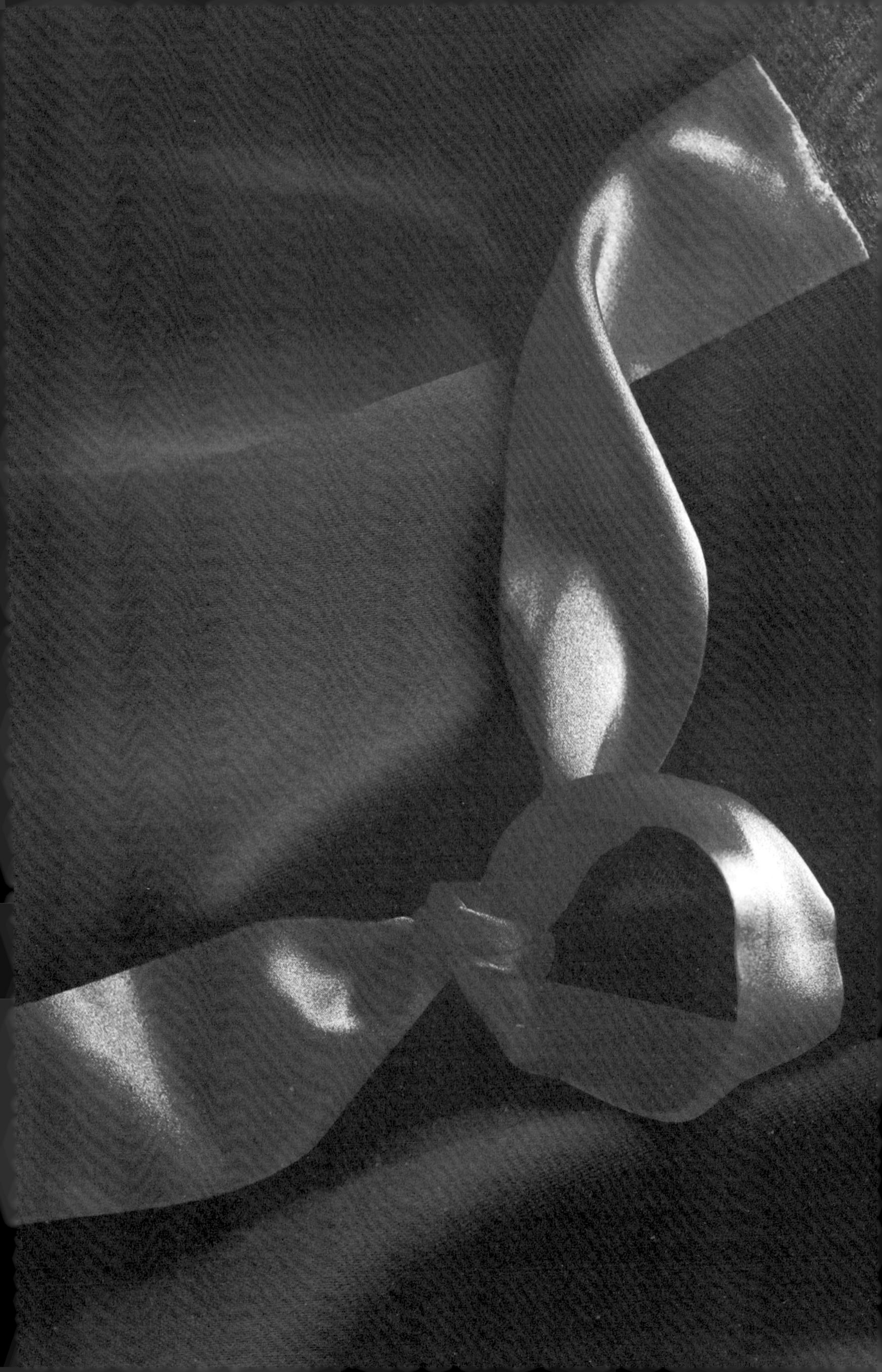

Epilogy

Uma batida na porta interrompe nossa conversa. Quem bate provavelmente é Martin, que sempre verifica se está tudo bem com o nosso quarteto. Abraço uma almofada, para substituir Jeremy, que se afasta para atender. Precisamos mesmo discutir onde vamos morar, e como administrar vida e carreira. Acho melhor esperarmos Robert e Adam se entenderem, para tomar alguma decisão, já que nenhum de nós quer separar-se de Elizabeth e Jordan. Como não posso resolver isso agora, procuro afastar a ideia.

Enquanto espero a volta de Jeremy, abro uma garrafa de vinho. Talvez Martin queira beber conosco. Ele deve estar entediado, andando atrás de nós pelos parques de Orlando.

Ao me aproximar da porta, vejo Jeremy envolvido no que me parece uma conversa acalorada com Martin.

– Tudo bem aqui? Quer entrar para uma taça de vinho? – pergunto, indicando a garrafa que trago na mão.

Eles trocam olhares nervosos, antes de se voltarem diretamente para mim. Jeremy conduz Martin para dentro e fecha a porta. Pego três taças e sirvo o vinho.

– O que foi? Vocês estão estranhos...

Martin coloca um envelope sobre a mesa da cozinha.

– O que é isto? – pergunto.

Jeremy finalmente recupera a voz, mas parece em pânico, ao me ver pegar o envelope.

– Não, Alexa, por favor!

– O que há de errado, Jeremy? Vai me dizer ou tenho de abrir, para descobrir?

Ele permanece imóvel. Quando olho para Martin, ele faz que sim.

No envelope, encontro uma carta.

Cara dra. Blake:

Espero que tenha descansado bastante no Mediterrâneo, com seu amado, e esteja aproveitando os prazeres de Disney World com suas adoráveis crianças, Elizabeth e Jordan.

Lamento que não tenha concluído adequadamente as 72 horas em nossas instalações. Depois das informações úteis que nos forneceu, necessitamos apenas de um elemento.

Caso não se apresente, seremos forçados a, mais uma vez, conduzir as circunstâncias. As manchetes em anexo são uma pequena amostra das estratégias que estamos dispostos a empregar, para obter o que nos falta. Portanto, vou ser clara: precisamos do seu sangue.

Se, por alguma razão, decidir não cooperar conosco dentro dos próximos dez dias, seremos obrigados a empreender a campanha global "Quem conhece realmente a dra. Alexandra Blake?" Não preciso lembrar que dispomos de fotografias e videoclipes incrivelmente explícitos para confirmar as manchetes.

Aproveito para mencionar que, caso não contemos com a sua colaboração, adotaremos uma segunda opção: o sangue dos seus filhos.

Espero ansiosamente que voltemos a trabalhar juntas em futuro próximo.

Sinceras recomendações.
Madame Madeleine Jurilique

Espalho as folhas sobre a mesa. São modelos da primeira página de jornais internacionais.

MÃE IMORAL TROCA OS FILHOS POR EXPERIÊNCIA SEXUAL
NÃO CONVENCIONAL

DRA. BLAKE MOSTRA TUDO –
VEJA AQUI OS MELHORES ÂNGULOS

PSICÓLOGA ENLOUQUECE –
Você entregaria os seus filhos a esta mulher?

ADULTÉRIO – SADOMASOQUISMO –
Quer ensinar isso aos seus filhos?

Depois de uma leitura rápida, atiro a papelada na pia. Com ânsias de vômito, começo a chorar, como se cada grama de felicidade se despedisse fisicamente do meu corpo. Jeremy me massageia os ombros e pega uma toalha, para que eu enxugue o rosto. Olho desesperada o homem que me abraça forte.

– Quando isso vai acabar? Não aguento mais!

Jeremy e Martin entram em ação: estudam com atenção os papéis abomináveis; discutem a situação e o que deve ser feito; ligam para Salina, Moira e quem mais julgam oportuno; deixam mensagens para Leo e Ed.

A atividade intensa impede que reparem quando me afasto e vou me deitar, com uma compressa gelada sobre os olhos.

Como a minha vida ficou assim, tão sem graça em um momento, e tão divertida e excitante no outro? Tão errada e assustadora, e logo bela, feliz e perfeita?

E agora isto! Como aquela mulher ousa? Todo o meu trabalho árduo descerá pelo ralo em uma fração de segundo, se a história se tornar pública.

Aquelas fotos vão me assombrar até o último dos meus dias!

É melhor aproveitar ao máximo a felicidade, porque nunca se sabe quando ela vai ser tomada. A minha, tão intensa há dez minutos, desapareceu.

Passado... Presente... Futuro...

Mais uma vez vou ao quarto das crianças, que dormem pesadamente. Por um momento apenas admiro sua inocência – uma inocência que jamais terei – e respiro fundo.

Volto devagar à cozinha, onde Jeremy e Martin, sentados à mesa, continuam em intensa discussão.

– Parem, por favor. Parem com isso.

Jeremy se levanta e abre os braços para mim, mas eu o afasto delicadamente.

– Sente-se, Jeremy.

– O que foi, querida? Não se preocupe, vamos dar um jeito. Prometo que ela não vai tocar nos seus filhos.

– Já decidi.